U0527527

清 华嵒 《写晋人诗意画册·其一》

石窟支寒隱破被蒙頭眠於𥁞不食噉音如秋蟬

清 華喦 《寫晉人詩意畫冊·其一》

清 华嵒 《写晋人诗意画册·其一》

来寻寻秀句
溪边坐闲看
清泉漱石根

清 华嵒 《写晋人诗意画册·其一》

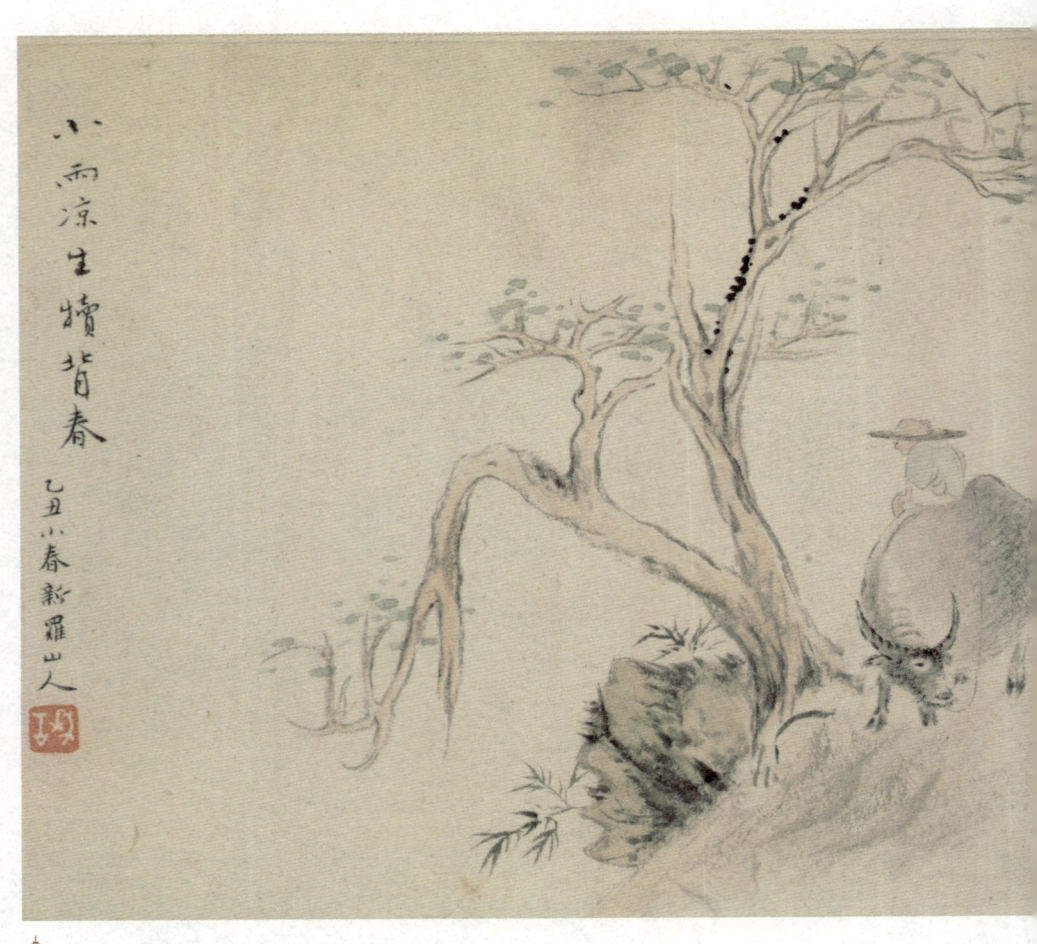

清 华嵒 《写晋人诗意画册·其一》

書來筆底驚強健 詩去吟邊想步趨

清 华嵒 《写晋人诗意画册·其一》

时光里的中国

老家风

李路 主编
孟祥静 编著

四川人民出版社

图书在版编目（CIP）数据

老家风 / 孟祥静编著. -- 成都：四川人民出版社，2025.2. -- (时光里的中国 / 李路主编). -- ISBN 978-7-220-13822-5

Ⅰ.I267

中国国家版本馆CIP数据核字第2024333P2F号

老家风
LAO JIAFENG

李　路　主编
孟祥静　编著

策划编辑	段瑞清
责任编辑	曹　娜
版式设计	刘昌凤
封面设计	朱文浩
责任印制	周　奇
特约校对	北京悦文文化
出版发行	四川人民出版社（成都三色路238号）
网　　址	http://www.scpph.com
E-mail	scrmcbs@sina.com
发行部业务电话	（028）86361653　86361656
防盗版举报电话	（028）86361661
印　　刷	三河市华晨印务有限公司
成品尺寸	155mm×215mm
印　　张	18.75
字　　数	260千
版　　次	2025年2月第1版
印　　次	2025年2月第1次印刷
书　　号	ISBN 978-7-220-13822-5
定　　价	89.80元

著作权所有·违者必究
本书若出现印装质量问题，请与我社发行部联系调换。电话：（028）86361656

目录

壹 为人处世

❀ 仁　002
母亲 / 徐淑云　007
忠厚传家继世长 / 邱保华　013

❀ 善　020
父亲留下的家训：为善最乐 / 叶良骏　025
我的老家 / 叶良骏　027
我家的秘方 / 吕桂景　032

❀ 俭　036
祖母童唐氏 / 张静　043
慈父十日祭 / 邱保华　052

❀ 勤　056
母亲的手 / 邹安音　062
父亲的乡村 / 张儒学　068

❀ 谨　078
老井梨花 / 刘燕成　084
苜蓿飘香 / 任随平　088

贰 修身治家

❀ **孝** 092
送一个孝心给父母 / 张道余　100
灯光　母爱　温暖 / 赵锋　104
刘大爷"炁和"故事 / 李柯漂　106
我的祖父 / 姚永涛　108

❀ **祭** 116
无墓可扫的痛 / 叶良骏　124
节日的回味 / 叶良骏　128

❀ **夫妻和睦** 130
父亲的脊梁，母亲的守望 / 邹安音　136
父亲的心愿 / 刘善民　140
母亲的习惯 / 李柯漂　150
最是梨花飘香时 / 任随平　152

❀ **兄友弟恭** 154
我的大哥 / 邹安音　163

叁

教子以义方

❀ 教子以立德 184
家训 / 宋新明　189
父子家书 / 邱保华　194
写给雷雷的信 / 赵锋　197

❀ 宽严有度 202
很想再挨爸的骂 / 叶良骏　209
错失一位好老师 / 叶良骏　211
碎影 / 沈出云　213
父亲的照片 / 沈出云　218

❀ 言传身教 222
祖母的童话 / 邱保华　228

❀ 教子以读书 232
书痴百味 / 邱保华　239
父亲教会我读书 / 叶良骏　242
一轮明月寄乡愁 / 吕桂景　244
读书就是回家 / 赵锋　248

肆

家风正　国家兴

❀ **奉献** 256
鲸落 / 李彩华　262
我们家的军人情结 / 赵锋　270

❀ **正家风　世代传** 274
只要心儿不长草 / 叶良骏　279

老家风

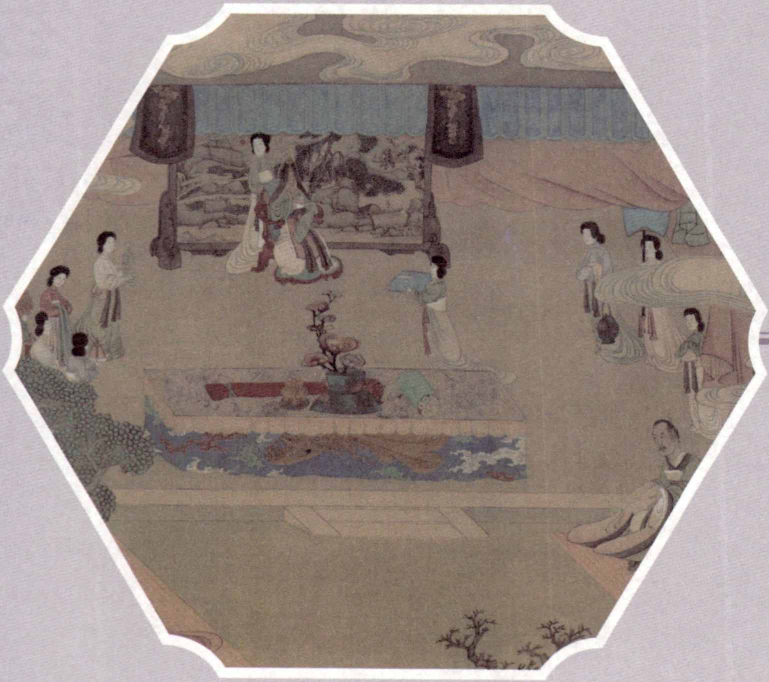

壹

为人处世

仁

rén

概说

仁,在古代指含义广泛的道德观念,其核心是爱人,待人友善。《说文解字》:"仁,亲也。从人,从二。"《论语·颜渊》:"樊迟问仁。子曰:'爱人。'"仁者爱人是"己欲立而立人,己欲达而达人",推己及人,对他人施以爱心和援手,是对人的道德修养的积极要求,希望人能够主动去援助他人。

● 历史

人是群居动物，在长期的相处中会产生相应的情感。原始人类在生存环境较差、生存能力较弱的情况下，往往会相互协作，由此便产生了互助、友爱等情感。

仁作为中华民族的传统观念，产生较早。据清朝学者阮元考证，夏商之前还未出现"仁"字："《虞书》'克明峻德'即与《孟子》'仁'字无异，故'仁'字不见于《尚书》、虞夏商书、《诗》雅颂、《易》卦爻辞之中。"有人根据《尚书·商书·太甲下》中的"民罔常怀，怀于有仁"，认为仁字产生于商周时期，用来形容美德或具有美德的人。也有观点认为，仁字最早出现在春秋晚期的侯马盟书中。但已出土的甲骨文和金文中还未发现"仁"字。

不管仁字产生于何时，仁的思想应该早就有之，不过早期记载较少，如《诗经》中有"洵美且仁""其人美且仁"，这里的仁当指美好的品德。春秋时期，仁的使用才逐渐多起来，《左传》《国语》中已较多使用。《诗·大雅·烝民》也谓："柔亦不茹，刚亦不吐，不侮矜寡，不畏强御，唯仁者能之。"《国语·晋语》："为仁与为国不同，为仁者，爱亲之谓仁；为国者，利国之谓仁。"可以看出仁除了指品德，还具备政治方面的含义。

真正提出"仁"的思想内核的人是孔子。仁作为孔子思想的核心，是建立在西周以来宗法伦理思想的基础上，并根据当时的社会特征而提出的调整人与人、人与社会之间关系的一种思想准则。《中庸》将仁解释为："仁者，人也，亲亲为大。"因此，这时仁的思想是建立在血缘关系之上的。孔子尤其强调仁，《论语·八佾》："人而不仁，如礼何？人而不仁，如乐何？"在重视礼的孔子看来，仁为礼、乐之本。孔子仁的思想包含恭、宽、信、敏、惠五个方面。

战国时期，孟子是儒家仁爱思想的代表人物。孟子重视仁，且构建了一个以"性善"为核心的思想体系。孟子仁的思想体现在孝和品德方面，《孟子·离娄上》："仁之实，事亲是也。"这里是将仁看作孝。《孟子·告子上》："恻隐之心，人皆有之……恻隐之心，仁也。"这是将仁看作人的一种品行。墨家学派墨子的"兼爱"学说也体现了仁的思想，兼爱就是无差别的爱，跳出家庭与宗法利益的小圈子，以"利天下为志"，从而使"饥者得食，寒者得衣，劳者得息，乱者得治"。

秦始皇一统六国，结束了春秋战国以来的长期战乱，汉朝时，社会相对稳定，经济发展，且统治者信奉黄老思想，推崇无为而治。到汉武帝时，采纳了董仲舒的建议，儒家思想受到重视，逐渐形成"独尊儒术"的局面。董仲舒在《春秋繁露》中阐释了对仁的见解："何谓仁？仁者，憯怛爱人，谨翕不争，好恶敦伦，无伤恶之心，无隐忌之志，无嫉妒之气，无感愁之欲，无险诐之事，无辟违之行，故其心舒，其志平，其气和，其欲节，其事易，其行道，故能平易和理而能无争也。如此者，谓之仁。"那么，怎么做才算仁？董仲舒进一步进行了阐释，"仁之法，在爱人，不在爱我"。董仲舒将孔子建立在血缘关系之上的仁爱思想扩大到血缘之外，上升到社会层面。

三国时期，社会动荡，战乱不止，但仁爱的思想依然受到不少人的重视。刘备便颇具仁爱之心，"勿以恶小而为之，勿以善小而不为"便是他临终时给他的儿子刘禅的遗言。

魏晋南北朝时期，由于道教兴起，佛教盛行，儒学思想受到挑战。这一时期，玄学兴起，人们崇尚清谈。但这一时期为氏族门阀政治，人们注重家族的延续、发展乃至繁荣，因此，人们开始重视诫子之言，家训成为一种风气。这时还出现了专门的家训著作——《颜氏家训》。颜之推将自己的人生经验、思想认识记录于书中，目的在于告诫自己的子孙：

"吾今所以复为此者，非敢轨物范世也，业以整齐门内，提撕子孙。"该书内容涉及治家、修身处世和治学，在谈及教育时，强调在孩子两三岁时就要教其孝、仁、礼、义。颜之推在家训中还告诫家人要本着仁恕之心做事。

唐朝结束了长期的混乱，政治稳定，经济繁荣，出现盛世局面，文化也取得了辉煌的成就，但唐朝家训资料却相对匮乏，主要集中在史书和诗文中。唐太宗李世民在《帝范》中认为，国君应该以仁抚九族，以礼接遇大臣，并要求子孙以仁爱施于民众。韩愈在《原道》中说："博爱之谓仁。"生活在唐朝由盛转衰时期的杜甫在诗歌中表达了对祖国、人民和万物的爱。《茅屋为秋风所破歌》："安得广厦千万间，大庇天下寒士俱欢颜。"《过津口》："白鱼困密网，黄鸟喧嘉音。物微限通塞，恻隐仁者心。"

经历了五代十国的混乱，宋朝统一后，倡导尊儒读经，儒学开始复兴。宋朝的儒学家为整顿人心，拯救文化，重建儒家价值，在融合了儒、释、道的基础上进而形成了适应重建伦理纲常的理学。宋明理学家对儒家的"仁爱"思想内涵进一步发展，如程颐、程颢认为人要像爱护自己的身体一样去爱护天地万物，"若夫至仁，则天地为一身，而天地之间，品物万形为四肢百体。夫人岂有视四肢百体而不爱者哉"。理学的集大成者朱熹则认为孔孟的"仁"多是指出仁之所在，如何界定"仁"则没有讲清楚。朱熹虽建立了一套阐释体系，但仍觉得"仁"难以言说，如何践行"仁"则是更为重要的问题。朱熹用爱、恕来解释仁，认为仁者应该无所不爱，爱是仁的外在体现，不仅要爱人还要爱物，并用恕推己及人，扩大爱的范围，提升仁的境界。宋明理学的"天地万物为一体"的理论，围绕"仁"建立起一个宇宙秩序、社会秩序、家庭秩序，天地的生生不息即是仁。

清朝时家训资料丰富，人们有意识地创作大量的家训专著，用以垂训后人。由家规、家约构成的家训也不少。康熙结合历史和现实的经验，认为战场上杀人过多的将军，往往不得善终，或者子孙后代无福，这就是杀孽太重的缘故。康熙观察到从战场下来的人往往对人命不是很重视，康熙曾经亲赴战场，他时常提醒自己不可以有这样的毛病。康熙也教导儿子们对世人和世间万物保持恻隐之心。

近代以来，由于西方思想的传入，传统的仁爱思想与西方的天赋人权等糅合，形成了以"仁"为主的博爱学说。这一学说的代表人物有康有为、谭嗣同。康有为把仁看作伦理道德和行为规范的最高准则，认为："自黄帝、尧舜开物成务，以厚生民，周公、孔子垂学立教，以迪来士，皆以为仁也。旁及异教，佛氏之普度，皆为仁也。故天下未有去仁而能为人者也。"谭嗣同也认为仁是天地万物存在和发展的普遍法则，他认为平等是人与人关系的基础，具有反对封建等级压迫的进步之处。

价值

仁爱思想作为中华民族的传统思想，历史悠久，博大精深，也是历来家训中不可或缺的内容，即使在现代，依然具有重要的价值和意义。在现在的社会，要大力发扬尊重人、关心人、帮助人的优良传统。此外，还要有推己及人的境界，也就是仁爱思想中的"恻隐之心"，即《论语》中的"己欲立而立人，己欲达而达人""己所不欲，勿施于人"，这也是关心、体谅他人的体现。

从古人家训中，我们了解到，身为帝王须以仁心关爱万民，身为富贵之人须以恻隐之心体察贫苦人的痛苦，而身为普通人也须保持最基本的底线。这样有利于建立平等友爱的人际关系，对维护社会稳定具有重要意义。

母亲

● 徐淑云

外祖父母的祖上都是官宦人家，当年两家父母是为了攀得个门当户对，才结为儿女亲家的。

然而，到了外祖母的父母成亲时，她父亲家已经败落不堪了。她的母亲作为媳妇，只有干活的份儿，好吃好喝的根本轮不到她，于是，住娘家成了她生活的常态。外祖母自幼便跟随母亲住在她的外祖母家，度过了衣食无忧的童年时光。

然而，成年后的外祖母生活却一直坎坎坷坷，不幸如影随形。她两次嫁人，两任丈夫都不得善终——一位悬梁自尽，一位溺水而亡，而且他们的亡故都发生在成亲后的几年内。外祖母一生也很励志，遭逢的不幸迫使她在不及30岁的年纪，就以瘦弱的肩膀挑起了生活的重担，并凭着一己之力担负了四个子女的哺育之责。

那时，女性抛头露面外出做买卖者少之又少，她却因生计所迫，在第二任丈夫亡故后走出了家门，做起了卖布的生意。

她长年累月身背布匹，迈动着一双缠过的小脚，追随着大集奔东走西。至今，我们依然记得她老人家常挂嘴边的至理名言："摁着一头拱，跑不了吃油饼。心多烂了肺，跑不了受点罪。"

外祖母说，她的两次婚姻都不是自己的意愿，都是被父亲卖到夫家的。她形容她与第一任丈夫成亲时的婚房说："房子很小，但很宽敞，原因是家徒四壁。"

　　她第一任丈夫的亡故缘于他自幼拉扯大的三弟。母亲是外祖母的第一个孩子，她三岁那年，外祖父在外求学的三弟赌博被抓，这对于视脸面如生命的外祖父而言犹如晴天霹雳，他承受不起，自寻短见，上吊而亡。

　　而第二任丈夫的亡故，则缘于他难耐劳作时的闷热，到水塘边清洗满身的汗水。

　　外祖母第一任丈夫亡故时，她已身怀六甲，外祖父死后没几个月，她便产下了她的第二个女儿。对于一位寡居女人来说，独自拉扯两个孩子本就不易，还时常遭人欺负，动辄家中之物被洗劫一空。在这般接二连三的打击下，外祖母一头扎进了水井里，幸好被人及时救起才保住了性命。之后，外祖母便被她的父亲安排了第二次婚姻。

　　外祖母带着两个女儿改嫁，时日不长，外祖父赌钱被抓的三弟被放回。他无法接受哥哥悬梁、侄女随嫂子改嫁的打击，于是瞅准机会将我母亲抢了回去。

　　外祖母跟他交涉多次无果，怜惜他孤苦伶仃，对孩子又好，暂且将我母亲留在了他那儿。

　　不承想这老三不思悔改。有一天，来了两个抓捕他的人，母亲回忆说："小叔乘机将一大卷钱塞进了我的怀里，抱起我送到了我二叔家里，然后跟着那两人走了，从此杳无音信，生死不知。"

　　那年母亲6岁。

　　外祖母得知后，发疯般去要孩子，终没能要回，母亲就这样被留在了她二叔家里。

　　直到跟母亲同龄的女孩都嫁人了，母亲本家的婶子、大娘们才给母亲的二叔出主意，叫他领着母亲去辛店集上找外祖母，让外祖母张罗着给母亲订一门亲事。

　　外祖母跟母亲分离时，母亲6岁，此时再见，母亲已经虚岁

20。外祖母终于得见母亲,不免喜极而泣,她边哭边收起了布摊,带着母亲回到家里,扯布为母亲缝制新衣。

母亲回忆了外祖母为她找婆家的经历。

有人向外祖母介绍了某村一户人家,外祖母掂量来掂量去,觉得这户人家是不错,家里也很有(富),就是孩子过于老实,老实得有点无用,外祖母担心他将来撑不起家业,让母亲受难为。

又有人介绍了一个叫某某某(隐去名姓)的,外祖母掂量过后,觉得这个孩子又太能耐了,怕母亲没本事,打发不下来,嫁过去受欺负。

之后又有人介绍了一位当过兵、现在集市上做买卖的年轻人,也很能耐。但是,先前曾听他炫耀自己当兵的时候耍奸磨滑,行军途中装病,让人抬着他走,外祖母觉得这人太过滑头,不是个品行端正的孩子。

最后,我们村有位我唤作老奶奶的,外祖母早就认识,还有我的一位大娘,外祖母不但认识,关系还不错,她们两人做媒介绍了我的父亲,她们都说爷爷奶奶在村子里的口碑好,是户正儿八经的人家。外祖母觉得媒人底实(靠得住),不会花言巧语地骗她上当,就应了下来。

我父母的相亲定在了辛店大集,外祖母的摊位前面。

早晨,外祖母出门前给母亲准备了新衣新鞋,叮嘱她穿戴整齐了,和我姨抬着布匹到集上找她。母亲虽然年纪不小,心智却不成熟,她觉得才被允准见自己的亲娘,亲娘就这般着急地往外推她,心里很是抵触。临去前,母亲扒拉出外祖母的一件破褂子,又大又肥,不但严重脱色,肩部也因常年背布磨得破损不堪。又找出一双前面露了脚指头的鞋子穿在脚上,活脱脱像个要饭的。她就是这般模样,跟我姨抬着布匹来到了外祖母的摊位前面,外祖母一见又气又急,周围摊位熟识的人却笑翻了天。再换衣服已经来不及,因为我的父亲到了。

壹 为人处世

父亲是看到母亲了，母亲却没看见父亲。即便如此，由外祖母做主，亲事还是成了。

转过年来的农历八月十四，我的父母结婚了。婚后的母亲得到了我祖父母的疼爱。母亲也因能吃苦耐劳，为人厚道，干活不惜力气，被生产队评为劳动模范。1955年村里发展党员，经村党支部考察、研究，决定让母亲于同年5月加入中国共产党，8月转正。1956年，祖母卸去村妇联主任之职，经大队党支部研究决定，由母亲接任，母亲一直干到改革开放，随父亲转户口离开。

五六十年代是奠定农村农业化基础的年代，父辈们付出了常人难以企及的辛劳。母亲没白没黑地劳作着，在那个凭体力打拼的年代，有太多的农活是男劳力才能完成的，我家没有（父亲在外工作），母亲因此练就了一副钢筋铁骨，即便到了临产期，也能用装载满满的独轮车子推出面包般松软的田地。她白天在大田里劳作，晚上还要推磨子摊煎饼，为孩子们做衣做鞋。到了秋天，夜晚熬夜切地瓜干子，天不亮还要起床去解烟。母亲的睡眠时间极其短暂，一年三百六十五天，天天如是。她常说："那时候，你四婶子经常劝我，你这么累，别让孩子们上学了，我对她说，累死就我一个，我要让我的孩子都上学，去接受该接受的教育。"

五六十年代，在新中国成立后的第一个生育高峰到来之时，医护人员严重不足。母亲在这期间被村党支部选派到临淄区人民医院学习接生，学成后回到村里，从此担任村接生员。村子里50年代末至70年代中期出生的孩子，都是由母亲接生来到世间的。

妇产科是医院里医疗纠纷最为高发的科室，然而母亲在担任接生员的近20年间，虽然碰到过很多次产妇难产，却都在她的努力下有惊无险。她时常利用劳动间隙，给怀有身孕的大娘、婶子做孕期检查，遇到胎位不正者，会告知她们纠正胎位的姿势，也会告知她们用艾条熏至阴穴位，母亲说这法子非常灵验，只要照着做，胎位是会转过来的。

她面对的第一位产妇，是在她学习不到一周时遇到的。这产妇孩子出生，胎盘不下，为她接生的产婆想了不少办法，最后让她趴在一根挑水的扁担上，依然无济于事。这家的丈夫急匆匆来找母亲，母亲虽刚入医院学习，却盛情难却，只好跟过去一探究竟。不承想，她让产妇平卧床上，按着小腹，朝斜下方轻轻用力，胎盘便迅速剥离。母亲的接生生涯从此开启。

　　她接生的最后一个婴儿是难产中的难产，就是在目前的医疗条件下，不接受剖宫产手术的话，也是无法想象的。据母亲回忆，这孩子提前破水，到生产时羊水已经流干，而且先下脐带，母亲将脐带推上去后又下来一只脚丫，母亲伸手一摸，另一条腿是蜷曲着的，母亲好不容易将这条腿捋直拽出，颈部却卡在宫颈口处，于是她用手指抠住孩子的嘴巴用力拽了出来。母亲说，拽出来后孩子浑身青紫，软软的，不哭不叫，很是吓人。这之后村中又有人生产，也是先下了一只脚丫，母亲觉得送医院还来得及，就让家人送到了医院，然而这孩子没有保住，是被一块块割碎取出完成分娩的。

　　在那个年代出生的孩子们，给原本忙碌的母亲再增一份忙碌。分娩多半都在夜里，隔三岔五母亲就会被人从睡梦中唤醒，到村民家接生，有时半宿，有时整夜，第二天母亲还得照常出工。因为接生员完全是义务为大家服务的，没有工分，也没有休息。

　　我们一家人经常会在夜间被急促的敲门声惊醒，母亲拿起接生包便走，不论天热还是天寒，刮风还是下雨。

　　每次谈及往事，她都会说："没娘孩子天降抱。"这句话也真的在她身上应验了。看来上苍是公平的，她虽然在不幸中度过了许多年，她虽然瘦得皮包骨，全身脂肪量都不足以支撑起女孩每月该来的"老朋友"，却也没落下什么病根。缘于此，才能随着之后生活水平的提升而强壮起来，独自挑起家庭的重担，一路在艰辛中前行。

清 华嵒 《写晋人诗意画册·其一》

  我的母亲用自己的辛劳极大地拓宽了她生命的宽度,用自己的善良和不计得失赢得了人们的尊敬。她常教育我们:"你们好生想着,力气是攒不下的,不管在哪里,有活儿就要抢着去干。好吃的先紧着别人吃,人家吃了还说你个好,你自己吃了啥都不顶。"她这样教导我们,自己也是这样做的。她的语言朴实无华,却在我们心里深深地扎下根来,成为我们的行为准则,终身受用。

  现如今,母亲米寿已矣,我们正以茶寿相期。祝愿她老人家康健永存,福寿绵长。

忠厚传家继世长

● 邱保华

600多年前的一个风雪季节,官府从江浙一带强征民众,聚集在江西一个叫瓦屑坝的渡口,一批批地船载北上,这就是历史上的"江西填湖广"事件。至于这个事件,究竟是一个传说,还是一段史实?我未曾考证。但从长辈们的口传中,与我看到过的宗谱里,得知我族祖先就是从江西瓦屑坝迁居湖北的。祖先们最先来到鄂东大别山区罗田县七道河畔,选定背山临水的地方筑室而居,从此开始了我们这一家族平凡而朴实的生活。

从宗谱来看,我们这个家族极其重视优良家风的传承,特别以"忠厚"为根本的家训,演化为"仁义礼智信,温良恭俭让"等关键词。这些词不仅在训辞中处处出现,还融合在一代又一代的名字当中,比如我的曾祖一辈,字序为"衍",其几位曾祖分别就叫衍仁、衍义、衍知、衍信。他们的名字洋溢着质朴、隐忍的人性芬芳,又散发着刚毅、勤勉的人格魅力。

忠厚温良,在我的家族可谓渊源流长。先父在世时多次对我们说过:"我邱家虽没出过巨贾政要,但从未出过'暴劫子(逆子)'!"遥想当年大迁徙时,先祖们背井离乡,被反绑双手,由官府集中押解到湖广的场景,何等凄惨!据说,现今我地老年人走路时有倒背双手的习惯动作,以及把上厕所说成"解手",便是那场艰难迁奔的历史遗存。

当年"江西填湖广"大移民,是明初朝廷为扩张经济之举,倒也无可厚非,但还有一种传说,却是叫人毛骨悚然。说是朱元璋与陈友谅为争夺天下,迁怒于陈的家乡湖北,在当地进行惨绝人寰的大屠杀,加上湖北又是红巾军起义的主战场,战乱连年,天灾人祸,干旱才过,霍乱肆虐,这一带人丁几近灭绝,所以到明太祖朱元璋统一长江流域时,便强令人多地少的江浙民众迁移到湖广安家落户。

我的故乡索家楼,也叫索八楼,曾经建有八栋富户的阁楼,到我的先祖迁居时,只剩一片庄园的废墟。我小时候还胆战心惊地听过老人们讲"干老头"的故事。也就是说先祖移居这里时,在废墟里发现了干僵尸体,可见这一带曾因病疫或战争而人丁谢尽。这里是山区,爬上大山顶,往往会发现一些古寨的遗迹,人们说是陈友谅聚兵打仗之地,可想这个地方本不是我邱氏族祖的籍贯。

曾听族兄恭应讲,我们本家的祖先是从罗田七道河放排鸭走出来的,先是在黄冈总路咀锥子河一带驻扎放鸭,某一日望见附近高岗方向浓烟四起,火光冲天,便奋不顾身前往抢救。原来是一富户人家的稻田失火,殃及粮仓,后来高岗这个地方一度被叫作"火烧屋脊"。高岗的那家富户欣赏我族兄的英勇刚毅,便招为女婿,邱祖于是落户在高岗,以忠厚、勇敢而立足于这片山清水秀之地。从此人丁繁衍,家族渐渐壮大,先是在高岗有大邱塆,很快又有细邱塆,族人两个塆子还住不下,又往索家楼、粟子塆迁居。我的曾祖父就是迁居索家楼的一支。

到先父仲卿公这一代,更是把忠厚荣家的传统发挥到极致。先父命运多舛,自幼丧父,母亲下堂(被迫改嫁),年幼的他带领更年幼的两个弟弟,在索家楼那个偏僻的山村里躬耕度日。人们常常看到父亲在后面扶着犁,两个弟弟在前面肩拉耕种的场景。幼年失怙、势单力薄的父辈兄弟三人饱受欺侮却坚强不屈的自强往事，充斥着我儿时的记忆。父亲以德报怨、知恩图报的行为，至今历历在目。初级社的账房先生欺负先父兄弟不懂账务，把他们的工分记错，先父就发誓自学，不光学到财会业务，还写得一手好文章，后来被推举当上村会计，不久又被驻村乡领导看中，保荐为乡政府通讯员，成为乡里"一支笔"。村里有人嘲笑先父兄弟三人"学不了手艺，注定是扒土坷垃的命"，小小年纪的先父在没有师傅教导的情况下，学会了木工手艺，他亲手制作的小桌子、小凳子，连老木匠都赞不绝口。打小父亲就教导我们"忍得一时之气，免得百日之忧"，这些忠厚为本的修身之德和处世之宜，一直是我和弟弟妹妹们立身励行的良训。

我们家族历来重视子弟读书。"人无贵贱，无不读书""孝友沉笃，致力于学"，这些都是家训中的重点，它激励一代又一代子孙将读书求学奉为至上。勤奋读书，百挫不折，众多族中寒门子弟，在这种家训中崛起于阡陌垄田。

在我小时候，家大口阔，劳动力少，是队上有名的缺粮户。常常是一件衣裳父亲穿了，给我这个长子接着穿，我穿了给弟弟们再穿。队上分粮油，我们总是靠边站。但即便是这样的窘境，父母也从不让我们辍学。哪怕我们自己生出厌学情绪，也总会受到他们的劝慰甚至责骂。

先父讲，我祖父在世时，农闲时节用挑小货担赚些现钱，送他上私塾，一心要堵住别人说我家"读不起书，要当光棍"的嘴。不料父亲才上两年私塾，祖父就病逝了，父亲虽然失学，依然爱书如命。我很小的时候，看到家里阁楼上有一个大木箱，里面全是书，有厚厚的大书，也有小人画，那都是先父从牙缝里挤出钱购买的。那只木箱给了我无限的童年快乐，更让我萌发了理想的翅膀。当别的乡下孩子眼光只放在脚掌所及的范围时，我却能骄傲地说出一大串著名人物的名字。

"话多人不爱，礼多人不怪。"这是先父生前常说的话。我的

叶氏宗祠 徽州古村落

家训有文：勤守成朴，敬重诗礼。我们家族就是这样秉承"待人以礼，敬人以尊"的做人立业精髓，把礼让奉为圭臬。塆子里要是出现了一件被人不齿的事情，比如公共财物被人损坏，菜园子被人偷摘了，人们往往会说：这事不会是邱家人干的，邱家人干不出这种事情来！

记得小时候，家里来手艺人或客人，母亲总是把茶水倒在杯子里，让我端到客人手上，教我如何说客套话。有客人在桌上吃饭时，我们自觉坐在角落，或夹一些菜到外面去吃。邻村有一个篾匠，很喜欢小时候的我，到吃饭时，他要是往我碗里放一些青菜，我就连连道谢，他要是夹些鱼肉给我，我就要往他碗里拨，后来他到处夸奖我是个乖伢。至今想到这些，我仍引以为豪。我也以此教育自己的儿子，儿子从小彬彬有礼，鄙视脏话粗话，这很让人欣慰。

"常将有时思无时。"家父经常教导我们节俭惜福。我读小学时的草稿本,是父亲用单位的废弃表格纸反折后装订给我的,书包是母亲用自家织的土布缝制的。起先我也反感这些东西,觉得在同学面前没面子,后来发生的一件事改变了我的想法。刚上初中那年,我们的午餐是自带剩饭到学校蒸热了吃。有一天父亲去学校看我,正碰到我在吃饭,他说自己吃过了,就静静地在一旁看着我吃。我吃到最后,碗里还有些饭菜,觉得咸了,准备倒掉,父亲接过碗来说:"咸点也不闹人,倒掉可惜,我吃吧。"我看到旁边有些同学在朝这边张望,便觉得父亲这样做很丢人,就生起气来。父亲当场没说什么,他把我的剩饭吃完后,又到水池边把碗洗干净,再把我叫到一个僻静处,讲述一粒大米从下秧苗到变成米饭的艰辛过程,讲述一片蔬菜从栽植到炒熟的程序,这每一道过程,饱含着人们多少汗水啊。"一饭一粥,当思来之不易,半丝半缕,恒念物力维艰。"父亲反复念叨着这句古训,让我面红耳热。自此我再不浪费一粒粮食,还主动把别人写过字的纸片拿来背折当草稿纸用。

节俭是幸福的源泉,惜福的人才有福。父母亲总是在有形无形之中传承家训门风,这样的家族,无论怎样的困窘,都能活出一种喜气来。即使我们家的米缸只剩一粒米,我的父母亲也不会面露难堪,总是给人一种自信的感觉。在那极度缺粮的岁月,父亲在单位淘了些别人看不上眼的杂粮碎米,甚至米糠,拿回来舂成细粉,兑上大豆,蒸成香喷喷的米粑,我们都吃得很开心。父亲一个男子汉,却学会缝补和编织,母亲更是有一双浆洗缝补的巧手。一件旧衣裳,经过父母亲的手,总能翻出新花样。正因此,在我家是缺粮大户的状况下,我们兄妹四人都能读到高中毕业,这在当时的农村是少见的。

先父有句口头禅:"唯愿有光别人沾。"吃亏是福,帮人是德,这些家诫训言,高度概括了邱族的谋事之德和为人之格,使忠厚文化由民间信条变为光荣传统,并以一种非物质文化形式不断发

徽州古村落

扬光大,影响着一代又一代子孙,成为兴家旺族的主要根基。

先父一生便是老老实实做事,堂堂正正做人,不怕吃亏上当,不怕好了别人,不媚权贵,不欺下人,他忠厚的品格和宽宏的胸襟,在他工作和生活过的每一个地方,都被人传颂。这对我的影响很大。

有件事印象很深，在我读中学的时候，一天跟同学们到附近的大队搞生产劳动，有位老农瞅我半天，问我是不是某某（先父的名字）的儿子，得到我肯定的回答后，他高兴地搂着我说："我说你怎么这样像他，你父亲当年在我们这里住队，做了几多好事啊，人们都念着他哩！"末了，老农还悄悄塞给我一些食品。

　　父母亲不曾读过万卷书，也不曾行得万里路，但他们始终坚守自己的本真，循规蹈矩，立身厚道，成为家族楷模。也许他们没有怀天下、济苍生之想，想来也没有"采菊东篱下，悠然见南山"之趣，但他们确实在恪守传统，在忠厚传家中找到了精神家园。邱氏家族的传统力量浸润在先辈们的血液里，成为一盏明灯，照耀着一代又一代子孙前行的路。

善

shàn

概说

善，在甲骨文中表示手持羊进献，后用来表示善良。《说文解字》：「善，吉也。从誩，从羊。此与义美同意。」古人认为羊的性格温顺，有吉祥、美好之意。

历史

"善"字最早出现在甲骨文中。周中期的克簋（古代食器，圆口双耳）上，周晚期的毛公鼎上都有善字，这时的善已是金文。秦朝时"车同轨，书同文"，小篆成为通行的字体，善的字形与金文同。

善的思想自古有之，到春秋时期，老子在《道德经》中对善的思想进行了详细的阐释："上善若水。水善利万物而不争，处众人之所恶，故几于道。居善地，心善渊，与善仁，言善信，政善治，事善能，动善时。夫唯不争，故无尤。"老子认为水具有"至善"的品德，能利万物。如果以水喻人，那么善就是谦和、宽容的品性。孔子则认为仁、德都是善的体现，《论语·述而》："德之不修，学之不讲，闻义不能徙，不善不能改，是吾忧也。"孔子关心人的道德修养，要做一个品德高尚的人。但孔子关于善的思想是建立在维护礼的基础上，也有一定的局限性。

战国时期，孟子认为善是人的本性，其在《孟子·告子上》有相关论述："水信无分于东西，无分于上下乎？人性之善也，犹水之就下也。人无有不善，水无有不下。""乃若其情，则可以为善矣，乃所谓善也。若夫为不善，非才之罪也。"

汉朝统一后，为了休养生息，实行无为而治，经济恢复后，尤其是汉武帝，推崇儒家思想，实行"罢黜百家，独尊儒术"。董仲舒对于善的认识更进一步，在《春秋繁露》中提出性与善的关系："性比于禾，善比于米。米出禾中，而禾未可全为米也。善出性中，而性未可全为善也。善与米，人之所继天而成于外，非在天所为之内也。"

三国两晋南北朝时期虽然

动荡，但善的思想并未消失。如刘备在临终前写下遗诏戒敕刘禅："勿以恶小而为之，勿以善小而不为。"他认为只有贤能和德行才能服众，要致力于积德行善，赢得民心，不要做亏损德行的事情，使大家失望。

历仕东晋、刘宋两朝的颜延之著有《庭诰》，用来训诫家人。《庭诰》内容丰富，体现了正统儒家思想，如待人宽容，人们就会变得厚道，对人刻薄，人与人之间就会互相怨恨残害。对人还要有同情之心、仁恕之德，当穿着厚实华丽的衣服时，应当去体会穿着破衣烂衫的人的痛苦；当吃着山珍海味时，应当去体察饥肠辘辘的人的苦难。

唐宋时期，善的思想进一步发展。唐朝时，经济上生产力空前发展，文化上儒、释、道与外来文化等共同发展，但中晚唐之后开始主尊儒学。宋朝盛行劝善思想，以儒家伦理道德规范，宣扬忠孝礼节的善行。唐太宗李世民著有训导太子李治的《帝范》，在《赏罚》篇中告诉太子明确赏赐以施行劝化，劝导百姓行善。范质在《诫儿侄八百字》长诗中有"积善有余庆，清白为贻谋。伊余奉家训，孜孜务进修"之句，以此来教谕子侄。北宋哲学家邵雍认为人的善恶与吉凶祸福直接相关，因此告诫子孙做善人以求得吉祥福祉。

明清时期，家族不断发展，家训也不断增多，不少家庭修族谱，并且累世修纂，有的还将训言刻于石碑，立在祠堂，以警示子孙。明清时家训还有一个特点，就是女训增多，虽然汉朝就有班昭撰写的《女诫》，但内容单一，较少涉及德育。宋明理学兴盛之后，女训大量涌现。

明成祖朱棣之妻徐皇后，撰有《内训》，用来警诫、教训宫闱妇女。《内训》的主要内容分为三大部分，其中第一部分就是针对德行方面，包括慎言、谨行、勤励、警诫、节俭、积善、迁善等，可见善在德行方面的重要性。积善是说妇人之善德在于温良庄敬，乐于和平而不乖戾，宽宏大量而不嫉妒，仁爱慈善而不残害，秉持礼义而不纵越。迁善指每个人都可能有过错，能够认识到自己的过错就算是明智；认识到自己的过错并能够改正，就算是接近圣贤。明朝戏曲家徐复祚为了警示后人积德行善，将自己兄嫂骗取姑姑钱财并将其杀害之事揭露出来。明朝方孝孺在《宗仪·广睦》中说："为善如嗜饮食，去恶如去毒螫。"

康熙在《庭训格言》中教导儿子："人生于世，最要者惟行善""天道好生，人一心行善，则福履自至""凡人存善念，天必绥之福禄，以善报之"。郑观应写有《训子》诗，以诗歌的形式简明扼要地阐释为人处世的道理，其中有："守正不阿存善念，自然福禄获天施。""欲无后累须为善，各有前因勿羡人。"郑板桥在《潍县署中与舍弟墨第二书》中告诫弟弟务必使孩子养成忠厚仁善的性格，驱逐他们刻暴、急躁乃至残忍的本性。张习孔《家训》中："为善不全在捐财，只要其心慈恻公平，有财无财一也。"于成龙在《治家规范》中说："勿谓些小之善不足纪，善念一生，天必降之福；勿谓些小之恶无足畏，恶念一生，天必降之灾。"

文化意义

善的思想和价值观在我国产生较早,《易传·文言传·坤文言》中便有"积善之家,必有余庆,积不善之家,必有余殃"的记载。

向善有利于提升个人的自我修养。颜之推的《颜氏家训》自成书以来,一直被作为家训典范,广为流传。如在《慕贤篇》中说:"是以与善人居,如入芝兰之室,久而自芳也;与恶人居,如入鲍鱼之肆,久而自臭也。君子必慎交游焉。"就是说与善良、品德高尚的人相处,如同进入满是芝草兰花的房间,时间久了,也会变得芳香起来;与品德不好的人相处,就像进入了腌制鱼的店铺,时间长了,也会变得腥臭。君子与人交往要慎重。因此,选择向善也是提升自我品性的一种方式。

善是中华民族的传统美德,即使在现代社会也具有重要意义。"勿以恶小而为之,勿以善小而不为。"虽历经千余年,但其价值仍闪耀着智慧的光芒,值得每一个人学习。多做善事,世界将会变得更加美好。

父亲留下的家训：为善最乐

● 叶良骏

父亲长期漂泊在外，在我们成长的重要阶段，他都缺席。后来他退休回沪，但在我们心中，他还是很模糊。我们从未走近过他，许多时候，甚至对他有误解。

我们一直觉得父亲小气。比如过年他从不发红包，去做客从不带礼物，满橱的食品，谁要是私自吃了，哪怕是一块儿糖，他都会生气。他老是哭穷，似乎"夜饭米勿落锅"一样，我信以为真，常送钱去。可是我们全错了，在整理遗物时，我发现了好多汇款单、感谢信、捐赠证书……时间从40多年前到他去世的前一个月。

信件展开，一个个故事重现在我面前。

有个女子是他在西宁教书时的学生，结婚后本有一个幸福的家，谁知丈夫突然离世，儿子只有两岁，日子没法儿过了，给当年的班主任写信哭诉。父亲许下承诺："孩子的费用由我负责。"这一帮，就是20年！从最初的每月50元、80元，到上大学的每年一两万元。一堆来信，讲述着这个雪中送炭的故事。

曹其清叔叔是父亲的老同事，十多年前叔叔撒手人寰，婶婶没有工作能力，生活陷入困境。父亲挑起了这副担子，每月给婶婶家一千元生活费，过年再寄三五千元，直到曹家女儿能养家了才停止。父亲去世后，我接到婶婶电话才知道，这十多年里父亲拼力养着兄弟的家，而他那时的退休金也才三四千元。

　　还有一张他给奉化大堰学校的 5000 汇款单，附言写着："给孩子们买点图书。"我曾在《宁波日报》上看到父亲被评为"宁波市十大慈善之星"，文中说到父亲捐了 5 万元给这所学校，让学校购买铁床，以保障孩子们的安全。后来我特地去了这所山村小学。我带去作家们捐赠的书，学生兴高采烈地围着我喊："谢谢叶爷爷，谢谢叶老师。"看到宿舍里崭新的铁床，听到孩子们真诚的感谢，我明白了父亲此举的意义。

　　杜行是父亲牵挂的第二故乡，我们家祖传的叶同泰槽坊开在老街，他在这里度过了快乐的童年。2015 年，他捧着 10 万元现金寻根而去，在杜行中学创设叶同泰奖学金，直到学校邀我讲课，我才得知此事。一沓沓学生来信中，有一封这样写道："在我被南墙撞得头破血流时，是您的奖学金为我打开了希望之窗。"感动于这份情意，我答应父亲，会把奖学金继续办下去。

　　父亲从来不是有钱人，他助人的钱都来自他的工资、退休金，更多的是稿费。父亲一个个字都是用笔写的，几十年里，几千元、几万元、几十万元，要写多少字，费多少神！他原来并非吝啬，而是省下每分每厘去行善。

　　父亲留下了家训："为善最乐。"这句话沉甸甸的。

　　父亲背影已远，我想对他说："爸，你真好！"可惜他永远听不见了。

我的老家

● 叶良骏

　　我的老家在宁波市镇海区庄市镇老鹰湾，一个安静的江南小村。据说此村已有400多年的历史，全村人是同一个祖先的后代，都姓叶。据记载，因战乱，叶姓祖先从河南辗转南下，经秦岭后分几路，有的去了广东、福建等地，有一支来到浙江，在镇海几个地方落脚。我们村最早是兄弟二人，名为忠、恕。两人在老鹰湾住下后，在东、西两边造屋居住，繁衍子孙。我家是老大，在东边，称"忠房"，有堂号叫"世德堂"；西边为弟，称"恕房"。

　　村里的房子，从我懂事时起，一直未有再造，是一式的二层砖木结构楼屋，大多为明清建筑。我家"世德堂"被族人称作"东边大屋"，除两幢楼屋，还有一排小屋。另有很大的"堂前"，是"忠房"祭祖的地方。20世纪五六十年代，我几次回乡去，与阿娘住在楼屋里，房子还保存完好。楼上原是父母的婚房，四壁红漆护墙板，同样的红漆地板，历经几十年，依然泛着光泽。

　　二楼朝南有木格窗，以前应是糊窗户纸的，我去时，纸当然没了，不记得是否有玻璃。每扇窗下部是大块木板，上部是细木雕刻的格子，格子细而小，很精致。关上窗后，房里光线不大好，但乡下吃饭、做事、待客都在客堂，楼上房间白天没人上去，故光线明暗基本不影响生活。我在乡下时一直在楼下与阿娘住，好像从未在楼上住过，后来回去几次，也没在二楼住过一天。只记得二楼没什么家具，只有一二条春凳。墙上挂着妈18岁时穿旗袍的照片，因为族人说我非常像妈嫁过来时的模样，我还特地取下照片让大家比较，阿娘说简直活脱脱是同一个人，连酒窝也同样在右边。我对这张照片印象深刻，对二楼已记忆模糊。

楼下当中是客堂，左右两排放着靠背椅、茶几，靠里墙放长搁几，左右两只大花瓶，有一只整年插着鸡毛掸帚。墙上挂着画，两边是对联。因为年幼，我对画一点儿没印象。阿娘祭祖时，把画取下来换成祖宗画像，画上的人都穿着清朝官服，头戴有顶珠的官帽，我一个都不认识。客堂两边为厢房，幼时对厢房的记忆是它很大，但很暗。我出生后，因母亲受了日本鬼子的惊吓，迁往宁波市区，再没回乡下住过。老屋因人少，又少修缮，日渐破败。

客堂后来作为公用，灶间仍独用。灶间很大，一只大灶头占去小半间。灶上有两只锅位，一只炒菜，一只烧饭。中间是汤锅，烧水用。灶间堆满稻草、毛豆秸秆等柴火。好像那时柴比米紧张，阿娘走在路上，看到稻草、树枝，总是当宝贝一样拾回家。二妹受她影响，刚会走路，看见一根草也会捡回来。灶前放只小凳，阿娘引着了柴，接下去的事就交给我。我后来会娴熟地把稻草扭紧，盘成结，塞进炉内。如火不旺，我知道用火剪拨，三拨两拨的，火苗会蹿得很高。为节省柴，一定要看着稻草全部烧完，才能塞下一把柴火。等锅开了，不必用柴，灶里余烬足够烧熟饭菜。我从小就知道米可用钱买，但柴无处买，是要以米换的，好像是一担谷换二担柴。一担谷轧出米，一家人可吃很久，但两担柴，却用不了多少天。以至我长大后，很多年里看到农民把秸秆白白烧掉，还觉得太奢侈了。有时，想起阿娘一次次弯腰，为的是捡起一根草，心里忍不住酸酸的。

房子前有庭院，不是很大。屋檐下放着三四只大水缸。老家有收集雨水的传统，乡下不筑井，用河水浣衣，吃的是天落水，用明矾打一下，烧饭喝水都可以。庭院中间有棵高高的梅树，树旁有凤仙花、满头红花。爸说庭院有暗门通往花园，花园里有"夹弄"，当年日本鬼子来找"花姑娘"，阿娘和妈躲在"夹弄"里才逃过一劫。我记事后，花园好像没有了，暗门、"夹弄"早不见踪影。那片本该是花园的地方变成了晒谷场，秋后收了稻谷，阿娘把谷晒在竹帘上，用竹耙翻，我也去耙着玩。那稻谷黄灿灿的，可真香。

  屋后有片竹林，春天下雨后，阿娘拎着竹篮去找笋，总有收获。竹林旁是宅边田，阿娘种的蚕豆、毛豆、山芋、各色蔬菜，一年四季不断。我最喜欢跟阿娘去田里捉虫、浇水，即使浇粪，也觉得好玩，从来不嫌臭。还记得阿娘边劳作边哼的歌谣："萝卜开花白似银，蚕豆开花黑良心哪！人人欢喜油菜花，一片黄勒赛似金。"山芋收上来，阿娘一点儿都不舍得丢，她用嫩的山芋藤做菜，老的藤晒干了当柴烧。大部分生山芋切丝晒干，少部分煮熟去皮后，拌上芝麻晒成片，这样，无论当主食或我的零食，都可以吃很久。田埂边，阿娘种上米苋，一直不采摘，等到秋天，米苋长得比我还高，茎有铜钱般粗，拔出来去掉根、叶（当然不会丢掉，晒干了可当柴），斩成一两寸长，放进"老臭卤"里。过一二周，屋里弥漫出一股又臭又香的味道，就可以吃了。盛一碗放在饭锅里蒸，当"下饭"真是妙不可言！许多老宁波人，不管离家乡多久，想起这个菜，都会像我一样馋得落泪。

  我家自成一个院落，客堂高且大，地上是方方正正的青石板。四壁皆红漆板壁，天花板也是木板刷红漆。客堂只有门没有窗，每扇门下部是整块木板，上部是雕花格子，好像无玻璃，是镂空的。几扇门总开着，从来不关。春天将到了，阿娘常用手搭凉棚向天空看，如下雨，她就不断念叨："雨龙王，好回去了，燕子要飞不动了。"燕子每年会飞回我家，客堂屋梁上那只窝，很多年了，一直悬挂着。燕子没来的日子，阿娘一遍遍用长竹竿绑牢鸡毛掸帚拭擦房梁。如别人家已有燕子回来，她会急得天天拜灶王爷，祈祷"燕子平安回来"。每年燕子总会回来，只是日子有先后。阿娘认识每只燕子，会说，小燕子长大了，它们来了，不知老燕子还活着没有。因为有燕子飞进飞出，阴暗的客堂有了生气，阿娘如有空，总会与燕子说说话，一脸欢喜。我从来没怀疑过燕子是否听得懂话，长得很大了，依然相信燕子有灵性，否则，它们怎么年年知道回家？住在上海后，很多年里，麻雀都少见，何况燕子。隔了几十年，那天在同里罗星洲，看到上千只燕子在我头顶上下飞舞，我相信，其中一定有我们家燕子的后代，因为它们盘旋一圈又一圈，不肯离去。"似曾相识燕归来"，可是堂屋早化作一片废墟，那只燕子窝，连同懂燕子的阿娘，再不会回来了。

楼屋朝南，庭院地上铺青石板，多少年了，踩上去依旧纹丝不动。屋右是大门，用很厚的木头作"门闩"，不锁。平时进出走旁边的小门，也不锁。阿娘出去时，在外面关上门，用根长铁钉从"门闩"上的小洞穿过去，把门拴上。乡下民风淳朴，夜不闭户是常态，拴门只是防鸡鸭、野狗。楼屋山墙即是围墙，一楼朝外墙上有两扇"石架窗"。窗是红色花岗岩上雕的龙形图案，二窗大小一致，雕花不一，非常精细，那么多年了，一点儿没走样。回乡很多次，想过不少办法，想取下这两扇窗，根本动不了。

我家大门外有一排平房，大概五六间，我们叫"小屋"。这屋原是给丫头、用人住的，但从我记事起，那屋就一直住着生芳太婆一家。她是叶家媳妇，辈分很高，只是命苦。她年轻守寡，好不容易拉扯大唯一的儿子阿宝，后不知下落。

一家生计无着，媳妇改嫁，三个孩子尚幼，阿太哭瞎了双眼。我们村遵循祖训，族人合力帮助孤寡，阿娘每年送800斤稻谷给他们，屋子当然也白住。平房每间不大，大概十一二平方米，砖瓦结构，木窗较小，也是雕花木格。除阿太一家住外，还有一间堆柴，一间放农具。

大门对着小河，河边也是青石板路。阿娘一天去几次河埠头，淘米、洗菜、洗衣。大门开着，阿娘看得见我，我也看得见她。如一时看不到我，阿娘就会高声喊："月丽，月丽！"有时我故意不作声，阿娘先是骂："西（死）小娘，西到啊里去了？"我再不作声，她会三步并两步地奔回来，一面用青布围裙擦手，一面说："看我勿掼（摔）煞（死）侬！"见到好端端的我，她会在我屁股上拍几下，一面说："吓勒我胸官头（口）别别跳，魂灵拨侬吓出勒！"我不怕她打，照样顽皮。

据父亲回忆，我们家在老鹰湾叶家村最起码有五六代。祖父去世是在 20 世纪 20 年代，那年，祖上家传的南汇杜行"叶同泰"槽坊已有 197 年，而我们的根仍在老家，祖父灵柩由祖母送回祖坟安葬。这样算来，祖屋至少有超过 200 年的历史，是真正的老屋。如今，我家的房子、宅基早已易作他姓；我家祖先建造的"堂前"虽从未易主，因年代久远，无人主张而成了族人的公产。祖先为老家所做的贡献，我家行善的家风，那曾庇佑了几代人的"世德堂"，连同那饱经风霜依然精美的石架窗，都已成为历史。小村将成为一片荒芜的记忆，许多年后是否还会有人记得这个美丽的"老鹰湾"？很难说了。但至少我会常梦见它。还有我们家的燕子，即使找不到回家的路，一定还认识我，它们还会在春天徘徊不去的吧！

村中还有不少人家，我因年幼，都不记得了。沧海桑田，无法磨灭爱的痕迹。其实，人总是在不断地丢失珍爱的东西，无论是价值连城的钻石，还是夹在旧书中的一片枯叶，都不可能永远为己所有。但人在无尽的失去中，往往会有隐隐的芬芳伴随，才有勇气一直走下去。现在，老家将成为它墟，往事会如风吹去，但总有点儿什么会留下来，比如阿娘，比如楼屋，肯定，不仅是记忆。

我家的秘方

吕桂景

年年清明，今又清明，思念像疯长的野草，在心田里肆意地蔓延。父亲已走数年，蓦然回首，恍如昨日一梦。

父亲兄妹四人，他是老大，早早地就担起了家里的重担，真的是"里里外外一把手"。身怀家传秘方、救人无数且小有名气的爷爷看父亲心地善良、勤快能干，就把祖上的秘方传给了父亲。爷爷郑重交代父亲，给人看病时，不图钱财，乐施行善，照亮后代。爷爷还特意嘱咐父亲，祖上的规矩只"传男不传女"。

面对遗言，父亲用力点头，表示谨记在心。爷爷去世后，父亲接过了衣钵。诸多疑难杂症，只要找上门来，有求必应。来找父亲看病的，患的多是跑了多家医院未能治愈的难治之症。如骨髓炎，在传统中医上，也叫"铁骨瘤"，主要症状是股骨头坏死，此病非常顽固，难以根治，严重者甚至于截肢、瘫痪，许多医院对此望洋兴叹！靠着家传秘方，父亲治疗骨髓炎，几乎从未失手。

遂平县的一位患者，躺在病床上已经好几年了，生活不能自理。家人多方打听，听说父亲有秘方专治"铁骨瘤"，就带着患者直接来到我家，让父亲诊断、治疗。几个疗程过后，患者慢慢地能自己扶着床下地走路了，并逐渐好转。治好的人越来越多，父亲在当地有了很高的威望。我最崇拜的人就是父亲，也下决心成为像父亲那样的好大夫。

在一个我认为的好日子里，我向父亲提出了学医的请求，然而得到的却是果断的拒绝。父亲向我陈述了爷爷的遗言，爷爷弥留之际，特意嘱咐他，祖上的规矩是"传男不传女"，万不可破了规矩。一时间，失望和遗憾充斥着我的心。至今我还时常梦见自己成为一名造福乡里的女中医。

秘方以草药为主，所用的药材都是父亲从山上采来的。盛夏季节是采药的最佳时机，天刚蒙蒙亮，父亲就背上药篓，带着干粮，上二山柳采药去了。二山柳是我家乡大山的名字，距我们家20多里路，那时出门没有交通工具，全靠步行，从家到山上得走两个小时左右。

翻过一座小山，是一片宽阔的丘陵地带，一条小河从两山之间穿过，清澈的河水缓缓地流淌。蹚过河往里走，来到大山深处，才算到了草药品种多且生长茂盛的地方。草药喜阴，大部分隐藏在植被下面，父亲在山涧、溪水旁寻找草药，将元胡、桔梗、当归、柴胡、地黄等药材收入囊中。

中午时分，父亲随手剜一把山韭菜，就着干粮充饥。渴了，就捧一口山泉水解解渴。虽然艰苦，却乐此不疲。

跟随爷爷实习多年，除了秘方，父亲还具有扎实的中医基本功，并掌握着无数偏方。乡亲们如有所求，他总是无偿奉上偏方，只要不从家里取药，便不收一分钱。小偏方治大病，乡亲四邻有个头疼脑热、小病小灾，就找父亲咨询偏方。除了秘方、偏方和常规中医诊疗技术，父亲还身怀治病"秘术"。

那年，我的一位朋友身上长了缠腰丹，去医院打针治疗也不见好转，而且还在不断地蔓延。心急之下，我想到了父亲。于是，我便带着朋友回乡下老家向父亲求助。那天，我见识到了民间"秘术"的神奇。

只见父亲手拿菜刀，在土地上画个圈，在圈内横切几刀竖切几刀，而后用带着泥土的菜刀在缠腰丹上如出一辙，口中念念有词，最后，用燃烧过的茅草灰配制而成的草药涂抹。几日后，缠腰丹从红肿状态逐渐萎缩变成灰色，直至消失不见。

小时候，我爱吃糖又不懂得如何保护牙齿，时间长了，个别牙齿就成了蛀牙。一天晚上我正睡觉时，突然牙疼了起来，哭得像个泪人似的。父亲见状，就用车前草熬水，放凉后让我用来漱口，我把草药水在嘴里含一会儿，再吐出来，反复几次后，牙齿真的不疼了。

从十里八乡到百里之外，父亲的祖传绝技名扬四方。那年，距我家200多里的一户人家，孩子才十几岁就患上了"铁骨瘤"，家人四处求医，救治无望。患者家属不知道从哪里打听到父亲有治疗"铁骨瘤"的秘方，得此消息后，就立即开车到我家求父亲救救他的孩子。父亲欣然答应。

父亲给那个孩子诊断后，根据他的病情配制药方，先让他口服药丸，再用药材熬水进行熏蒸，借用药物的热气逼出毒性。经过父亲的精心治疗，一段时间后，患者能慢慢地下地走路了，并逐渐恢复，直至痊愈。一家人感激不尽，要以重金感谢，被父亲婉言谢绝了。

父亲临终前，眷恋亲人，难舍难分，呼吸越来越微弱……恍惚间，父亲好像听到了奶奶的召唤声，就奔奶奶而去；之后又听到儿孙们撕心裂肺的呼唤声，不忍离去，于是又返了回来。父亲慢慢醒来，凭着超强的意志力又延续了7天生命。

父亲去而复返，原因是心愿未了。他时而清醒，时而糊涂。清醒时，父亲就悄悄地把哥哥叫到身边，再次把秘方向哥哥陈述一遍，并一再叮嘱，要恪守"传男不传女"的祖规。

许多年过去了，我依然时常梦见父亲，时常梦见我给人治病。有时我想，秘方严格的传承规矩，是不是也是中医走向衰微的原因之一？

❀ 徽州古村落　汪氏宗祠

　　清明前的梦里，我见到了父亲，他在天堂开辟了一片药园，白色的芍药、紫色的丁香、黄色的仙茅参、紫白相间的石斛……知名、不知名的草药，植满了整个药园。药园里鸟语花香、蜂飞蝶舞，小桥流水、亭台楼阁，相映如画，宛若仙境。

　　看见我，父亲笑了，对我说："闺女，秘方就是造福人类的，只要你秉持正心，我可以教你了……"

　　清风徐来，明月升起，药园里花香四溢，沁人心脾，父亲在花丛中穿梭，如同神仙般飘逸。

俭

jiǎn

概说

俭，本义为自我约束，不放纵，后有节省、不浪费之意。俭朴，是中华民族的一种传统美德。《说文解字》：「俭，约也。从人，佥声。」《易·否象传》：「君子以俭德避难。」《尚书·商书·太甲上》：「慎乃俭德，唯怀永图。」《老子》：「慈故能勇，俭故能广。」这些记载从不同方面阐释了俭的意思。

● 历史

在原始社会，生产力水平低下，劳动成果无法满足人们的需求，因此，需要节俭。在漫长的农业生产中，劳动人民形成了节俭的风气，人们也认识到俭的重要价值和意义。

《尚书·大禹谟》中曾记载舜称赞大禹"克勤于邦，克俭于家"，大禹为治水克勤克俭，获得后人称赞。

春秋战国时期，老子崇尚节俭，曾说："我有三宝。持而保之：一曰慈，二曰俭，三曰不敢为天下先。"孔子虽然重视礼，也强调节俭，他说："礼，与其奢也，宁俭。"孔子对节俭的学生颜回十分赞赏，说："贤哉，回也。一箪食，一瓢饮，在陋巷，人不堪其忧，回也不改其乐。贤哉，回也！"

楚国的令尹孙叔敖十分节俭，坐破车，穿旧衣，他的随从不解，就问："车新则安，马肥则疾，狐裘则温，何不为也？"孙叔敖说："吾闻君子服美益恭；小人服美益倨，吾无德以堪之矣。"孙叔敖在临终前还告诫自己的儿子，即使楚王封赏，也不能接受。

据《左传》记载，郑国公孙黑肱在临死之前将封邑归还给郑简公；召集家臣、宗人立其子段为继承人；并要求段遣散多余的家臣，在祭祀时节俭行事，普通的祭祀只用一只羊，殷祭也只用少牢（羊和猪），留下足以供给祭祀用品的土地，其余的全都归还给国君。他认为生于乱世，如果能够秉持节俭的原则居处行事，就能减少对民众的索求，这样就能减少怨恨而保持家族的长存。

墨子不但认为为人要节俭，更提出为政也要节用，《墨子·辞过》："俭节则昌，淫逸则亡。"

汉朝统一后，节俭的理念

已深入人心，甚至皇帝、大臣都非常重视俭。汉文帝不但自己俭朴，穿黑色粗丝制成的衣服，还要求宠爱的慎夫人穿的衣服不能拖到地，帏帐等不要有花纹。汉初丞相萧何治家也以俭闻名。光武帝刘秀因成长于民间，知民间疾苦，当上皇帝后，也提倡节俭，且在遗诏中要求后事参照孝文皇帝制度，务必俭省。

三国两晋南北朝时，不少人把节俭作为家训的内容来教育后代。三国时期蜀汉丞相诸葛亮老来得子，自是疼爱，但又担心儿子养成不好的习惯，因此在《诫子书》中以"俭"来教育儿子："夫君子之行，静以修身，俭以养德。非淡泊无以明志，非宁静无以致远。"

曹操之妻卞皇后不但自己节俭，还时常告诫训导亲人也要节俭。《魏书》记载卞皇后："性约俭，不尚华丽，无文绣珠玉，器皆黑漆。"卞皇后每次见到娘家的亲戚，常常告诉他们："居处当务节俭，不当望赏赐，念自佚也。外舍当怪吾遇之太薄，吾自有常度故也。"

西晋羊祜虽出身于名门士族之家，但力行节俭，衣服被褥用素布缝制，俸禄也常用来周济他人，因此家无余财。百姓为了纪念他，在襄阳岘山立祠建碑。前来悼念的人，道途相望，相率流涕。杜预将此碑称为"堕泪碑"。

东晋大臣吴隐之十分俭朴，对自己和家人的要求非常严格，对百姓乐善好施。自己过着清贫的日子，有时家中缺粮，一天只吃一顿饭，百姓有困难，会慷慨相助。他常对家人说："百姓的生活比我们艰苦，我们怎么能贪图享受呢？你们一定要勤俭持家。"

颜之推在《颜氏家训》中引用孔子的话，来告诫子孙要俭朴："孔子曰：奢则不孙，俭则固。与其不孙也，宁固。又云：如有周公之才之美，使骄且吝，其余不足观也。然则可俭不可吝已。俭者，省奢，俭而不吝，可矣。"

唐朝时经济繁荣，但统治者依然提倡节俭。唐太宗李世民为了教育后人节俭，亲自撰写《诫皇属》和《帝范》。在《诫皇属》中，唐太宗以自身为例，告诫皇族子弟："朕即位十三年矣，外绝游观之乐，内却声色之娱。汝等生于富贵，长自深宫。夫帝子亲王先须克己，每著一衣，则悯蚕妇；每餐一食，则念耕夫……先贤有言：逆吾者是吾师，顺吾者是吾贼，不可不察也。"唐太宗告诫他们穿衣服要想到养蚕缫丝之人的艰苦，吃饭要想到农夫种田的不易。在《帝范》中，唐太宗认为："君者，俭以养性，静以修身。"要以俭来涵养自己的德行，以静来修养自己的身心。甚至专门在《帝范》中写了《崇俭》，唐太宗认为人的欲望纷繁杂多，交攻于内，不加以遏制的话则容易伤害自身。"茅茨不剪，采椽不斫，舟车不饰，衣服无文，土阶不崇，大羹不和。非憎荣而恶味，乃处薄而行俭。故风淳俗朴，比屋可封。"屋顶的茅草不加修剪，橡木不加砍削雕琢，舟车不加装饰，衣服不加花纹，台阶不加升高，羹汤不加调味，这是尧舜时代帝王节俭的表现，他们并非憎恶荣华和美味，只是以居处简薄而修养俭德。因此尧舜时代民风淳朴，家家都有可加以封爵的德行。唐太宗举尧舜的例子作为榜样，要求子孙们俭以养德，节制欲望。

长孙皇后也十分注重节俭，在临终前叮嘱唐太宗，在她死后，靠山埋葬即可，不需要多层棺木，也不需要奢侈的陪葬品，并告诉唐太宗，自古以来圣贤崇尚节俭，只有丧失仁德的王朝才会劳民伤财去建造高大的陵墓。

唐朝不少大臣也非常节俭，如魏徵、姚崇、裴坦等，他们生活俭朴，对家人要求甚严，所得俸禄多用来周济别人。

不少文人学士在诗文或者家训中提倡节俭。著名的唐传奇《莺莺传》作者元稹在《诲侄等书》中讲述了元家世代秉持的节俭清贫的家风，勉励侄子们要多读诗书。杜甫在《往在》中说："君臣节俭足，朝野欢呼同。中兴似国初，继体如太宗。"白居易在《太平乐词》中写道："岁丰仍节俭，时泰更销兵。"

宋朝初年，太祖赵匡胤崇尚节俭，并训诫皇室子弟，命令他们克己节俭。宋朝稳定后，经济繁荣，节俭的风气也有所动摇，

壹 为人处世

因此不少文人士大夫提倡呼吁节俭。

北宋政治家、文学家范仲淹，一生忧国忧民，"先天下之忧而忧，后天下之乐而乐"，虽官至参知政事（副宰相），却非常俭朴。当时有不少人家想把女儿嫁到范家，觉得女儿嫁到这样的人家肯定不会吃苦，没想到看到的范家却很简陋，范家人吃的也是粗茶淡饭。结婚时，女方家想要好一点的家具和衣物，范仲淹却交代儿子一定要节俭。女子想要一顶绫罗做的蚊帐，范仲淹依然不同意。女方家里没法，最后决定自家出资来做，范仲淹知道后还是不同意，并说勤俭是他们家的家风，不可坏了家风。

北宋文豪司马光，曾担任宰相，一生俭朴，在世人都以奢侈浮靡为荣耀时，他在写给儿子司马康的《训俭示康》中，专门谈论俭德的重要性，命令儿子坚守俭德。司马光说："吾本寒家，世以清白相承……平生衣取蔽寒，食取充腹；亦不敢服垢弊以矫俗干名，但顺吾性而已。众人皆以奢靡为荣，吾心独以俭素为美……古人以俭为美德，今人乃以俭相诟病。嘻，异哉！"司马光告诫儿子，自己以俭朴为美，即使他人以俭相诟病，他也不以为意。司马光在《训俭示康》中给后人留下了至理名言"由俭入奢易，由奢入俭难"。

南宋文学家陆游在《放翁家训》里追述陆家世代兴衰时，列举了陆家节俭度日的数件小事，指出"天下之事，常成于困约而败于奢靡"，告诫子孙要俭约谨慎，不可奢侈放荡；更不可曲挠气节以求显贵，将道义作为营求势利的工具。

明清时家训资料丰富，训诫内容广泛，俭为其中重要的一个方面。明朝徐皇后在《内训》中提倡节俭，并说为皇后要敦行节俭，才能率领六宫共同秉持节俭之道，继而影响至诸侯、大夫、士、庶人的妻子，使天下靡然向风。明世宗嘉靖皇帝朱厚熜的母亲章圣太后也曾撰《女训》教导闺门，其中便有要求女子节俭等。

纪昀在《训诸子》中告诫自

己的儿子要勤俭持家，并说自己崇尚节俭，虽官居礼部尚书的高位，担心纪氏的福禄尽于此，因此平日居处时，兢兢业业，恪守节俭，不是宴客的时候就不食用海味，不是祭祀的时候就不随意杀生，以此为子孙积攒福禄。然后纪昀列举了几个高位世禄之家的子孙因不修持德行而最终沦为乞丐的真实事例，警示儿子们恭敬谨慎，不尚奢华，节俭度日，并应当亲尝农事，以图后计。

曾国藩在写给儿子曾纪鸿的信中说，世俗凡人大都希望子孙做大官，我却不希望你做大官，只希望你能成为读书明理的君子。平日里以勤劳和节俭自持，习惯勤劳、习惯清苦，既可以处于安乐的环境中，也可以在穷困的环境中生存，这才是君子。仕宦之家，都是由俭入奢易，由奢入俭难。你年龄尚幼，万万不可贪恋荣华富贵，不可以习惯于懒惰。无论大家还是小家，无论士农工商，只要肯勤苦俭约的，没有不兴盛的；而骄奢怠惰的，没有不败坏的。

清朝金缨在《格言联璧》中说："勤俭，治家之本。"这里已经将勤俭上升为治家的根本。

文化意义

中国人素来讲究勤俭持家，俭是古人家训中的重要内容，也是形成好家风的重要因素。

往小了说，俭是一种生活理念、生活方式，俭朴的生活让人对外在物质不会有太多的欲望和追求，不为外物所累，以达到修身养性的目的。再者，一个家族如能形成节俭的家风，必然能兴旺。历来贤者都十分重视家风的培养，他们懂得"成由勤俭破由奢""由俭入奢易，由奢入俭难"的道理。不懂俭的人，必然是奢侈、张扬、不知收敛的，这样就很容易招致祸端。司马光曾说："君子寡欲，则不役于物，可以直道而行；小人寡欲，则能谨身节用，远罪丰家……君子多欲则贪慕富贵，枉道速祸；小人多欲则多求妄用，败家丧身，是以居官必贿，居乡必盗。"

往大了说，俭是一个国家长治久安的"法宝"。历史上，不少统治者能认识到俭的重要性，也能保持俭朴的习惯，并训诫子孙节俭。李隆基在《纪泰山铭》中说："俭者，崇将来之训。"当然也有统治者禁不住诱惑，比如宋徽宗即位之初还能节俭，但后来生活不断奢靡，他所宠信重用的将相大臣也都是挥金如土。当时，蔡京尤为奢侈，有一次请僚属吃饭，单是蟹黄包就花掉一千三百余贯钱。

俭是中华民族的传统美德，不管是在过去艰苦的岁月，还是在现在经济发展的情况下，都是是一种不可丢弃的美德。

祖母童唐氏

张静

祖母生于任家堡的童氏人家，童氏往上数三辈都一贫如洗。祖母长到5岁时，食不果腹，衣不蔽体，后过继给上唐村的唐姓人家，得以安身。16岁那年，祖母嫁至我爷所在的西坡村，故而，祖母殁后，其墓碑上刻着童唐氏……

一

祖母嫁到老张家，前前后后生育了八个孩子，五男三女，家里穷，实在养活不了，将自个儿生的，我的三叔和小姑送了人。其中三叔给村里一个族里的七爷顶了门，小姑则送给镇子里不生育的王八老两口，算是分别讨了活命。

我爷自幼丧母又亡父，祖母嫁过来后，自然不用像村子里别的人家媳妇那样给公婆端屎端尿、端茶倒水；可祖母一双三寸金莲从早到晚也歇不下来，她每日早起晚睡，家里大大小小八张嘴的吃喝拉撒都要她一个人伺候。地里的活儿干不了，屋里喂鸡喂猪，纺线织布，缝缝补补，哪一样都难不倒她，算是一把好手。

我爷父母早逝，寄人篱下惯了，凡事总是忍让为先，但祖母不是这样的。她的腰杆挺得很直，头仰得很高，活得很硬气，很倔强。最主要的是，在村里人面前，祖母是绝对要维护我爷的面子和老张家的地位的。村子南边的自留地里,二狗她妈在地界上撒了一行黄豆种子,密密匝匝。祖母立马高声吆喝我爹,去,炕席下的塑料袋里还有剩下的玉米种子,拿来,点几窝,哪有这么欺负人的?碰上不贪便宜的邻家,祖母则在下地前再三叮嘱叔叔和姑姑,西边大田两边的二爷和七爷都是好人家,咱连畔种地,得明明白白、清清爽爽,地界上的杂草拾掇利索,别堆着,下一场雨,草活了命,乱窜一气,荒了地,耽误人家收成,缺德事,不能做。最令人哭笑不得的是,队上分麦子、玉米、油菜等谷物时,她会一路踮着三寸金莲挤到跟前,眼睛睁得老大,一分一厘,谁也别想在磅秤上糊弄老实巴交的爷爷。村里人都说,我爷能娶到祖母,是上辈子修来的福气。

  母亲和二婶过了门之后,祖母的地位迅速升级,她将婆子妈身份拿捏得很像一回事。用祖母自己的话说,架子得端稳当了,谱儿也得摆周正了,这家规门风任何事都不能丢,丢了,会让人瞧不起的,但也不用一日三餐将碗筷放在盘子里,毕恭毕敬地递到公婆手里。

  母亲说,那日,祖母把她和二婶叫到跟前,指手画脚地说了一大堆的礼数和家教,诸如尿盆每天晚上必须放到上厢房的窗户下面;从窗户前走过时,要先咳嗽几声;擀面时手劲要匀称,动作要舒缓,不能像抖筛子一样,更不能喘粗气,让人听了难受。再比如,和村里人、族人相处,不可浅薄,不可卑贱,更不可贪婪,很多事情,人在做,天在看,自有公道的。

  祖母是这样说的,亦是这样做的。她懂得知恩图报,懂得人敬我一尺,我还人一丈;更懂得男人是天,女人是地,天地合一,气象万千。一段时间,我们老张家风气日上,人丁兴旺,颇受族人敬重和爱戴。

二

  冬天的乡村并不都是阳光煦暖。多数时候,家家户户的大门几乎都紧紧闭着,偶尔听到谁家的门吱呀一声,准会有大黄狗"汪汪"的叫唤声。对于不同人,大黄狗的叫唤是不同的,比如串门子的熟识的乡邻来了,它会压低声音意思两下,然后摇头晃脑起来;碰上为庙上讨要钱币和粮食的神婆进来了,先是仰着脖子使劲叫,等主人推开房门吼两声,马上缩进墙角或门背后不吭声了;可要是一身补丁摞补丁的叫花子进门乞讨时,准会噌地一下从窝里蹿出来,四只爪子不停地乱扑腾,那家伙,那叫一个趾高气扬呢!

祖母对自己抠门得很,对别人却很慷慨,尤其是对庙里的人,大方起来丝毫不含糊。周围的韩家湾、刘家堡、王家崖、杨家沟、三官庙等村子里都有小寺庙,碰上庙会,那些道人或者尼姑都会背着一口布袋子走村串乡讨布施。每每他们来我家时,祖母当即撂下手里的活,三步并作两步进厨房里从面缸里舀面。她每次把碗都舀满了,还要用手使劲压实压平,再添上一些,直到满得都快溢出来了,才停住手拿给人家。

碰上讨饭的,祖母更有一颗仁慈之心。有一回,快吃晌午饭时,一个讨饭的来了,是个男的,50多岁,大抵是前晚在谁家麦草堆里蜷了一夜吧,乱蓬蓬的头发上落满了柴草。脚上一双旧布鞋,大脚趾都露出来了,鞋帮上沾满了牛粪,一进门,我家黑仔就扑了过去。

祖母正在厨房做饭,她一声吆喝,黑仔停住了张牙舞爪的姿势。祖母看了讨饭的几眼,喊我拿两个馍过去。

讨饭的双手接住后,似乎没有马上走的意思。厨房里,祖母做好的烩面片里,胡萝卜、豆腐和蒜苗的清香扑鼻而来,他肯定闻到了。我清晰地看到,他的唇角微微动了几下。

祖母当然看出来了,问讨饭的,带碗了吗?

讨饭的明白了,喜出望外。他赶紧蹲下身子在破旧的塑料袋子里一阵乱翻,终于在两件揉成一团的旧衣服下面,翻出了一只浅绿色的洋瓷碗,瓷掉了好几片,碗边开了几条细口子,底下碗托摔烂了，多半圈都缩了进去，压根没法端在手里。

祖母看了几眼，二话没说，反身进厨房里，盛了一碗面给了讨饭的男子。那男的脸红了，不知说什么好，只管点头哈腰，还朝着祖母使劲作揖，表示感激，完了才蹲在房檐台下的空地上，狼吞虎咽地吃了起来。

祖母示意我把身边空着的马扎端给讨饭的，我虽然不愿意，但还是照着祖母的吩咐办了。当我端着凳子靠近讨饭的时，一阵难闻的刺鼻味道让人直皱眉头。祖母白了我一眼，我赶紧把表情收了回来。那男人头也不抬，只顾吃，吃了一少半，又好像想起什么似的，停下来，操着很浓的外地口音嘀咕了一句："谢谢好人。"

男子边吃边说开了，声音很小，大抵意思是，老家闹旱灾和虫灾，地里的庄稼颗粒不收，没办法，出来讨活命了，碰上祖母这样的好人，是他命里的造化。还说祖母好人有好报，连我也是，心眼好，肯定能吃上皇粮。

祖母淡淡一笑说，没什么，天下百姓是一家，老天不长眼，饥荒不择人，吊住命了，就有活头和盼头，日子总会好起来的！

那男子"嗯"了一声，埋头吸溜起来，汤汤水水一起往肚子里咽，一并咽下去的，是眼角湿湿的一滴泪。吃完了，他用嘴巴顺着碗一周仔细舔了起来，直到把整个碗都舔干净了，准备还给祖母，祖母微微一笑，说了句，送你了，莫嫌旧哟。

很奇怪，讨饭的男子走的时候，我家门口的大黄很乖巧地窝在那里，一动不动。

三

祖母一辈子大字不识，却不忘叮嘱我要好好读书。打我背起书包的第一天起，就听她絮絮叨叨地说，女孩子不读书，只有像她、母亲和婶子们一样，围着锅台转一辈子，还要生儿育女。苦上多半辈子，碰上儿女过活好、孝顺懂事的，还能享上几天清福，可若是像村东头的八婆那样，还不如拿根绳子吊死算了。

祖母还说了，这么多孙子孙女里面，唯独我是念书的料。堂屋里，报纸糊满的墙上，一张张贴得整整齐齐的奖状，肯定是我的。而且祖母总喜欢摸我的手，她说我的手一点都不像拿铁锨握锄头的手，更不像穿针引线的手。我的手，柔软小巧，像极了吃公家饭的手。所以，当我懈怠和贪玩时，祖母的脸就阴了起来，那种阴，足足让我小心翼翼好几天。记得那时，我正上小学三年级，一放学，祖母的三寸金莲就转到我们学校门口了。她不许我和伙伴们踢毽子、玩沙包，只顾在人堆里牵着我的手，像牵一只小狗一样，径直回到家里。一进门，我先写作业，背课文，跪在院子里，用手电筒里的废旧电池的碳棒，一遍遍写生字。即便她不识字，也要监督我做完，然后才能提上草笼子去打猪草。记忆比较深的，是大忙天的拾麦子，学校要求每个学生放学后都要拾麦穗，笼子拾不满，不让上课，还要罚站。祖母悄悄来到地里，偷偷跟着拾麦穗的学生队伍，趁老师和伙伴们不注意，将一大把麦子塞进我笼子里。开始，我很不满意祖母这样做，劳动多光荣呀，怎么能这样呢？再说了，让其他伙伴们看见了，会笑话我的。一次，我把祖母偷塞进我笼子里的麦子扔掉，她急得涨红了脸，把我拽到一边，轻轻拧着我的耳朵说，傻妞，早早拾够了，就可以坐在教室的凉房间安心写作业啦！瞧你这瘦猴模样，能吃得消这毒辣辣的太阳？拿上，赶紧跟着。

几年后，我终于顺利越过了千军万马过独木桥的黑色七月，迎来了全家老小皆大欢喜的一幕，祖母是笑得最动人的一个。那个桂花飘香的九月，我要离开家，离开亲人，开始自己崭新的人生路了。走的时候，祖母哭得稀里哗啦。我安慰她说，等我挣钱了，就把您接到城里去，让您看高楼林立，看万家灯火，看繁华热闹、车水马龙的城市。那灯火，一定比咱小县城那窄长的街道里闪烁的还要鲜亮和绚丽呢。我陪您逛商场，遛公园，转动物园。

祖母喜欢听我讲城里的见闻。我告诉她，城里的马路很宽，宽得几辆车并排开着走；城里的树很多，都开姹紫嫣红的花；城里的楼很高，高得直插云霄；还有，城里的男人很潇洒，女人很洋气。

祖母笑着问我，有没有涂脂抹粉和扭水蛇腰的坏女人？

呵呵，有的，不过，不一定都是坏女人。爱美是女人的天性嘛，人家追求时尚和个性，卷卷毛蛮漂亮的，香水味闻起来也很清新呢！我笑着告诉她。

祖母摇摇头说，不喜欢，像妖精。你是咱庄户人家的孩子，要懂得本分自重，俭朴节约，不能那样的。

祖母如此教诲，我又怎忍心忽略？此后的日子里，我一直素面朝天地游离在城市和乡村之间，让自己清新简约得如同路边的一棵小草、一片绿叶。祖母说，她很喜欢。

四

祖母的孤独寂寞是从我爷走后开始的。那一年，我已参加工作，最小的五叔也成家了，患肝癌的爷走完了他73载的人生路，撒手人寰。办完爷的丧事，父亲和二叔、四叔商量，让古稀之年的祖母跟着我们三家轮换着生活。

当把这个想法告诉祖母时，她的脸板得平平地说，哪儿都不去，就窝这了，你们若有心了，就多来坐坐，看看我老婆子。说完，她坐在炕头，点了一管旱烟，独自抽起来，也不吱声。

其实，父亲和叔叔们都明白，祖母除了舍不得刚成家的五叔，更舍不得和爷一起住久了、住惯了的小院。从那以后，几个儿子再也不提这事了，只是逢年过节和夏秋两季，都主动给祖母送来零花钱，看病吃药的花费不用小叔掏，其他几家平摊。

🪷 徽州古村落 汪氏宗祠（一）

　　一年后，五婶生了小孩，祖母依然在做饭、洗尿布、看小孩、喂猪、喂鸡，那双被紧裹的小脚仍旧不停歇。可我明显感觉到，她脸上的笑容少了。

　　我有些纳闷，问母亲，是不是五婶待祖母不好？

　　也不是，毕竟她年纪大了，你五婶还年轻，话也少，没啥打紧事，没啥唠嗑的话题，加上原来经常和她一起诵经聊天的五婆、六婆、七婆等一个个离世，当然寂寞了。

　　等五叔的孩子会走路后，祖母的三寸金莲根本撵不上活蹦乱跳的小堂妹。多数时候，她只能坐在屋檐下，隔着老远的距离，

徽州古村落 汪氏宗祠（二）

扯长耳朵听自己的亲孙女在院子里嬉闹玩耍。再后来，我弟弟和堂弟都有了孩子，母亲和二婶忙着带孙子、料理家务，平日里，若没什么打紧的事，也很少过去陪祖母，她更孤单了。她开始把爷的照片翻出来，一遍遍地擦，还学着爷在世的模样熬茶喝，一只黑黝黝的茶壶里，翻滚着茶叶的苦香，也翻滚着祖母的孤老时光。

其实，祖母心里清楚，二叔和四叔吃公家饭，身不由己的时候多；五叔要养活未成年的孩子，农闲时得外出打工，哪能经常陪着她消磨日子呢？在这种情况下，只有父亲得空带着我侄子和侄女去陪她一会儿。父亲说，有一回他是吃罢晌午饭转悠到祖母那里的，屁股刚挨着炕沿，祖母就眯着眼睛开始絮叨起来，等絮叨完，窗外已是一片暮色。

父亲说，那是祖母难得开心的时候。她不是从抽屉里取出糖果和点心逗重孙玩，就是打开话匣子，老张家陈芝麻烂谷子的往事，一遍一遍念叨，不厌其烦。

又过了几年，祖母逼近90高龄，村子里，仅剩的八婆和二爷也瘫痪在炕头。门前的石碾上，祖母偶尔坐在上面，满头的白发被风吹散。而距石碾几步之外的水泥路上，村里的孩子正骑着彩色的童车叽叽喳喳地尖叫着，几个年轻媳妇哼着歌儿、提着笼子往地里走。起初，大人和孩子还会停下来，问候祖母一声。可她眼花耳背，看不清、听不清是谁在问候她，自然面无表情，失了礼数。时间久了，人家也拿祖母当一缕空气了，更不会有人主动上前，拉着她的手，唠几句家常，或者讨个土方。祖母更是孤零零的，像一缕轻风，似有似无地飘着。尤其近几年，村里很多年轻人拖家带口去了城里，除了农忙时节回来收庄稼或者过年过节回来转一圈之外，其余时间，村子里空荡荡的，死一般寂静。祖母拄着拐杖，佝偻着身子只在家门口溜达，她凝神盯着某个方向看，像是在找寻什么。

有段时间，父亲打电话告诉我，祖母似乎很怕死。即便一点点头疼脑热，她都会即刻差父亲去请医生八叔。八叔来了，祖母一个劲地说，给她开些好药，打些好针。八叔笑着答应，一定，一定，您不会有事的，好好休养，享福的日子还在后头呢！

祖母还是走了，她和所有离开我的亲人们一样，成为我梦里的一个影子。父亲说，祖母走的时候，轻唤一个个没有看到的亲人的名字，我从百里之外赶回去时，她已咽气，躺在冰冷的棺材里，满脸安详。入殓时，小姑、我还有堂姐一起给祖母铺棺木。我们将祖母身下的褥子铺得平平展展，把一枚枚银币按照阴阳先生的叮嘱细心摆好，用一卷卷柔软白净的纸，将她严严实实地围进棺材里。棺木合上了，祖母永远睡在里面了。几日后，祖母被埋在杂草丛生的坟场里，她的坟头，一株松柏，一株泡桐，成为我们长青的思念。只是，最终祖母也未能去我的小城，这成为我此生最大的遗憾。我想，如果有来生，我一定要带祖母来我的小城，看一看这里的蓝天、白云、碧水和青草，是否和她眼里的一样。

慈父十日祭

● 邱保华

父亲就这么走了。

我敬爱的父亲走得是那样的急促,那样的孤寂。他没有给我们作最后的辞别,没有留任何遗言。我愧疚不已,悲思无限。

那天是周日,天阴沉沉的,不时地下着雨。晚上10点多接到三弟的电话,说老爸又喊头昏,还呕吐。我以为这次又像以前一样,是他因自己的老年病造成的一时精神紧张,就没怎么在意。但心里总觉得不对劲,过了一会儿,我还是给回龙山镇父母家里打了电话,母亲在电话那头哭着叫我们赶快回家看看……我赶到家里已是晚上11点多,院门前停着救护车,屋里两名医生在给父亲做人工呼吸,父亲眼睛闭着,嘴微张,似乎要说话,但已经没有呼吸了。医生说,他们来的时候,父亲就已经没有生命体征了,叫我们节哀。就这样,那天就像一道天河,把父亲与我们横亘在两个世界里。

父亲患有老年病,清明节前还住了半个月院。本来可以多住些时日,可他舍不得花那昂贵的医疗费,执意出院。他总觉得这一生没能为子女留下什么,不能再拖累家人,而医生们也说父亲这种病不会有生命危险,最坏的结果也只是瘫痪,所以我们都同意让父亲出院在家中疗养。父亲出院在家,虽说也常叫头昏,但神志清醒,能吃能动。辞世前一天,父亲还兴高采烈地接待亲戚,修理家中的电插座,晚上还照常吃晚餐、洗漱、服药，还说要到街上去理个发，怎么就突然撒手离开他一生挚爱的亲人们呢？

我愧疚啊，父亲出院后在家疗养的那段日子里，几次在电话里要求我回去陪陪他，而我那段时间公事繁杂，私事缠身，顾不上父亲的感受。清明节里，也只是随车回去看望了他一下，当天就返回了。父亲很希望我们这些子女能好好陪他待一天，歇一宿，而我们总觉得他的病不会有什么危险，看望他的日子多的是，就这样一次次放弃了床前尽孝的义务，造成终生遗憾。

父亲是个明白人，他心里肯定清楚属于自己的日子不多。因为自从退休后，他就一直被多种慢性疾病折磨着，只是他是一个坚强的人，又是一个极讲忌讳的人，从不愿说出那些伤感和不吉利的话。他总是说，我有这些好儿女、好孙子，我知足了，我一定要战胜疾病，要挣扎着看到孙子们上大学，结婚成家！可是父亲啊，您的长孙子在大学里就要考研究生了，长孙女过一个月就要考大学了，您怎么就不能再等一等，看他们的喜报呢？

父亲这一走，就像天边的流星，一闪而逝。此刻，我的跪拜，我的祭奉，我的哀号，都显得没有意义了。父亲一定还有许多事要向我交代的，但他等不及，于是，只好带着万千牵挂和万千无奈走了。凄怨的鼓乐声，在停灵的那两天不住地喧响，现在也随风飘远，只有我心里激荡着的无限的追思。

父亲一生和善可亲，助人为乐。谁家有什么繁难事，他总是热情地去帮忙，以至于邻里乡亲，哪家有难总习惯喊他去解决。有一年夏天，住我家楼上的李伯伯在家里用高压锅煮绿豆汤，突然气孔不放气，那家孩子跑来问我父亲是怎么回事，父亲一听急忙冲到他家，说这是沸腾起来的绿豆堵塞了排气孔，会爆炸，很危险。父亲把那一家人支开，自己去把高压锅从炉子上端下来，放在水池中用冷水降温，然后慢慢地启开锅盖，结果锅里的气体冲出来，把父亲的脸和手烫伤多处，治疗了一个多月。李伯伯要出医疗费，被父亲拒绝了。在回龙山镇街上，只要说有一个"贤惠爹爹"，大家都知道那就是我的父亲。

父亲一生聪明能干，多才多艺。他是远近闻名的"一支笔"，他的文章在大报上得过奖，在全省会议上作过交流，他写的毛笔字和钢笔字，县粮食局办公室的秘书都拿去当字帖临摹。其实，他只在小时候正规地读过两年私塾，全靠他日积月累地自学。他是黄冈市粮食商业系统首批评定的经济师之一。家里的桌子、凳子、箱子、柜子什么的，好多家具都是父亲自己动手做的，没有谁看得出这些是出自一位从来没从过师、完全靠自悟的"业余博士"之手。那一年，我在武汉展览馆看到一款木制沙发很别致，很适合我那窄小的客厅用，就随便跟父亲讲了一下，没想到父亲硬是要我带他到武汉去看那木沙发的样子，他细细地在那里量着尺寸，描画草图，回来后，用了一个多月的工余时间，给我做成了一套木沙发，设计得比在武汉看到的那套还实用。

父亲一生忠厚朴实，任劳任怨。他16岁参加革命工作，几十载风风雨雨，跑了不少地方，换了不少岗位，但不管在哪里，总能获得那个地方的一致好评。特别在"农业学大寨"期间，他常年被抽调住队蹲点，那是很辛苦的事情，不仅天天要与社员同吃、同住、同劳动，还要搞调研、写材料，夜以继日，身心双累。可是父亲干得很出色，连年被评为先进工作者。20世纪80年代，我在回龙山粮食部门当过管乡员，不管走到哪个乡、村，人家只要知道我父亲是谁，就对我特别地关照。他们说："你爸爸当年在这里住队，为我们做了不少好事，他是个大好人哪！"

父亲一生爱家为家，勤俭持家。正如一个亲戚评价的：他就像过去的富裕中农，勤扒苦做，把个穷窝子慢慢盘富了。他性格开朗，乐观向上；受了多少冤屈不平，极少与人斗气；遭遇多么艰难困苦，从不灰心丧气。当年我们家人多口阔，是全村有名的"缺粮户"，曾经穷得连点灯的油也买不起，父亲找来几块废旧电池，装上电线和开关，在家里接个小电珠，成为全村第一个使用"电灯"的人家。父亲对我们这些孩子慈爱有加，家境那么贫寒的时候，他坚持让我们兄妹四人读到高中，恢复高考制度后，他又让已经毕业的我继续去复习考大学。特别是他退休后，同我母亲两人住在回龙山镇，他总是盼我们回去住住，只要我们说回去，哪怕是两老已经做熟了饭菜，或是已经吃过了，他都要赶快上街，买鱼买肉重新给我们做好吃的。我每次离开时，父亲总是蹒跚着要送我上车，我让他回去，他就站着不动，等我再回头时，见他还是慢慢地在朝车站的方向走来。往往此时，我就感觉到鼻子发酸。

现在，父亲突然弃我们而去。

父亲走了，我的整个世界都变了。父亲在回龙山镇工作和居住了41年，那里是我的第二故乡。过去，我心里有了什么委屈，身体有个什么疲累，就到回龙山去住一住，到熟悉的小镇子上转一转，跟爸爸妈妈说说话，就精神面貌焕然一新。现在，随着父亲"满七"做完，母亲也要在我们兄弟家轮流居住了，那么，回龙山，我的身心栖息地，也就渐离渐远了。

父亲是我们这个大家庭，甚至整个家族的中心，是桥梁、是纽带。过去，逢年过节，我们兄妹几个聚集在父母家，互叙家常，共享天伦。而我的那些邻里乡亲、亲戚老友，也常常以看望父亲的名义，来家中走走。如今，我们兄妹哪里去找这个凝聚点？特别是那些互相走动了多年的老亲戚，会随着家父的远逝而渐渐疏离。一个亲亲热热、紧紧密密的大家庭将成为昔日辉煌的记忆。

逝者已逝，生者尚生。日子还在继续，生活照常进行。父亲的优良品质，是我们的人生指针，我们当踏实做事，好好做人，乐观处世，造福社会。父亲的去世，坚定了我很多信念，也改变了我很多理念。我想，作为万物之灵的人，生命为何这么短暂，又这么脆弱？为什么父亲只能做一次，儿子也只能做一次？为什么父亲那一生壮怀激烈的旅程，竟会在一个如此简短仓促的程式中结束？

苍天不语，大地不言，父亲不在，儿心不安。父亲，我想念您！

勤

qín

概说

勤,做事尽力,不偷懒。在《说文解字》中被解释为「勤,劳也。从力,堇声。」勤,在过去主要是指勤于农事,后来指勤于做事、吃苦劳作、勤奋等。《尚书·天逸》:「厥父母勤劳稼穑。」《左传·僖公二十八年》:「今君其不勤民。」

历史

我国的劳动人民自古以勤劳著称,在原始社会,为了生存下去,人们辛勤地劳作。大禹为了治水曾"三过家门而不入"。

《诗经·周颂·赉》:"文王既勤止,我应受之。"就是说文王创业勤苦辛劳,我应当传承这种治国之道。这是周武王在告庙仪式上对诸侯的训诫之词,希望大家能像文王一样勤劳。

《尚书·大禹谟》:"克勤于邦,克俭于家。"邦是指古代诸侯的封国,意思是要辛勤地为国效力。周成王在册封蔡仲时训勉他要勤劳不怠惰,以垂范后人,事见《尚书·蔡仲之命》:"克勤无怠,以垂宪乃后。"

春秋时期,孔子带领弟子周游列国,有一次迷路了,子路就去问路,回来后发现孔子不见了,就去问田地里耕种的农夫,农夫的回答让子路羞愧而返。《论语·微子》:"子路问曰:'子见夫子乎?'丈人曰:'四体不勤,五谷不分,孰为夫子?'"说明春秋时期,人们是很重视农业劳动的。

《左传·宣公十二年》:"民生在勤,勤则不匮。"勤劳是民生的根本,勤劳就不会物资匮乏,因此告诫人们要勤劳。

在古代,勤也有辛劳的意思。《墨子·兼爱下》:"今岁有疠疫,万民多有勤苦冻馁,转死沟壑中者,既已众矣。"瘟疫之年,很多老百姓辛劳,受冻挨饿,死于沟壑中。

勤,也有勤奋之意。《战国策·秦策一》:"(苏秦)读书欲睡,引锥自刺其股,血流至足。"这便是历史上著名的"锥刺股"的故事,苏秦为了读书,勤奋至此。

西汉时不管皇帝还是臣子,都很重视对后代勤勉品行的教育。汉高祖刘邦虽然读书不多，但多次告诫太子刘盈要勤学习。西汉大儒孔臧在《诫子书》中告诫儿子："人之进退，唯问其志，取必以渐，勤则得多。"勤于行，得到的便多。

东汉皇帝刘秀勤于政事，每天清早视朝听政，一直忙到日暮才退朝。退朝后还经常召集公卿、郎、将军等一起讲论经书中的道理，直到半夜才休息。太子见刘秀过于勤劳而不知疲倦，就乘机进谏说："陛下您具有夏禹和商汤的圣明，却失掉了黄帝、老子修身养性的福气，希望您能爱养精神，优游安宁啊。"刘秀说："这是我乐意的事情，根本就不觉得疲倦。"刘秀的勤政爱民在潜移默化中影响着太子。

三国时期的诸葛亮和南北朝时期的颜之推在家训中都强调勤学。诸葛亮从立志、勤学等方面来告诫儿子修身立德的重要性。颜之推在《颜氏家训·勉学篇》中告诫家人："自古明王圣帝，犹须勤学，况凡庶乎！"

唐朝家训非常重视"诗书传家"和勤奋、节俭等家风的培养。唐朝御史大夫柳玭是名臣、书法家柳公权的侄孙，兵部尚书、河东节度使柳公绰的孙子。柳氏家族在唐朝累代为高官，享有盛誉，与其家族严明的家训不无关系。柳玭撰有《柳氏叙训》，记录了柳家家法："立身以孝悌为基，以恭默为本，以畏怯为务，以勤俭为法，以交结为末事，以气义为凶人。肥家以忍顺，保交以简敬。"将勤俭节约当作为人处世之法。李商隐也曾感叹："历览前贤国与家，成由勤俭破由奢。"

唐朝诗人、文学家韩愈在《符读书城南》中用"《诗》《书》勤乃有，不勤腹空虚"来劝诫后人勤读书；在《进学解》中更是指出"业精于勤，荒于嬉；行成于思，毁于随"，用以强调勤奋的重要性。

唐朝宰相姜公辅编撰的《太公家教》是训诫类蒙书，作为治家格言，讲述了勤的重要性："勤耕之人，必丰谷食；勤学之人，必居官职……勤是无价之宝，学是明月神珠。"唐朝大臣穆宁家法严明，要求子弟"惟惠施之车，仲舒之帷，苏秦之锥，三物毕具"。惠施是战国时期的思想家，博学多闻，典故"惠施五车"出自《庄子·天下篇》："惠施多方，其书五车"，杜甫有"富贵必从勤苦得，男儿须读五车书"的诗句。《汉书》有"仲舒遭汉承秦灭学之后，六经离析，下帷发愤，潜心大业，令后学者有所统一，为群儒首"的记载，仲舒指汉朝的董仲舒，因此，"仲舒之帷"也是指勤奋学习。苏秦是战国时期的政治家，也是著名的锥刺股故事中的主人公。这几个人都是勤奋好学的典范，穆宁用他们的事例来要求弟子，说明唐朝非常重视勤奋的学风。

宋朝经济繁荣，家训也得到了空前发展。宋太宗赵炅亲自教诲皇室子弟要勤于自身职事。宰相范质有《诫儿侄八百字》的长诗，其中"伊余奉家训，孜孜务进修。夙夜事勤肃，言行思悔尤""不蚕复不穑，未尝勤四体""戒尔学干禄，莫若勤道艺"等句，要求子侄勤劳、勤奋，不能懒惰懈怠。洪迈《容斋四笔·当官营缮》："太祖创业方十年，而圣意下逮，克勤小物，一至于此！"政治家、思想家真德秀认为"当官者一日不勤，下必有受其弊者"。宰相王旦为人宽厚，富有文才，死后获赠太师，被封为魏国公，谥号"文正"。后来他的子孙将其平日的训诫集结成《文正遗训》，家训中要求子孙谨守本分，自食其力，子孙的媳妇勤劳治家，以恩惠抚育幼小。

宋朝之后，家训增多，尤其到了明清时期，更是达到鼎盛，而且女训增多。据统计，典籍中流传至今的家训，明清两朝数量最多。元朝刘唐卿在戏曲《白兔记·牧牛》中说："春若不耕，秋无所望；寅若不起，日无所办；少若不勤，老无所归。"明成祖朱棣仿唐太宗李世民的《帝范》作《圣学心法》，认为天下大治在于君主的勤勉自强，天下发生祸乱源于君主的怠惰逸豫，君主应该勤于政事。朱棣的徐皇后作《内训》，要求女子要勤于职事，做好自己分内的事情，如治丝麻、供酒浆等。

康熙在对子孙的训言中也强调修身方面的勤、俭等德行，认为人要勤劳，只有经历劳苦，才能知道真正的安逸是什么滋味。李文炤在《勤训》中说："治生之道，莫尚乎勤。故邵子云：'一日之计在于晨，一岁之计在于春，一生之计在于勤。'"

纪昀的训子书，思想独特，文风犀利峭刻。他在《训诸子书》中告诫儿子们应当谨慎、勤俭持家的道理。林则徐在《训次儿聪彝》中要求二儿子黎明即起劳作，勤劳于农事。

曾国藩也告诫家人："一家能勤能敬，虽乱世亦有兴旺气象；一身能勤能敬，虽愚人亦有贤智风味。"更是将勤分为五种，"一曰身勤：险远之路，身往验之；艰苦之境，身亲尝之。二曰眼勤：遇一人，必详细察看；接一文，必反复审阅。三曰手勤：易弃之物，随手收拾；易忘之事，随笔记载。四曰口勤：待同僚，则互相规劝；待下属，则再三训导。五曰心勤：精诚所至，金石亦开；苦思所积，鬼神迹通"。

左宗棠在给儿子孝威的信中说："吾家积代寒素，至吾身上膺国家重寄，忝窃至此，尝用为惧。一则先世艰苦太甚，吾虽勤瘁半生，而身所享受，常有先世所不逮者，惧累叶余庆，将自吾而止也。"

明清之后，随着封建社会的解体，传统家训的根基受到动摇，家训也急剧衰落，之后逐渐被新型的家训所取代。

文化意义

传统家训中，上至帝王，下至臣民，都很重视"勤"，勤俭是传统社会持家的根本，"勤与俭，治生之道也"。

封建帝王提倡勤，用以作为修身、统治的方式和手段，如唐太宗、明成祖、康熙等，亲自作训诫之言，不但要求皇室子弟勤，自己也能以身作则，在统治者的示范下，社会上勤俭之风得到宣扬和发展。

名臣士大夫为了保证家族能够传承，也将勤作为持家之道。宋朝宰相王旦要求子孙之妇以勤劳治家。清朝孙奇逢曾问儿子："居家勤俭，孰为居要？"其子说："勤非俭，终年劳瘁，不当一日之侈靡。"

在传统农业社会，生产力低下，百姓要维持生计，只有辛勤劳作，因此千百年来早就形成了勤劳的优良传统。人们在劳动、生活中总结了许多关于勤劳的俗语、谚语等，如"勤俭为无价之宝""勤俭永不穷，坐食山也空"等。

人不但要勤，还要重视俭。雍正在《圣谕广训》中认为："勤而不俭，则十夫之力不足供一夫之用，积岁所藏不足供一日之需，其害为更甚也。"雍正在讲勤与俭的关系时，强调勤而不俭危害更大。

在过去，人们将勤俭作为修身的美德、持家的理念。现在经济发展，人们生活水平提高了，但勤依然具有重要的教育意义。现在很多家庭的孩子不需要进行辛勤的劳作，但勤劳依然是中华民族的传统美德，认识勤劳的意义，学习勤劳的精神，养成勤劳的习惯，对于孩子的成长具有重要的意义。

时代在发展，但传统美德不能丢弃，不管是过去还是现在，勤劳都具有重要的价值和意义。

母亲的手

邹安音

一

粗糙，宽厚，两个大拇指尤其硕大，骨节凸出，纹路深陷，指甲坚实。

无数次，我泪眼蒙眬地看着母亲满头的白发、刻满皱纹的脸庞、瘦小单薄的身子，最后目光定格在她那一双大手上。这哪里是一双女人的手啊！皲裂的掌纹，刻着岁月的艰辛，留下劳作的印迹，藏满母爱的深情。

我拿过母亲的手，想要打开童年的记忆。夕阳下，母亲弯腰侍弄菜园和家园的剪影，一直辉映着我整个孩提时代。

一湾水田上，一条石径下，一丛竹林边，是一块方正的土地。周围竹篱笆坚挺壁立。一年四季，肥沃的土里总能长出绿的菜、红的果……这就是我家的菜园子，是守寡的母亲用心血和汗水浇灌出的第四个孩子。

我3岁那年，身为公社主任的父亲撒手人寰。大家闺秀出身的母亲毅然剪了短发，斥跑了媒婆，俯下身子，扛起一个家的重担和责任。我们隶属大足县邮亭区邮亭乡前进大队三队，每天清晨，当生产队的大铁钟"咣咣咣"敲响后，田野醒来。于是妇人们晨炊，老人们牧野，孩子们上学，男人们挑担——这当中也有母亲的身影！多年以后，每次凝视母亲佝偻的身影，我的眼睛就会模糊。

那时候，除去集体土地外，每户人家

还分了几分自留地。我家的自留地在后院的竹林边。母亲白天收工后，傍黑砍下碗口粗的慈竹，划拉成篾条。她的手因此常常受伤，血痕斑斑。母亲从不喊痛，用嘴吮干血痕，把篾条编成竹篱笆，再把菜园子围得严严实实。母亲种的蔬菜有大头菜、萝卜、虎耳菜等。大头菜和萝卜是必须种植的，秋天成熟后晒干，用泡菜坛腌渍，就成了全家一年的下饭菜。母亲腌渍咸菜时，手上新鲜的血痕被咸水浸泡成白色的暗纹。可那时的我不懂事，哭闹着不肯吃咸菜稀饭，母亲特地在柴灶中焖熟一小碗白米干饭，给年幼的我。新鲜的蔬菜要拿去卖钱。母亲常常在凌晨四五点钟，就挑着满筐蔬菜，打着手电出发了，她要趁天亮工人们上班之前，赶到七八公里远的长河煤矿去卖，以此换回我和哥哥姐姐们吃的、穿的和用的，甚至于越来越多的学费。

目不识丁的母亲很要强，父亲是党员干部，我们本来可以申请减免学费，但是她从不愿意给大队增添麻烦。"你们一定要多读书，长大了有出息。"这是母亲对我们说得最多的一句话。我1976年上小学时，第一学期的学费是3元5角，母亲卖了一夏的虎耳菜和苋菜才凑齐。

二

虎耳菜和苋菜成熟时，端午就来了。每到端午节前夕，母亲就会围着那条青色的围裙，在厨房里不停地忙碌。她先抡起砍刀劈柴，把火烧得旺旺的；再把水烧开；又把糯米用开水烫了；然后端个簸箕，在院坝边开始包粽子。芭蕉叶用来包长长的米粽，称为"猪蹄子"。猪儿粑叶适合包小米粽。"猪蹄子"通常是留着走亲戚的，我们自己吃小米粽，母亲从小教导我们要把好东西留给别人，这也是她留给我们人生的一笔巨大财富。

屋后那丛猪儿粑叶，长如剑鞘的叶子，墨绿的颜色，是岁月留给我永不褪色的胶片；还有屋前的芭蕉叶，荫满中庭，看那叶叶心心舒卷一如，汪满绿色的深情，不正是母亲这一生对我们的守望和眷恋吗？

母亲包粽子的手很灵巧，就像她年轻时绣花那样，长长的丝线在手中飘绕，这样的婉约与她粗大的双手很不匹配。那时候，我常常觉得她的手是有魔力的，能变出我们需要的一切：她用最密实细小的针脚，缀补衣衫，缝制布鞋、书包、麻袋等；还能用最精细的篾条，编织箩筐、竹筛、背篼等；她用粗壮的双手，攀登别人不敢去的大山和悬崖，割下柴草，储存到冬天，温暖我们的土墙屋；最美妙的是，她还在自留地里种出花生、甜瓜、瓜子等；能把最简单的食材弄得有滋有味，以此滋养我们的身体和灵魂……母亲其实也是在用爱编织岁月，把我们包裹，直到我们长大成人。

三

正当哥哥壮年时，母亲却再次遭受心灵的重创：哥哥因车祸撒手人寰！母亲一度陷入绝望之中，她时常叫错人的名字，经常和邻居争执或者吵架。但是坚强的母亲很快挺了过去，因为还有在读书的我和姐姐。

母亲说，女娃也要读书，不要像她那样一个字都不认得。她更加勤苦，拼命劳作，以换取我俩的学费。我至今依然记得那时的情景，我和姐姐拿到大学录取通知书到村里下户口的时候，母亲拉着我们的手，脸上泛着红光，眉梢眼角里都满溢出自豪和骄傲。

那是我大学毕业回家乡参加工作的第一个冬天，暮色自天边涂抹开来，弥漫了整个山川原野。母亲，那时你身披暮霭，痴痴地站在家门前的大树下，立成一尊雕像，对着家门口的那条小路，把我张望。

今天是周末，女儿怎么没有回家呢？每次周末，你都这样站立在路口等候女儿归家,母亲,这是你第几次,在路口把女儿张望?第二天回到家里,姐姐说,晚上屋外寒风叩打窗棂,发出"嗒嗒"的声响,母亲以为你回来了,就下床替你开门。姐姐说这句话的时候,我正低头看书,母亲拿着针线,在为我缝风衣的纽扣。当她轻轻地把风衣披在我的身上,目光滑过我的前额时,突然叫了起来:"你怎么长白头发了呢?不要熬夜,写文章费心血,吃好点……"说完,就从我的头上挑出两根白发,放在手心。

  母亲开始唠叨起来。

  我不断点头,猛一回首,映入眼帘的是母亲飞霜的两鬓。而那两根白头发,却在母亲的手心系成了一个美丽的爱结,绕在我的心底。

四

  我也当了母亲了。

  那次地震后回老家,母亲看到我,面庞的皱褶因笑容而愈发紧密,眼神出奇地闪亮。她先弯腰从坛子里拿出几颗糖、几块糕,又抓出一把胡豆和花生,执着坚定地堆放到我手心:在她眼里,我永远都是那个在院坝外橙子树下等着她赶场回家要糖吃的黄毛丫头!哪怕我也做了母亲!守着我吃了糖和糕点后,母亲很满足地先带我到池塘边看她养的鸭,又去后院看她喂养的猪。谁能相信这是一个年逾七旬、命运多舛的庄户老人:自幼失去生母、青年失去丈夫、中年又失去儿子,她是那么的乐观坚强,那么的朴实善良!

  母亲一直守着这片热土,她是在陪伴着家里的两个亲人啊:为村民劳累而逝世的父亲和英年早逝的哥哥!

  晚上,她给我煮我最爱吃的腊肉排骨。每次回家,她都满心欢喜,恨不得把家里所有的东西都煮给我们吃。

"外婆把红苕和土豆埋进灶膛深处的炉灰里,又麻利地塞进一把柴火,然后在熊熊的火光中,在噼里啪啦柴火欢乐的歌唱声里,土豆和红苕散发出甜美的香味。外婆用粗大的双手掏出这美味的食物,然后把爱和温暖也一起盛进了我心里。"这是女儿的作文。母亲煮饭的时候,看着她皲裂的双手,我真的很想哭。我能从当初这个狭小的家门走进大学的校门,能在城市高楼大厦写字间里主编报纸,能在人生绚丽的舞台上尽情歌唱,都是她这双粗糙而厚实的双手托举的啊!

晚餐时,她坐在桌边久久不动筷子,只用怜爱的眼神,看我这个属狗的人啃骨头啃得那么津津有味。

母爱,总是在不经意间像春雨般慢慢渗透进我心里,融化进血液,成为永恒的记忆!

五

那天晚上,我久久地握住母亲的手,用生命写下一首无言的诗:

如果有来生,
我愿意是一棵树,一叶草,
只把永远的绿色,留翠人间。

如果有天堂,
我愿意是一只鸟,一尾鱼,
只把自由的遨游,汪满苍穹。

人之中,
越来越承受不住太多的生命之重。
悲也在,喜也难。

无语噎。

奈何，奈何，渺小如粒！

母亲，我多么想幻化成九天的一神，赐给你永远的微笑，永远的无忧和生命！

父亲的乡村

张儒学

一

父亲在我心中,像一座山,高大深沉;又像一棵树,坚强正直;更像一叶草,朴实无华。

父亲只读了两年书,能认识一些字,在当时还算队里有文化的人。无意中,他被选为生产队会计。当会计不是一件容易的事,算来算去,来不得半点儿马虎,得认真仔细。计工分、分粮,每一个人的名字得写清楚,当真难倒了父亲。一直不怕困难的父亲,不会就学,不懂就问。父亲从事会计工作十多年,收入支出,项项账目清楚,从不违法乱纪,不差群众一分一厘,背地里社员从没说过他不好。

尽管当会计的父亲,当时在别人眼里是红人,但我们家里并不比别人家里富裕。一年三百六十五天不是煮红苕,就是野菜汤。一块红豆腐,吃了几天,还没吃完,每次我们只用筷子在上面沾一点点盐味儿,舍不得吃。有些天甚至只吃得上两顿饭,晚上蜷起腿,忍着寒冷和饥饿就睡了。父亲梦中咂着嘴,吃着香喷喷的白米饭,脚一蹬,醒来,泪流满面。春夏秋冬,一年四季,父亲一套劳动布衣服补了又补,寒冬腊月还打着光脚,开会做客也是这样。

尽管父亲在队里当了个"小官",但他却是一个十分热爱劳动的人。原本他当会计，有些农活可以不用干，但他总是抢着去干，而且干起活来比其他人还干得好。父亲还是个手艺人——石匠，除了去给人打灶、修猪圈，他有空就在山坡上打石头。从我记事起，父亲在山坡上打石头的"叮当"声和那打大锤的"嗨——嗨——"声，会把我从梦中叫醒，也似乎把整个山村叫醒。随后，整个山村便在那粗犷而洪亮的石工号子中，在那十分优美而有节奏的叮当声里，开始又一个忙碌而有序的一天。

有时，年幼的我跟着父亲到他打石头的山上玩，看到他用手一锤一锤地打石头的情景，觉得很好玩，我想：长大后，我也要做一个像父亲一样的石匠！那火辣辣的太阳距离父亲是那样近，他淌下的汗滴，也像一个个火热而芳香的小太阳，落在乱石上，落进泥土里，落进了我的记忆中。

父亲打大山时那粗犷而洪亮的石工号子声，惊动了山里山外，有的人还放下手中的活儿，静下心来听父亲那动听而雄壮的石工号子，似乎也是一种莫大的享受。歌谣似的吆喝着："啊——嘿——喂——哟——嗨！"然后，只见他站在高高的石崖上，扬起几十斤重的大锤，"嗨——"的一声，把大锤撞在嵌进石缝中的铁楔子上。如果冷漠的石崖还是板着面孔，父亲又扬起大锤，铆足力气，气贯长虹般地吼一声："五——雷——四——电——来了哟！"这时，冷漠的石壁像被吓住了，开出了一道道裂缝。

就这样，父亲用他那粗犷而洪亮的石工号子，支撑起我童年幸福而快乐的梦想。父亲因此在村里成了远近闻名的石匠，有的人请父亲去修房子，父亲就用那一块块被太阳晒得晶亮晶亮的石头，给他们垒筑一个温暖的家；有的人请父亲去打灶，父亲就用吸收了山水灵气的石头，给他们做成一个越烧越旺的灶，随后，那一个个飘浮着炊烟的日子，充满着花一样的香，浸透着果一样的甜……

也许是父亲尝到过没有文化的苦头，不管家里多穷，他仍要我们几兄妹好好上学读书,而且天天讲、夜夜讲,要认真读书,只有有了文化才能成为有用的人。有一次,我的文章《父亲在我眼里》在市作文大赛上获得了一等奖。当我把这带着荣耀的获奖证书拿回家,父亲赶忙给我贴在墙上,然后对着那张红红的获奖证书看了好一阵后,他的脸上露出了如朝霞般的开心的笑容。

二

在土地分到户后,父亲更是勤于自家的农活。他起早摸黑,脚步从未离开过他生活的这片土地,田里常见他忙碌的身影。

每到春天,"一九二九怀中插手……五九六九沿河看柳",似乎就在父亲那反复念叨中,变得诗意起来。他总是站在田埂上,尽情地望着那一片田野,像是要把心中早已构思好的美景在宣纸般的土地上描绘出来。

在初春和煦的阳光下,父亲那颗沉寂了一冬的心,也像那沉睡了一冬的种子,开始活跃起来,他那沉默了一个冬天的脸庞,像山花盛开时露出的甜甜的笑脸。他取下挂在墙上的锄头,扛在肩上走去那片田野,时不时挖上一阵子,还高兴地说:"呀,这春天的土地还真好使哟!"这片经过一冬沉寂的田野,在春天的阳光下苏醒过来,也似乎跟父亲一样欢乐着、高兴着、微笑着……父亲像个孩子似的,用他那粗犷的声音大声地唱起来、吼起来:"哟,春天来了!"

"正月立春雨水,二月惊蛰春分……"春分时节该下谷种,被父亲倒背如流的节气歌就像一首诗,点缀着父亲的春天。这时,父亲在用心地计划着,有水的田块就播撒谷种,没水的田块就种下玉米,田边土坎上播下豆子、瓜果……一个个崭新的希望,一个个美丽的构想,在这春天里,被父亲用诗一般含蓄的语言尽情地表现出来。在那田野里,爽朗的笑声,欢快的歌声,播撒种子的声音，似乎在奏响一首春天的交响乐。

父亲总是默默地做着事，像一头勤耕的老牛。尽管每天起早贪黑，忙着农活，从没听他抱怨过生活的艰辛。在艰苦的日子里，父亲有一句话总是挂在嘴边："宁愿雪中送炭，不愿锦上添花。"小时并不懂得这句话的意思，到现在才终于明白，这是父亲做人的原则。父亲一直保持这种习惯，总是把最好吃的东西留给母亲和我们，他自己吃得很少，看着我们吃得香，他好像很开心的样子，我们喜欢吃的菜他不会去动筷子，而这时我会满满地夹上一筷子菜送到父亲碗里，父亲赶忙说"够了，够了"，其实他一样很快就吃了下去。

父亲心里好像没有恨，他不会计较别人的过失，我也没有看见他和别人红过脸。有时农村里也有争田边地角的事，我家的土边也有被相邻的人侵占的现象，母亲又着急又生气，叫父亲去和他们理论，父亲总是不在意，说少一点儿又有啥关系，有些东西是争不来的。我以为父亲是软弱、老实、怕惹事，经历了一些事后，我明白了父亲的心胸和处事态度。虽然损失了一点小利益，父亲却赢得了很多人的尊重，捍卫了宽容待人的准则。

这就是我宽容、善良、乐观的父亲，他给我们撑起了一片晴朗而美丽的天空，在这片天空下，我们彼此默默地传递着关爱和感恩！

三

父亲爱土地，更爱他手中的农具。一生都与泥土为伴的父亲，虽然已年过花甲，但他对这些农具却情有独钟。平日里，住在老屋里的父亲总是取下挂在墙上的镰刀、锄头等农具，像点兵一样一一地清点，本来好好的锄头也要弄来修修，前几天才磨亮的镰刀也要弄来磨磨，上个月才挂上去的犁铧又要取下来擦擦……似乎只有这样才觉得心里踏实。

这些农具中，镰刀是父亲很小的时候就用上的，那时他用这镰刀替爷爷割草喂牛，替祖母割柴煮饭。镰刀，在父亲的心目中就像儿时的伙伴，伴他度过了快乐无比的童年。父亲从爷爷的手中接过生活的全部重担时，儿时用的那把镰刀，已不适合身强力壮的父亲，他便找了一个铁匠专门打了一把又大又长的镰刀。每到麦收时节，父亲就用这把镰刀在地里收割麦子，那特别响亮的"咔嚓、咔嚓"的割麦声，伴随着父亲高兴而激动的自言自语声："这镰刀才叫镰刀，用起来真来劲！"这把镰刀支撑起父亲那因生活的负重而失落的人生。

要说父亲真正意义上使用的农具，还是犁铧。那是在父亲13岁时，一直帮人犁田为生的爷爷突然病倒了，眼下又是农耕时节，别人的田里还等着栽秧呢。没办法，只好叫从未犁过田的父亲去顶着，比犁铧高不了多少的父亲，只好学着爷爷犁田的样子，打着牛摇摇晃晃地学着犁田。从此，爷爷一病不起，父亲自然而然地接过了爷爷手中的犁铧，走在了爷爷走过的路上。几十年如一日，每到开春后，父亲就打着牛犁过那片田野，田野便在父亲那吆喝牛的声音中，在父亲那乐呵呵的笑声里，飘出来一行行抒情的诗句。

在父亲的一生中，水车是让他最骄傲的农具。在那还没有抽水机的时代，但凡农历二月间，山里人就开始整田栽秧，可地处高处的田没水，就得用水车往上面车水。这时，队里便开会选择有这方面能力的人，如果被选上去车水，工分得双份不说，还能得一个好名声。每次队里选人车水时，父亲总是第一个被选上。这时，他总是高兴地对书记、队长发几句牢骚："不怕你们吃墨水比我多，有本事车水去？"他说这话的时候，也不知有多少山里人投来羡慕的目光。如今，父亲常常谈起车水的往事，他说："想那几年车水，谁不想与我一起？哪年队长不是第一个点到我？几天几夜不下水车,现在谁还行?"如今,水车虽然从小山村里消失了,但它仍保存在父亲的记忆中,留给父亲无比的快乐与欣慰。

只有锄头,似乎成了父亲心中的伴侣。父亲凡下地挖土、种地、干农活,都是扛着锄头;在田野里转转,也是扛着锄头;去山坳上坐坐,仍是扛着锄头……扛锄头,就是他几十年来形成的无法改变的一种习惯。锄头在他的肩上,似乎仍有几分重量;锄头在他的手中,仍充满着灵气,闲了闷了时可以与它说说话,愁了倦了时也可以与它吹吹牛,说些只有他们才听得懂的往事,吹些只有他们才觉得高兴的事。说着说着,多少往日的艰辛与无奈也变得温馨而美丽,多少往日的欢乐与梦想也变得真实而浪漫。

父亲只要手握着锄头就来了精神,嘴里又重复着他常说的那句话:"锄头锄头,日头日头,有了锄头,生活才有盼头!"

四

现在,父亲已经年过花甲,虽然干活不如从前了,但他仍坚持在家干农活。由于他年纪大了,就不再种水田,只是种点菜什么的。可父亲觉得日子太清闲了,劳动惯了的他,又去买来一头耕牛喂养。每天他又像年轻时一样,天不见亮就牵着牛去坡上放,在那空旷的山坡上,看着蓝天白云,眺望着山间美景,心情格外地舒畅。然后他又像当年打石头一样,长长绵绵地吆喝着:"啊——嘿——喂——哟——嗬!"又"嗨——"的一声……虽然没有了当年的气贯长虹,但声音却一样的粗犷而洪亮。

每天父亲都起得很早,他不是背着背篼上坡割牛草或弄柴,就是牵着牛去放,日子过得有滋有味。由于母亲到县城帮我看孩子,只有父亲一个人在乡下。每次接父亲来城里,他刚住上几天就急着要回乡下,如果我们再留他,他反而生气,我知道,父亲是属于乡村的。

父亲在乡村的日子,除了喂养那头耕牛外,就是一心一意种植他的菜园。他没有现代化的培养技术,仅凭多年的种菜经验,几十年如一日把菜园打造得生机勃勃,一片葱绿。

春天来了,果木冒着芽苞,白的、红的、粉的,各种花竞相开放,在老屋的房前屋后,父亲的菜园成了一道风景线。远远看去,那深绿色的一片,是走过冬日来到春天的甜菜,没有一片残损的叶子;那齐刷刷的蒜苗,你不让我,我不让你,在黑土地里排队成行。特别是每年的大白菜,又大又白,几块地连在一起,成熟季节,远远看去,就像绿色海洋里涌起的白色波涛。

早年,因为我们兄弟姐妹多,父亲为了养活我们,起早摸黑地干,越重的活儿他越要争着干,这样挣的工分才多,工分多了,年底分的粮食才多点。有时,父亲白天干了很重的活儿,晚上还要为队里做点儿手艺活,如帮别人修修灶、打个石头对窝、打个石脚盆等挣点儿钱。年复一年,父亲终于把我们养大,我们几兄妹中,有读书出来在县城工作的我,有在外地做生意的弟弟,也有在镇上教书的妹妹。在别人的眼中,我们都有出息了,可父亲却老了。

有一次,父亲一个人在乡下,不知是寂寞了还是想孙子了,电话也没打,就到县城来了。说来凑巧,父亲来的那天正好是周六,我不上班,想陪父亲好好玩玩。老家门虽锁了,但父亲还是不放心,一直嚷着看完孙子就回去。经不住我和妻子的软磨硬泡,他才答应留下来住一晚。那天天气晴好,我就带上相机,陪父亲去县城附近的湖边走走。秋天的天空是高远的,明澈的;秋天的湖水像一面镜子。我和父亲并肩走在湖边的小道上,踩着沙沙的黄叶,望着万里晴空,心里涌起的更多是安详、静谧。父亲很满足,他不住地啧啧赞叹,这里真是好地方,这儿比起我们家乡那个水库大多了哟!

我要给父亲拍照留念,他说什么也不肯。最终还是在我好一番劝说下，他才在这优美的湖光山色中留了影。

父亲在县城住了一晚，晚上他却显得坐卧不安，半夜起来一边抽烟一边望着窗外，嘴里念叨着："坡上的苞谷也可能背上娃了，地里的豆子熟了哟！"听上去仿佛他已来城里很久了似的。我理解父亲，也不想再留他在城里住下去了。正好第二天是周日，我决定亲自送父亲回乡下去。

第二天，父亲早早地起来，我们便去了汽车站，乘车到了家乡的村口。下了车，正好碰见刚把儿子送上车的王大爷，他一见父亲回来了，高兴地走上来问道："你好久去县城的，怎么不多耍几天呢？"父亲高兴地回答："昨天去的，我感觉在县城耍了好久似的哟。哎，听说村里要开承包会，村里的鱼塘承包出去没有呀？""这会昨天开了，一位外地来的老板承包了，已签合同了。""哎，我就想昨天回来的嘛！"王大爷问："你想承包？"父亲摇了摇头说："不，我这么大岁数了，哪里还有能力承包那个哟！""那你还惦记着这事干吗？"

父亲没出声了，但我却明白父亲的心情。

五

一路上，父亲像真正出了一趟远门似的，凡见了熟人就打招呼，要抽烟的，父亲就主动拿出烟来请他们抽烟，像一个小孩似的乐呵呵的。到了家后，父亲叫我坐，他去洗锅烧开水为我泡茶，茶泡好了又忙着煮饭，我看着忙来忙去的父亲，似乎这时才看到了一个真正快乐的父亲。不一会儿饭就弄好了，父亲又倒上了两杯老白干酒，与我一边喝着一边说着话："这老白干，比你城里那酒好喝，当然不是你的酒不好。这酒我喝了大半辈子了，似乎喝习惯了，更喝出感情了。以前累了，喝两口睡一觉就没事了，有时烦了，也喝上两口睡一觉，啥事也就没有了……"我听后没出声，只默默地点了点头。

　　随后父亲扛着锄头带我去看老屋前的菜地,只见这片菜地被父亲打理得很不一般。记得还是春天,我回乡下时来过这菜地,看见父亲在这里一会儿翻地,一会儿栽菜秧,提水浇灌。现在已是秋天了,父亲的汗水没有白流,辛苦的耕耘终于换来了喜人的收成。地里挂满了西红柿、茄子、黄瓜、辣椒、苦瓜等,真是硕果累累,逗人喜爱。父亲说:"这些菜是没有打农药的,你明天回去时带些回去嘛,是真正的绿色菜哟!"

　　不一会儿,邻家的李大爷、对门的王大爷也纷纷来到田埂上,父亲便放下锄头,坐在田埂上与他们一边抽烟一边说着话。王大爷说:"村上的那个五保户麻二爷听说昨天被接到镇养老院里去了,要不是大家劝,他还真不想去的哟!"父亲说:"这是好事嘛。不去,他腿脚不方便又无儿无女,哪个照顾他呢。"听上去,仿佛这些事与父亲他们无关,但又感觉到这些事与他们息息相关。

　　为了好好陪陪父亲,我也在乡下的老屋里住了一晚,晚上父亲给我讲了许多村里的事情,有伤感的,也有高兴的,我都听得十分真切。父亲说:"这些年,村子里发生了不少事,那个疯子大叔大雨天满街疯跑,全村没人拦得住,最后掉进水塘里淹死了;剃头匠姚麻子才50多岁,头天还好好的,第二天起来就发现他死了。还有……哎,我怎么老说不好的,还是说点儿好的吧。"一会儿,父亲又接着说:"和你玩得最好的那个三娃子,读书不行出去打工却发了,现在当了老板了,前不久开着宝马车回来在村里转了一圈,多风光呀;你大姑家的那个小顺子在外面做生意发了,人家娶了个外国媳妇回来,人挺好的,去年来我们家,还买了好多东西呢。还有,听说我们村上马上要建个农民新村了,楼下门面楼上住房,你弟弟说他要一个门面和一套住房,准备在村里开个超市呢!"

　　父亲说着说着,也许是困了,就呼呼睡去了。我却像父亲在城里一样,翻来翻去久久不能入睡。我起身悄悄走到屋外,站在院坝里,看见明净而皎洁的月光映照着小院,映照着田野;山村里静静的,只有从屋里传来的、伴我长大的父亲那粗犷的呼噜声,显得格外地动听。

谨

jǐn

概说

谨，有谨慎、小心、恭敬之意。《说文解字》：『谨，慎也。从言，堇声。』本义是谨慎、慎重，尤其强调言语上的小心。如《论语·乡党篇》：『孔子于乡党，恂恂如也，似不能言者。其在宗庙朝廷，便便言，唯谨尔。』是说孔子在乡间温和恭顺，好像不会说话，在宗庙和朝廷里很健谈，但很谨慎。谨可以引申为恭敬之义。《史记·平原君虞卿列传》：『谨奉神稷而以从。』意思是恭谨地带领整个国家跟从您。

历史

谨慎、恭谨的思想产生较早。商周时期的祭祀便是对上天、自然和先祖敬畏恭谨的体现。文献的记载出现得相对晚一些，西周时期出现了不少关于"谨"的记载。《诗经·大雅·民劳》："无纵诡随，以谨无良。"《易经·乾文》曰："庸言之信，庸行之谨，闲邪存其诚。"意思是说大德之人能做到言而有信，日常行动也能谨慎小心，以约束邪念，保持诚实。周公在《康诰》中告诫康叔应当学习殷代先哲圣王的治国方法，敬慎己身，勉力治民，谨慎刑罚。周公还以自己礼贤下士的做法，训诫自己的儿子伯禽到了鲁国之后，要谨慎地对待士人，千万不要自恃权势，骄傲自满，盛气凌人。

春秋战国时期，谨慎思想进一步发展。孔子认为君子当有三畏，"畏天命，畏大人，畏圣人之言"，有了敬畏之心，做人做事才会小心谨慎。孔子在《论语·为政篇》中告诫自己的学生："多闻阙疑，慎言其余，则寡尤。多见阙殆，慎行其余，则寡悔。"《孟子·梁惠王上》："谨庠序之教。"这里的谨是谨慎地对待之意。《墨子·尚贤中》："此言三圣人者，谨其言，慎其形，精其思虑。"是说三位圣人（伯夷、禹、稷）能使自己的言行谨慎，思虑专一。

经历了秦朝的法治思想，汉朝统一后，采取休养生息、无为而治的政策。《秦简》有"为吏之道，必精洁正直，慎谨坚固"的记载。汉朝卫绾性情淳厚谨慎，汉景帝要赐宝剑给他，卫绾推辞说先帝（汉文帝）已赐六把宝剑，不敢再接受了。汉景帝觉得人人都喜欢剑，还可以用来换物，卫绾应该不会把先帝赐的剑保留着。没想到，卫绾说先帝赐的剑全都在。汉景帝看了卫绾保存的崭新的剑，越发认为卫绾谨慎，有长者之风，将他升为河间王太傅，后来升至宰相。

汉朝大臣石奋为人极为恭敬谨慎，在他的教导下，子孙也养成了恭敬谨慎的态度和习惯，四个儿子都官至二千石。

刘向以"贺者在门，吊者在闾"警诫儿子刘歆身居高位，要战战栗栗，谨慎自处，才可免祸。"贺者在门，吊者在闾"的意思是说贺喜的人在门口，吊丧的人已经在闾巷了。其深层意思是说人在享受福运的时候，如果骄奢淫逸，放纵享乐，那么祸患很快就会到来，吊丧的人也就随之而至了。

东汉开国功臣马援，汉明帝马皇后之父，虽身居高位，却能谨慎。马援二哥马余的两个儿子马严、马敦喜欢讥讽议论当时人的是非对错，又喜欢结交轻狂侠客。马援当时在交趾作战，特意寄家书回家告诫两个侄子要谨言慎行，不要妄议他人是非，不要学习他人结交侠客的行为。马援要求侄子学习品性敦厚谨慎的龙伯高，即使学习时得不到精髓，也不失为谨慎之士，不会犯大的错误。

三国两晋南北朝时期，门阀士族占统治地位，主流思想为玄学。东汉时士大夫"上议执政，下讥卿士"，无所顾忌，两次党锢之祸后，他们不敢再议论时政，从而转向玄虚的"清谈"，在言行上也更加谨慎。如嵇康在《家诫》中告诫家人要谨慎行事，远离祸端。

西晋时，羊祜累官尚书右仆射、卫将军，封钜平侯，后出任车骑将军、开府仪同三司。他在《诫子书》中叮嘱儿子们应当砥砺德行，恭敬谨慎行事。"恭为德首，慎为行基"，恭敬、谨慎是德行的基础。并且警告儿子们，如果言行不谨慎，得罪了他人，遭遇毁谤，甚至落入刑网，到那时就不只是自身遭难，更要令祖先蒙羞了。

南北朝时期的颜之推在《颜氏家训·省事篇》中认为，为人处世应省事少为，所谓"无多言，多言多败；无多事，多事多患"，具体表现有谨慎上书谏言，学习古人的谨慎小心等。

唐宋时期，家训随着社会的发展而发展。隋唐时，家训发展逐渐成熟，开始系统化。宋朝时，家训进入繁荣期，涉及的内容也不断增多。唐宋都是经历了长期的战乱之后实现的统一，统治者也认识到"谨慎守道"的必要性。唐太宗对太子李治的教育极为严格，一有机会就对其进行教导，如看见太子乘舟的时候，就趁机教导太子，把舟比作人君，把水比作黎民百姓，"水能载舟，亦能覆舟"，作为国君怎能不畏惧谨慎呢？唐太宗认为，帝王宝器甚重，受命甚难，因此继承大位者应当战战兢兢，常思善始而善终，故而撰写了《帝范》以传太子。

唐中宗时县令李恕为教育子女，专门写有《诫子拾遗》十八篇，涉及多方面，如在品行上应仁孝忠贞，温恭谦顺；在为官方面侍奉长官要忠诚，对待僚友要谦虚恭敬；在书写公文呈报上司时，应当言语谨慎，不可以讥笑玩弄同僚，招惹是非，树立怨恨；在日常与他人的相处中，应当谦虚谨慎，对待同僚应当虚心接引，对待同乡长老、有德之士应当以礼接待，绝不可以态度张狂蛮横，口出恶言。

范仲淹是北宋时期杰出的政治家、文学家。范仲淹在写给子侄的书信中多次告诫子侄为官处世的道理，告诫他们身处京师重地，应谨言慎行，不可妄作高论。

陆游是南宋时期著名的文学家、诗人，非常重视家教、家风。宋朝建立以后，陆家"百余年间，文儒继出，有公有卿"，陆游也曾追述陆家世代兴衰，告诫子孙要谨慎俭约，不可奢侈放荡，更不可曲挠气节以求显贵，要将陆家的家风延续下去。"训之以宽厚恭谨，勿令与浮薄者游处"，陆游要求子孙后代宽容、忠厚、恭敬、谨慎，洁身自好，不交浅薄的朋友。

明成祖朱棣十分推崇和他有相似经历的唐太宗，因此仿《帝范》作《圣学心法》以垂训

壹 为人处世

子孙。其中第二方面就强调要敬天事神，包括敬天、敬事鬼神、守祖宗法。祭祀天地、山川、鬼神的时候，应该竭尽自己的端悫诚敬之心。对祖宗最大的尊敬在于谨守祖宗的成法，不可败坏，不可玩忽。在国家大事方面，作为人臣，始终要保持小心畏慎，恭俭和柔，谦谨守法而不恣肆；也要匡弼君主，引导君主走上正确的道路；勇于进谏，指出君主的过错，陈述正确的做法，不要使君主陷于过错。

朱棣的徐皇后作《内训》，从多个方面进行训诫，在女子的德行方面便有慎言、谨行的要求。慎言的关键在于寡言，必须缄口内修，宁心定志，以仁厚庄敬持守自身，无论出言还是沉默，都要从容中道。谨行主要在于戒除自是、自矜、自欺：自以为是就会行为专横；自我骄矜就会行为危险；自欺欺人就会行为污秽。

明朝大臣、学者方孝孺写有《家人箴》，系统阐述自己的诫子思想。在为人处世方面，方孝孺感叹时人多安于放逸，疏忽行礼，大家都认为礼仪是虚伪的行为，恭敬谨慎不足以奉行，致使尊卑上下失去节度，违背道理、超越伦常的事情层出不穷，最终给自己和家人带来祸端。另外，人还要有敬畏的心理。君子应当"崇畏"，应该"畏心""畏天""畏己有过""畏人之言"，也就是畏惧上天，畏惧自己内心的谴责，畏惧自己犯错，畏惧他人之言，这样才能谨慎行事，少犯过错。

康熙对子孙的训言在修身方面重视诚、敬、勤、俭、仁等德行。其中，敬有慎重之义，当平安无事之时，则以敬自持；当事情到来之时，则以敬应事。事情无论大小，都要谨慎小心，审慎思虑，以防微杜渐。要始终保持警惕之心，防患于未然。敬是君子修养德行最紧要的功夫。在内保持敬，则邪僻的心思就不会生出；在外保持敬，则懒惰傲慢之气就不会产生。

曾国藩留下的家训内容丰富，内涵深远。在为人处世方面，曾国藩要求儿子要懂得勤、俭、敬、恕、有恒等道理。曾国藩认为，关于做人之道，圣贤曾经讲过千言万语，但大致归纳的话不外乎"敬"和"恕"两个字。"敬"与"恕"是树立德行的基础，不可不谨慎。

文化意义

　　谨，不仅包含谨慎，还包括恭敬。不管对人还是对事，都要秉持恭敬、谨慎的态度，平日里谨言慎行，否则容易做错事情，招惹祸端。古人家训中对"谨"尤其强调，认为恭敬、谨慎是免除祸患的基本。

　　在与人交往方面，古人在家训中多次强调要谨慎择友，其原因就在于"近朱者赤，近墨者黑"。因此，古人强调择友要择贤，无友不如己者。这一点即使在现代社会也依然具有重要的价值和意义。人们尤其是青少年，很容易受到朋友的影响，在日常生活中，不自觉地模仿朋友的习惯和行为。如果所交朋友是好学笃行、品性良好之人，那么自己也会跟着进步；如果朋友是轻浮浪荡、无德无行之人，那么自己也会受到影响而退步。

　　古人强调要谨言慎行，以免招致祸端，在现代社会依然适应。《礼记·缁衣》曰："君子道人以言而禁人以行，故言必虑其所终，而行必稽其所敝，则民谨于言而慎于行。"尤其是网络时代，谨言既是对自己的保护，也是对别人的尊重和理解。因为言语造成的伤害是无法挽回的，正如《诗经·大雅·抑》所言："白圭之玷，尚可磨也；斯言之玷，不可为也。"

老井梨花

刘燕成

一

每年三月,井底总是看得见飞扬的白花,那是三月春风里美丽的梨花,是从井坎的梨树上飘落下来的,一片又一片,哗啦啦扑哧哧地飘舞在蓝天里,像一片云雾。落花的声音很轻,很细,除开井边那支细瘦的泉流,除开早起的挑水人的脚步声,除开一些啼晨的鸟鸣,清晨的木塝坳下总是静悄悄的。井就在木塝坳里,坎上是一棵苍老的百年老梨树,苍翠,枝丫粗壮,树皮斑驳,有许多朽孔。许多鸟把巢垒在那朽孔里,梨树洞,便是它们的家。

二

静静地站在井边,我看见云在天的上面,井在云的上面,雪花落到了云雾里,接着一片片梨花坠下井里,惊起了许多涟漪,也惊碎了我的天空。每天早晨,我就在井边放牛,让牛在井对面的竹林里安闲地吃草,不用去看管。这样的三月,满坡都有嫩绿的青草,还有细嫩的竹叶,够它们吃得胀鼓鼓的。我只管跑到井边玩耍,看那微软的春风打在满树洁白的梨花上,看那些金黄的蜜蜂绕在梨树下飞舞,看村庄枯烂的乱草里,渐渐地长出许多嫩绿的新芽。外面,许多野花也争相开放了,只可惜这三月的花瓣，总是那么好动，风一来，便像长了翅膀一般，飞舞起来，一片又一片，哗啦啦、扑哧哧地飘落下来，一井雪白的梨花，不一会儿便把井里的蓝天云雾遮掩了。

　　我就坐在井边的石坊上，懒懒地伸一个腰，或者打一些呵欠。三月里，总是睡不得好觉，早早地就被父亲叫起了床，去放早牛。等太阳升起来了，朝阳越过了井的边缘，父亲才吆赶着牛，犁田去了。牛很壮，厚黑的皮肤上长满了青毛，没有牛虻，但尾巴老是拖得长长的，从左边甩到右边，又从右边甩往左边，吸着粗气，望一眼坐在井边打望梨花的我，就走了。很多时候，牛是懂情的，倘若它很久没有见到我了，便一个劲地在山梁里喊叫，"哞——哞——"声音粗犷，老远都可以听得见。

三

　　母亲从木塎那边的家出来，她挑着一对木桶，要到这石井里来挑水。我便用手拨开了井里的花，一捧又一捧，从井里将花捧到井外。落花很厚，很沉，却是浮在水面上的，像一抹洁白的麻布，被我渐渐撕裂了。慢慢地，我就看见了水的下面露出了一方蓝蓝的天宇，几缕白云飘在那里。早晨的阳光软和且干净，从云的边缘洒落下来，先是穿过木塎坳口，然后从坳口的山崖上跌落下来，打在梨树的花瓣里，最后才零零碎碎地淌到了水井里，映出许多花瓣的影子来。

　　我不是故意要弄醒落花的影子的，手刚刚碰到了那一支细瘦的流泉，水的歌唱就转了音调，没以前的自然动听了，花影也变得摇曳不清。没有水流进井里，落花浮不到井的边缘，却一个劲地沾在青石的石壁上，像抓住了手，怎么扳都扳不开。这井，就是因为这细瘦的泉流才变得丰盈起来，没有这股泉，就不会有这口井。木塎坳脚的人，把这泉和井当作有灵性的神巫。母亲见我坐在井边上，还不停地拨弄着这井水，便丢下了肩上的木桶飞一般跑过来，拧着我的耳朵骂道："背时的，背时的哦，你怎么玩到这水井里来了呢？"她唠唠叨叨地把我拧到了井外的干草上，要我朝了井的方向跪着作三个揖。我一边跪着作揖，一边哭泣："不就是因为打扫了那一井落花吗？不就是因为坐在了井的青石上伸了些懒腰，打了几串呵欠吗？我不相信我会得罪了水神。"我哭着和母亲拌嘴，声音特别大，不像一个十来岁的少年说话。母亲没有再应和我的话，她一个劲地喊着"呸求"（"呸求"是赔罪求安的意思，老家人遇了小孩犯错都会这么喊，犯了什么地方就朝什么地方喊，如果是小孩头痛，大人就会轻轻地抹一些口水，一边抹一边"呸求呸求"地喊着，以求得平安无事）。

四

梨花终于落尽，在四月刚刚来临之时，我不再看见纷飞的雪白梨花。一地溃朽的花瓣，它们写尽了春的残景，写满了春的悲伤。在这个梨花落尽的季节，父亲走了。我触摸着悲伤的河流，从别人的故乡走过。

我回到木垮坳下。当然，我首先要经过老井，要爬一座又一座坡，还要穿越一片苍翠葱郁的竹林，在另外一个山头的半腰深处，就是我的家。父亲常常蹲在木榄外的柴门里，举着一杆粗黑的老烟筒，吧嗒吧嗒地抽着旱烟。更多的时候，我会想起父亲喝酒的样子：干脆，率性，一饮而尽。父亲算得上寨子里的"酒圣"，他不光喝酒堪称"不倒翁"，泡酒的手艺也比别人好许多。每每见得家里的酒缸要露底了，父亲便摘下屋檐下的苞谷串，一棒一棒地剥去米粒，用石槽碾了粉，然后放到铁锅里，和上适量的山泉水，点燃灶火煮透，再在煮熟了的苞谷饭里和上酒曲，待得半月光景，便可酿制成酒了。

父亲常说，什么水酿什么酒，这是苍天赐予的。老井里的山泉水，是专门酿制苞谷烧的。并且酿苞谷烧是有诀窍的，每锅酒糟只能接三锅水。接水多了，便会冲淡酒味；接水少了，酒又显得太烈。父亲常常在苞谷烧封坛之前放入些许新鲜的梨花。父亲酿苞谷烧很在乎火候，灶火既不过猛，也不过弱，恰到好处，不温不急。待到一锅酒糟接完了两锅水，父亲便更加仔细起来了，只见他每隔几分钟就会用酒瓢舀一勺酒缸里的酒，用舌尖舔了舔瓢沿，眯上眼，细细地咀嚼舌尖上的酒味，那样子可爱极了。父亲常常满足于木塆坳下那青山绿水间的老井。每每夜风吹过屋后的山崖，每每山鸟在老家周围的竹林间唱响归巢的夜歌，每每月光穿过了老家屋檐下的水沟，父亲就会按响他拴挂在木楼上的喇叭，喇叭是父亲去湘西怀化看病时从街边的地摊上买回来的。一个人在家，没有伴说话，父亲就和喇叭对唱，喇叭里唱"东方红，太阳升"，父亲也就跟着唱"东方红，太阳升"，那样子也很可爱。

五

这些都是尘封已久的往事了，只有失父的疼痛，隐隐地在心里绞着。

晚唐诗人杜牧有诗云："清明时节雨纷纷，路上行人欲断魂。借问酒家何处有？牧童遥指杏花村。"我是在那样一个清明凄雨里最后一次返乡的。我看见三月清明里的梨花，白茫茫地染了一树，花下的老井，正汩汩流淌着一抹潺潺的泉，泉声低咽，风声细微，我似乎又看见了昔日的少年，孤苦地坐在落花流水间。在一岭苍茫的山野里，我看见了父亲、母亲，两堆真实低矮的黄土，潜伏在山风里；一些草，一些叫不上名儿的野花，披在坟茔上。山峦绿幽幽的，由东向西，从高到低，延绵不绝，包裹着那个瘦瘦的村庄，村庄就甜甜地睡在这山塆里，做着一个千年的幽梦。

苜蓿飘香

● 任随平

又是一年春草绿。站在山间向远处的山野望去，满眼充盈着无垠的绿色，其中，少不了大片大片破土而出的苜蓿，钻出地面的嫩芽儿在风中闪耀着诱人的光彩。

我出生时，农村刚刚实行土地包产到户。自打记事起，家里的生活就一直很清贫。父母整日里面朝黄土背朝天，通过辛劳的双手向土地索取着少得可怜的回报。除了洋芋之外，每到春天，苜蓿菜就成了我们饭桌上的主要蔬菜。

那时候，我总是跟着父母一同下地。母亲完成了一整天艰苦的劳作之后，在赶回家的路上，路过一条小河，河边的向阳洼地里生长着茂盛的苜蓿，我看着母亲匆匆走进苜蓿地，俯下腰身，来不及挑拣，随手拔了大把大把的苜蓿芽，顺势扯起衣襟，把苜蓿芽兜在衣襟里。而后，一手捂着衣襟里的苜蓿芽，一手拉着我慌慌张张地赶路。如果回家太晚，又遇到没有月光的晚上，在没有煤油灯、蜡烛等照明设备的年代，一家人的晚饭就只能借着炉膛里的火光来完成了，因此，母亲为了不摸黑，赶起路来总是急急忙忙。回到家，母亲便吩咐我和姐姐拣菜，将夹杂在苜蓿嫩芽中的杂草挑出来，然后将苜蓿芽倒入滚烫的开水锅里，翻滚几个来回，借着丝丝缕缕的水汽，就能闻到苜蓿芽令人馋涎欲滴的清香。出锅后，母亲顺手撒了盐粒，还未

徽州古村落 南屏叶氏祖训家风

搅拌均匀，我和馋嘴的姐姐便拿了木筷偷偷地夹了送入口中，那种香味，是透彻肺腑的。现在每每回想起来，总是令人不能忘怀。

后来，稍大一点年纪了，我和姐姐便接替了母亲拔苜蓿芽的任务。阳光浓郁的午后，父母下地干活了，我和姐姐提了竹篮，沿着绳索一般的山路，在山野的苜蓿地里拔苜蓿嫩芽儿。漫山遍野的狗尾巴花绽放着火柴头样的骨朵儿，害羞似的，似开未开，只是那红色，让人有了喊山的冲动，于是，整个山峁梁屲回荡着我们童稚的叫喊声……

再后来，随着时代的变迁，苜蓿芽已不再是司空见惯的家常菜，而是作为农家菜出现在饭店酒席之上。但每年春天，晴好的周末，我和妻子还是会带着孩子返回乡下老家，随意走进一块阔大的苜蓿地里，拣了嫩好的苜蓿芽，拔回来一大包一大包的，烹调了和父母一同分享。我们不仅是将苜蓿作为菜肴来品尝，还是对饥馑年月的一种怀念，是对一个时代的念想与对父母辛劳人生的感恩！

因此，每每望着辽阔的山野里闪耀着诱人光彩的苜蓿芽时，我总会俯下腰身，用眼睛，用双手，用鼻息，表达我对苜蓿的敬畏。

壹 为人处世

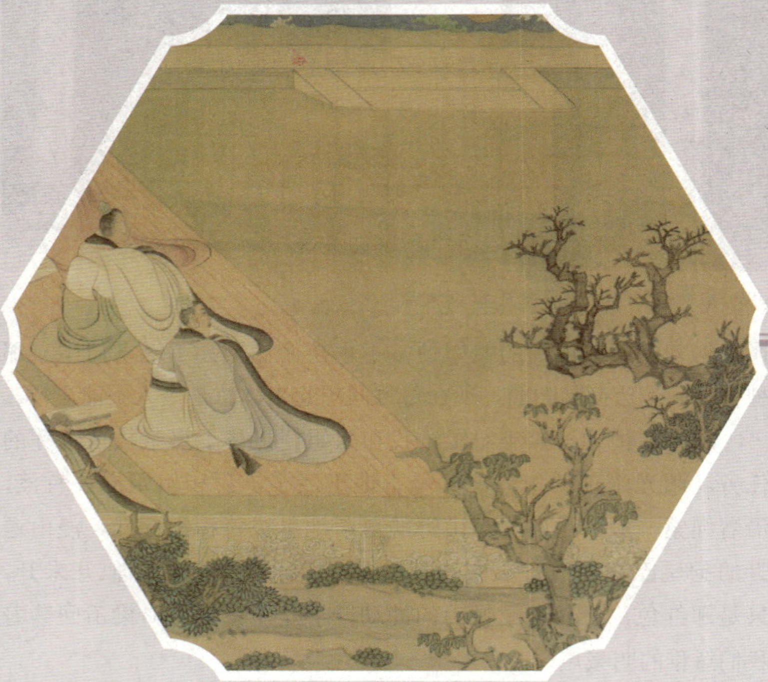

贰

修身治家

孝

xiào

概说

孝的古字形像一个孩子搀扶着老人,本义是尽心尽力地奉养父母。《说文解字》:"孝,善事父母也。"孝顺除了尽心尽力地奉养父母,还包含顺从父母的意志。孝顺一词出自《国语·楚语上》:"勤勉以劝之,孝顺以纳之,忠信以发之,德音以扬之。"

老家风

历史

孝是中华民族的传统美德，其思想产生较早。据文献记载，至少尧舜时代便有了孝的思想。上古时代，尧求贤人以继其位，四方诸侯认为舜能够"克谐以孝"，就推举了舜。但在之后的漫长岁月中，孝还不具备普遍的社会意义。学界素有"殷人无孝"的说法，其理由在于殷人重鬼神轻人事，殷人的孝主要表现在祭祀先祖和亡灵上。

孝道的发展得益于周公的推行。周公，名旦，周文王之子，周武王之弟，两次辅佐周武王征讨纣王，为周朝做出了巨大的贡献，尤其是完善了以嫡长子继承为核心的制宗法制度、分封制等。这些制度的最大特色是以宗法血缘为纽带，对中国封建社会产生了极大的影响。周公推行的孝，便是建立在农耕文明和宗法制的基础之上。在狩猎时代，年轻力壮的人起主要作用，进入农耕社会后，生产经验更为重要，因此逐渐出现了"尊老""敬老"的习俗。宗法制度以男性血缘关系为中心，为维系家族内部的稳定，"孝""悌"等思想便发展起来。据《康诰》记载："元恶大憝，矧惟不孝不友。子弗祗服厥父事，大伤厥考心；于父不能字厥子，乃疾厥子……乃其速由文王作罚，刑兹无赦。"从这段文字可以看出，周公将孝作为政令推行，而且孝具有相互性，即子孝父，继承父亲的事业，另一方面，父也要爱护养育子。

春秋战国时期，尤其是在孔孟的宣扬下，孝道进一步发展并逐步完善。周朝后期，诸侯势力不断坐大，家庭与宗族之间产生了矛盾，动摇了宗法制的社会基础。周公建立的礼乐制度也逐渐被破坏，出现了礼崩乐坏的局面。孔子作为儒家思想的开创者，十分推崇周公，当看到鲁国的大夫季氏用天子祭祀才能用的八佾乐舞时，他愤怒地说："八佾舞于庭，是可忍也，孰不可忍也？"在这种形势下，建立在宗法制基础上的孝也受到影响，不孝事件频繁发生。后来，孝便从政治关系中脱离出来，不再是规范君臣关系的准则，转而向善事父母发展。如《左传·隐公元年》："纯孝也，爱其母，施及庄公。"

孔子对周公的孝道思想进行完善，形成了完备的理论体系，其思想主要体现在《论语》和《孝经》中。孟子是儒家思想的继承者，其孝道思想主要体现在《孟子》中。孔子认为孝是为人的根本，是天经地义的事，《孝经》："夫孝，天之经也，地之义也。"《论语·学而》："其为人也孝悌，而好犯上者，鲜矣；不好犯上，而好作乱者，未之有也。君子务本，本立而道生。孝悌也者，其为人之本与！"孟子进一步发展了孔子关于孝的思想，提出孝才能为人，顺才能为子的观点，《孟子·离娄上》："不得乎亲，不可以为人；不顺乎亲，不可以为子。"

至于如何行孝，《孝经》中记载得也非常详细："孝子之事亲也，居则致其敬，养则致其乐，病则致其忧，丧则致其哀，祭则致其严。五者备矣，然后能事亲。"也就是说，孝主要体现在五个方面：一是敬亲，也就是尊亲。孔子认为不敬亲与犬马无异，孟子认为"孝子之志，莫大乎尊亲"；二是养亲，即奉养父母要和颜悦色，不能"色难"，给父母脸色看，让父母不开心；三是忧亲，即父母病了要为其忧心；四是哀亲，即父母死后十分哀伤；五是祭祀，父母死后也要按照礼节安葬他们，按照礼节祭祀他们，并且"三年无改于父之道"。

此外，孔孟的孝道思想还包含对君主的忠，如孔子在《孝经》中说："夫孝，始于事亲，中于事君，终于立身。""以孝事君则忠"将孝与事君、立身联系起来。孟子则认为君臣之道是人之大伦,《孟子·公孙丑下》:"内则父子,外则君臣,人之大伦也。"

孔孟关于孝的思想也有一些是不值得提倡的,如传宗接代思想。《孟子·离娄上》:"不孝有三,无后为大。"而且这里的"无后"是指没有儿子,在当时的社会,认为男子才是血脉的延续,这种观念早已不适应现代社会。

孔子和孟子提倡的孝道在我国产生了深远的影响,使传统的孝道观念从宗法制的祖先崇拜以及宗教性的亡灵祭祀中脱离出来,转移到对父母孝顺的行为上来。这种孝道思想的提倡和发展对于稳定家庭关系和社会关系具有重要作用,因而也受到统治者的重视。《管子·山权数》:"君不高仁,则国不相被;君不高慈孝,则民简其亲而轻过,此乱之至也。"

汉朝统一后,社会稳定,经济发展,文化也日益兴盛,尤其是经学发展迅速。孝的观念已深入人心,同时其作为儒家伦理思想的重要组成部分,对于统治者来说,有利于巩固统治,因此,"以孝治国"的观念受到汉朝统治者的推崇。汉朝的孝主要体现在统治者身体力行,在选官方面实行举孝廉,从法律层面对孝进行规范等。

汉朝自刘邦始就注重孝治,如刘邦入关就设立"三老"执掌地方教化。汉惠帝在刘邦去世后,"令郡诸侯王立高庙"来怀念高祖,还对孝者进行奖励等,因此死后以"孝惠"为谥号。汉文帝更是孝顺,成为唯一一位入选《二十四孝》的皇帝。《弟子规》中"亲有疾,药先尝。昼夜侍,不离床"讲的就是汉文帝,其生母薄太后生病,汉文帝"目不交睫,衣不解带,汤药非口亲尝弗进",别说一国之君,就是普通人能如此三年也是不易。

汉武帝重视儒学,一改汉初以"黄老思想"治国的理念,代之以"独尊儒术",孝道思想也备受推崇。《汉书·武帝纪》记载:"今天下孝子、顺孙愿自竭尽以承其亲。"

在统治者的倡导下,孝风盛行,在官吏的选拔上实行举

贰 修身治家

孝廉。这种人才举荐法就是让地方有名望的大儒或官吏推举人才，而对其考核的标准是孝道和廉洁。在这种模式的推动下，孝自然成为一种社会风气。上至皇子下至百姓，《孝经》《论语》成为必读书目。据《资治通鉴》记载，汉宣帝时，"皇太子年十二，通《论语》《孝经》"。东汉末年，邴原十一岁丧父，家中贫困，经过学堂时忍不住哭了，老师就问他为何哭泣，邴原回答道："孤者易伤，贫者易感。夫书者，凡得学者，有亲也。一则愿其不孤，二则羡其得学，中心伤感，故泣耳。"老师被其感动，说："童子苟有志，我徒相教，不求资也。"于是邴原得以读书。一冬之间，诵《孝经》《论语》。

汉朝还从法规上对孝进行规范。在养老方面，官府会给八十岁以上的老人提供吃穿，让他们衣食无忧；而"鳏、寡、独"者，即使不满 70 岁，也会得到官府的供养。汉文帝在《养老诏》中规定："令有司，请令县道年八十以上赐米人月一石，肉二十斤、酒五斗；其九十以上又赐帛人二匹、絮三斤。赐物及当禀鬻米者，长吏阅视，丞若尉致。"官府还对家有丧事或者灾荒年月家有老人的家庭免除徭役。

有福利，也会有惩罚。对不孝者的惩处在之前就有，如《周礼·大司徒》中记载的"以乡八刑纠万民"，其中不孝之刑居于首。汉朝对不孝者也有惩治的法令，有斩首、烹煮、流放等处罚，还实行连坐制。张家山汉简《二年律令·户律》中就记载了对不孝者的处罚条款："孙为户，与大父母居，养之不善，令孙且外居，令大父母居其室，食其田，使其奴婢，勿贸卖。孙死，其母而代为户，令毋敢遂（逐）夫父母及入赘，及道外取其子财。"孙子单独成家后，如果与祖父母同居，不能很好地尽赡养之责，就会被赶出家门，其田宅与奴婢尽归祖父母所有。

魏晋南北朝时期，长期的战乱和频繁的政权更迭使得社会动荡不安，加上佛教的兴盛，玄学的兴起，儒学的影响减弱，这一时期孝文化的发展也有着特殊的历史特征。各统治者为了在动乱的大背景下维护统治，大力宣扬孝道，《论语》《孝经》甚至成为学校里的必学课程。这时的孝道与汉朝相比，忠君观念弱化。社会动荡，朝代更迭频繁，如果坚守儒家的忠君思想，很可能会使整个家族陷入对新王朝不忠的境地。不少世家大族选择"事亲"反倒更为安全。在时代的影响下，孝的思想高于忠，也就使孝的地位再次提高。

魏晋南北朝时期的孝受到佛教思想的影响。佛教传入之初主张削发为僧、云游四方的观点与儒家倡导的"身体发肤，受之父母，不敢毁伤"的孝道观念相悖，因此，佛教受到儒家的排斥。佛教为了便于传播，便从孝入手，不断融入儒家文化中。《佛升忉利天为母说法经》记载了释尊成佛后，为报生母之恩，直升忉利天为母说法三月以尽孝道的故事。通过宣扬佛经中有关孝的故事，佛教赢得了大众的认可，也获得了统治者的支持。东晋名僧慧远认为出家之人修道可以引导众生脱离六道轮回的苦海，起到辅助教化的作用，与孝道并不相悖。佛教在此基础上提出了"众生父母"的观点，视天下苍生为父母，将儒家的孝亲思想扩大为对众生的孝。此后，出家修道也是尽孝道的思想逐渐得到认可。梁武帝萧衍曾四次舍身出家，群臣捐钱将其赎回，还依据《佛说盂兰盆经》设盂兰盆斋，此后，盂兰盆会逐渐成为习俗。在萧衍的倡导下，佛教大盛。

魏晋南北朝时期的士人崇尚自然，在孝道上出现了忽视礼法的做法。据《世说新语》记载："王戎、和峤同时遭大丧，俱以孝称。王鸡骨支床，和哭泣备礼。武帝谓刘仲雄曰：'卿数省王、和不？闻和哀苦过礼，使人忧之。'仲雄曰：'和峤虽备礼，神气不损；王戎虽不备礼，而哀毁骨立。臣以和峤生孝，王戎死孝。陛下不应忧峤，而应忧戎。'"王戎与和峤都是著名的孝子，同时遇到丧亲之事，王戎虽不遵守礼法，服丧期间，饮酒吃肉，却因哀伤而消瘦，几乎无法支撑住自己的身体，和峤虽然恪守礼法，哀号哭泣，但精神并没有受损。

唐朝统一后，也推行"以孝治天下"的国策，统治者大力倡导孝道。唐高祖在《旌表孝友诏》中说："民禀五常，仁义斯重；士有百行，孝敬为先。自古哲王，经邦致治，设教垂范，莫尚于兹。"统治者倡导的孝除了孝顺父母，还包含敬长、忠君。武则天在《臣轨·序》中说："然则君亲既立，忠孝形焉。奉国奉家，率由之道宁二；事君事父，资敬之途斯一。"

唐朝重视孝道教育，形成了崇尚孝的社会风气。甚至出现《女孝经》，对女子的孝行也很重视。唐朝县令李恕认为女子在7岁的时候就应当学习《女仪》《孝经》《论语》，学习行步容止等方面的礼节。

宋朝建立后，统治者依然重视孝道。在政策上与前朝基本无异，如统治者亲自示范，赏赐表彰孝行，推行尊老、养老政策，重视孝道的教育等。不过宋朝的孝在长期的发展中出现了一些畸形的孝亲行为。本为表彰孝行而赏赐的物质奖励刺激了人们对物质的追求，孝亲向着极端化发展，不但有人虚报孝行，还有人做出"割股疗亲"的极端行为，这是一种扭曲的孝行，是不值得提倡的。

明清时期，封建统治者依然坚持"以孝治天下"，只不过在漫长的发展、演变中，孝道进一步沦为强化封建统治的工具，逐渐变成子孙对父母长辈的绝对服从，走向专制化、愚昧化。

朱元璋称帝后，自称"孝子皇帝"，还颁布《慈孝录》，孝道成为选拔人才的重要标准。在朱元璋的提倡下，明朝一直重视褒奖孝行。明成祖朱棣认为人子事亲，主要在于孝，作为人君，更要以己身之孝引领天下之孝，使天下靡然向风。而孝的实质是不改变先人所坚持的道义。清朝统治者也非常重视孝道，为了给天下人做出表率，顺治亲注《孝经》；康熙在《事父母章第十二》中训诫诸皇子要孝敬父母；雍正敕撰《孝经集注》；乾隆在宫中举办"千叟宴"等。

明清时期，封建社会的专制和集权逐步走向极端。在统治者的大力宣扬和表彰下，整个社会的孝行层出不穷，但也出现了走向极端的现象和行为，如为母埋儿、割肝等。这些已超出了孝的道德范畴，走向愚昧。这些行为的出现与当时对不孝罪的界定和惩罚有一定的关系，如清朝把不孝罪的界定范围扩大，对所有有亲属关系的长辈的不敬都定为不孝罪。

文化意义

孝是中华民族的传统美德，包含对父母、长辈的奉养、尊重、顺从等。延续几千年的孝文化具有重要的价值和意义。古人认为孝是衡量一个人德行的重要准则，一个不孝的人，很难有仁慈之心、敬畏之心，因此，孝是人基本的道德修养。延伸到社会层面，敬老孝亲的社会风气会影响人与人之间的关系，有利于促进社会的和谐发展与稳定。

孝道文化产生的基础是传统的宗法制，目的在于维护统治，因此，孝道文化在长期的发展过程中，就不可避免地显露出其弊端，如"不孝有三，无后为大"的观念，绝对听从长辈的意见，要求女性"妇顺"，"自残式"的愚孝行为，等等，都是不值得提倡和发扬的。

现代社会，随着经济的发展，家庭关系弱化，传统的孝道观念也受到一定的冲击，出现了老年人晚年生活的幸福感和归属感降低等社会现象。父母和子女之间存在着以血缘关系为纽带的亲情，这种情感是深刻在骨子里的，孝文化存在于每一个人的心中。不管时代如何发展，正确的孝道观不能丢弃。

送一个孝心给父母

张道余

眼看父母的红宝石婚纪念日就要到了,作为大女儿的龙振锦想送给父母一份厚重的礼物。送什么好呢?父母几十年来生活节俭朴素,已成习惯,送贵重的东西他们不仅不会接受,还会借此严肃地教训自己一通。那么就送实惠的礼物吧。她征求父母的意见,准备分别为他们二老量身定做一件质量非常好的羽绒服。

母亲问多少钱一件,女儿说不贵不贵,用最好的细绒充装才580元一件。母亲吐了吐舌头:"我的天,580元一件还不贵呀?"女儿说:"那就做最便宜的280元一件的吧。"母亲表示还是太贵了:"你看我今年买的一件羽绒服,才花了50元呢。""50元!在哪里买的?"女儿不相信会有这么便宜的羽绒服。母亲说:"青年路买的呀。"女儿笑了:"恐怕是地摊货吧?"母亲反驳道:"我是夏天去买的,不在季节上,商家大减价,当然便宜了。你们年轻人就是不会过日子,不知道反季节去淘又便宜又好的东西。"女儿没话说了。

买东西不行,龙振锦就张罗着去大酒店为父母订几桌海鲜酒席。父亲知道后问她多少钱一桌,女儿答,1680元。父亲当下就不同意:"不行,这么贵!"女儿解释道:"咱们又不是经常下馆子,就是图个新鲜和喜庆嘛。再说,你和妈辛苦了大半辈子,结婚40周年庆典,享受享受也是应该的嘛！"父亲可不同意这种做派："未必大把花钱才叫享受呀。振锦，你太年轻不晓事，真正的快乐你还没体会到呢！"

吃不行，穿不行，到底给父母送什么礼物好呢？龙振锦思来想去，真没辙了。

这几天，母亲整天乐滋滋的，像小孩子企盼着过年似的。女儿问她怎么啦。母亲说，她在盼一个快要到来的同学会，阔别50年的老同学将会聚集在一起，有多少知心话要聊呀，怎会不激动、不高兴？

可母亲参加同学会回来后，情绪却有些低落。她悄悄地对老伴说，同学一见面，有的说去过新马泰，有的说去过欧洲，还有的说去过美国，可她连国门都没跨出过一步，这辈子算是白活了。老伴安慰她，人生在世，各有各的活法嘛！我们虽然哪里都没去过，在山区小学教书育人几十年，可过得十分充实和自信，不照样是潇洒快活吗？母亲只得无奈地叹了口气。

他们的谈话无意间被女儿听见了，龙振锦心里顿时就有了一个送一份别致的礼物给父母的主意。

几天后，龙振锦将一份去欧洲十四国旅游的合同交给了父母。母亲面露喜色，父亲却问："欧洲游？那可是一笔不小的花销啊！"

龙振锦微微一笑，轻松作答："没花一分钱，是我运气好，在一家大型商场购物中得了大奖，奖品就是欧洲十四国二人游。你们二老不是很想到国外去看一看吗？这次的欧洲十四国游，要去巴黎、罗马、维也纳，这是你们做梦都想去的地方，现在终于可以圆你们这个梦了。"

父母都摇摇头："购物中奖，不相信会有这等好事。"

女儿信誓旦旦地表示："这么大的事我怎会骗你们呢？难道你们还不相信自己的女儿是一个十分诚实的人？"

父亲不无担心地说："振锦，不是我们不相信你，而是担心你被人蒙骗。你想想看，世界上哪会有天上掉馅饼的好事？要是你被别人骗了，我们老两口稀里糊涂地到了国外，又被层层追加各种费用，而我们身上带的钱又不够，最后被别人抛在国外，那可怎么办？"

女儿说："你们就一百个放心地去吧，这么有信誉的大商家，绝对不会骗人的。"

联想到以前他们听信虚假宣传，购买陵墓被骗去了几万元，父母还是担心振锦被蒙骗，他俩就挨个地给振绣、振中、振华三姐弟打电话询问，又叫他们到商场和旅行社去查实，结果都回答说千真万确，确有其事。这下父母才把心放到肚子里。能到欧洲十四国去旅游观光，自己又用不着花一分钱，父母都高兴地准备出行。

到了出发去机场飞往北京的那一天，本来应由龙振锦亲自护送，可她突然接到一个紧急电话，叫她赶快回公司处理一件重要的事。此时丈夫出差在外，叫弟妹赶来送一程也已经来不及了，她只能抱歉地让父母随同旅游团一道出发了。

父母出国旅游后，龙振锦在家里却是成天惴惴不安。为啥呢？她深知父母一辈子辛苦，却又舍不得花钱享受，为了让父母能心安理得地享受一下生活，她其实是伙同旅行社的工作人员以及几兄妹，由她出资，共同编造了这么一个善意的谎言。

她倒是送了一个孝心给父母，但担心的是，父母旅游回来后，要是知道是她花了3万元巨资让他们去"潇洒"的实情，不知会有多心疼，又会怎样把她骂得狗血淋头。孝顺，孝顺，首先就是要顺，要听父母的话；孝而不顺，还谈得上什么孝顺？

半个多月后，旅行社通知龙振锦，说欧洲十四国旅游团返回了，叫她去接站。龙振锦把父母接回家里，小心翼翼地问："玩得高兴吧？"

父母都乐呵呵地说："玩得真开心，从来没这么开心过！"

龙振锦悬着的心这才放下了一半。

父亲说："振锦，你猜猜看，我给你带回什么礼物来了？"

女儿用心地猜了几样，都没猜中，父亲这才从旅行包里取出了一面鲜艳的锦旗，上面绣着八个金黄色的大字："支教模范　扶贫先锋"。

龙振锦一看，如坠云里雾里："支教？扶贫？这……这究竟是怎么一回事？难道你们没去欧洲旅游？"

父亲神秘地笑笑说："你看看我们摄像机里的资料就明白了。"

龙振锦将摄像机接到了电视上，电视画面出现，只见父母行进在山区的崎岖小路上，走进了一家家破旧的小屋……随着摄像镜头进屋一看，山里农牧家庭的贫困程度真是令人感慨。

有的家，除了屋子中间一口吊着的铁锅外，再没任何值钱的东西。还有的家是安在透风的山洞里。

父母走村串户，不忘自己曾经身为教师的使命，动员家长们将辍学在家的子女送回学校读书，并把一笔笔助学款递到孩子们的手中。

没等龙振锦发问，父亲就说出了他们此次真正去的地方。是的，他们没去欧洲旅游，而是去到了偏僻落后的阿坝藏族羌族州，用旅游费用的3万元钱，资助了30名失学儿童。

龙振锦不理解了："你们怎么知道旅游的这3万元是我出的？又怎么能够把办了手续的钱给退回来？"

母亲在一旁嘿嘿笑了起来："嘿，你爸是什么人，什么事办不到呀？你知道吧，那个旅行社的负责人，就是你爸过去的学生，他能不听你爸的？还有，我们临出发时你接到的那个电话，也是你爸安排的呀！"

龙振锦不仅没挨批评，父母还一个劲地夸她："这个孝心送得好呀！"

灯光 母爱 温暖

赵锋

我曾在一篇散文《儿子,去看看海》里写过:"在这个世界上,如果真的有一种无私的爱,那就是母爱。不管有多少以爱为名的爱存在于这个世界上,也不管那些爱用怎样精彩的故事吸引眼球,以多么惊心动魄的形式撩人心魂。然而,母爱的真实和纯粹让我有理由相信,这个世界上有真爱和无私的存在。"

许多年过去,在这深秋的夜里,从老家赶回到家里,坐在书桌前不禁想起这一切。那一年,母亲在老家不小心骨折,从受伤、手术、住院到一步步康复,整个过程对她来说那么漫长。母亲好强,并不屈服于手术带给她的不便,平静时如长者,倔强时像孩子。母亲从卧床不起到下床努力复健,她的内心历经挣扎。我们在忙碌中照顾她,她在我们忙碌时独自一人,身体慢慢好转之后便牵挂老家诸事。回到老家,坐在自家的院子里晒太阳她才踏实。

母亲在城里小住时,每晚睡前我定会将她床头的小夜灯打开,让暖暖的灯光伴她度过长夜。今晚她回老家了,故乡的夜里一定也有温暖的灯光陪伴。

这个春天因为突如其来的变故,我连母亲的生日也没能赶回去。往年无论多忙,我都会如期赶回老家去陪父母过生日,就像他们儿时总会数着我们的生日一样,期望我们健康快乐地长大;如今我们更渴望他们能健健康康的。

"您养我长大，我陪您变老。"

在彼此的守护和守望里，体味着彼此的爱。深夜，故乡漫山遍野的树叶慢慢变绿，春笋也一定在使劲地往外钻，也许明天它们便会把一座又一座的山梁染绿。这是山的本来模样，也是母亲喜欢的模样。母亲年轻时就在这山上扳竹笋，以填补粮食的不足，也丰富了我们家的餐桌。每年春天母亲都在抢时节，在菜园里忙碌着，准备着要下的苗，规划着菜园里每一寸土地。

去年冬天，母亲去北京哥哥家小住，每次打电话除了问家里的情况，问她的孙儿们，最后一定不会忘记问老家的菜地。其实这么多年过去了，家里已不再是当年那样为了供我们读书而捉襟见肘，更不用依靠院子里的那点儿菜地来改善我们的伙食。可是，她的内心里却依然放不下院子里的菜地。我想，这些菜地大概在多年前给母亲的内心带来了某种安慰。

我常常想起每晚给母亲打开的灯光，温暖而温馨，一如儿时母亲每晚关灯时叮嘱我们早点休息一样。你看，人生轮回，何其相似，一样的情形，共同的情愫，总会在生命的某个时空不期而遇。

昨天看到新华社公众号里刊发的一篇文章《真正的成功，就是能陪父母吃很多很多顿饭》，文章写道："跟爸妈吃饭，在我们看来，是一件微不足道的小事，可对于父母来说，却是晚年生活中最大的仪式感和最踏实的幸福。"这是大多数人的共识，可是在忙忙碌碌的生活和工作中，最终有几人能够做到。所以，有机会就多陪伴父母，一起吃一顿饭，听他们唠叨，其实这并非成全父母，而是在成全自己。

林清玄说："浪漫，就是浪费时间慢慢吃饭，浪费时间慢慢喝茶。"

我想说，浪漫，就是浪费时间陪父母吃饭，浪费时间陪父母慢慢变老！

刘大爷"炍和"故事

◆ 李柯漂

清晨，天刚麻麻亮，喜鹊就在屋檐边上下飞蹿，"叽叽喳喳"地叫个不停。刘大爷打开堂屋门，见一对喜鹊一前一后追逐嬉戏。《开元天宝遗事》上说："时人之家，闻鹊声，皆为喜兆，故谓灵鹊报喜。"

刘大爷在院子里转了两圈，活动活动筋骨，冲屋里喊："老婆子，快起床了，今天当场天（赶集日），我要上街喝茶去。"

老婆子在屋里应着："一大早就在那儿嚷嚷个啥，你都起床了，还不自己动手弄点儿早餐吃，就晓得使唤我。你是口袋里装柿子，专赶'炍和'的捏哇（这里的"炍和"是指人懦弱，人家想欺负就欺负），我就不起床，你看着办吧。"

俗话说，喜鹊叫，好事到。刘大爷心里高兴，没跟老婆子计较，自己煮了碗醪糟鸡蛋吃完，就到街上喝茶去了。

快到中午，刘大爷喝淡了一碗茶，肚子里"咕咕"地叫，就剩茶水在胃里荡漾。这时见茶馆门外走进来一个人。刘大爷一眼就认出来了，那不是随儿女去省城生活的老同学老张吗？

"老张，你还认识我吗？我是老刘哩，"刘大爷赶紧打招呼，"你咋舍得回川东老家一趟？都十几年没见了。"

老同学相见，老张很是热情。"快到中午饭点了，走，我们去饭馆里叙叙旧，"老张说，"我请客。"

一顿酒足饭饱后,已是下午两点多钟了。刘大爷与老同学话别,回到了家里。老婆子直埋怨:"你喝一天的茶水就不觉得饿嗦,午饭都不回家吃了。"

刘大爷笑眯眯地说:"今天上街遇见老同学老张,他请我吃了大餐。"老婆子不以为然,果真遇到好事情了。"我还以为早上没起来给你弄早餐,你还在生我气呢。怪不得这会儿才回家,原来去吃'炕和'去了。"(这里的"炕和"是捡便宜的意思。)

晚上,儿子、儿媳喊两位老人吃饭,桌上端上一大钵莲藕炖猪蹄。刘大爷搛一块肉放嘴里,吃上一口说:"这肉炖得好,'炕和'得很,正合我口味。"(这里的"炕和"指肉炖的时间长,骨头都炖散架了。)

儿子、儿媳很孝顺,专门上街买了新鲜的猪蹄炖起。见两位老人吃得高兴,他们也很开心。

我的祖父

● 姚永涛

一

我能忆起祖父的，便就是他嘴里含着竹竿做的烟斗，身着蓝色布料大褂坐在夕阳下安详的模样。幼时，我总喜欢坐在祖父的身边，看着他从嘴里一口口吐出烟雾，从他高耸的颧骨，一直飘到他稀疏的头发，随后消逝在暮色之中。

祖父喜欢在这时摸着我的头，给我讲故事；我喜欢在听故事的时候，望着天边渐暗的空色，最后山上的树都看不见，只剩下山黑黑的轮廓。

这样的夏天，庭院里总是有很多蚊虫，那时候还没有蚊香，祖父用镰刀在山坡上割了很多蒿草，晾成半干半湿，点着后用来驱蚊。

记忆中，祖父讲的漫无边际的故事，和天边山的黑色轮廓，还有蒿草被点燃的味道是联系在一起的，像是萦绕心间的梦境，会在某一天触碰到熟悉的事物时突然醒来。

那时候，我总以为天很近，抬起头来看，就在我和祖父头上。我问祖父："故事中那些神仙，是怎么从地上走到天上的呢？是用的梯子吗？"祖父深深吸了一口烟斗，青蓝的烟雾从他鼻孔里吐出来，他看着烟雾缓缓上升，慢慢地说："神仙上天的时候不用梯子，神仙上天的时候，身体会变得和这烟雾一般轻，慢慢地随着风飘，最后就飘到他想去的地方了。"

我看着祖父用手指的方向，可能是天黑的原因，烟雾才飘一会儿，就看不见了。我那时候还小，还不知道自己想要去什么地方，只是看着祖父用手指指着那个方向，久久都不肯放下。

我认为祖父这个举动，是有其深意的，就像庙里供的佛祖一样，手总是指向天上。后来祖父跟我说，他不是佛祖，他只是个普通的农民，他指的是今天播的种子，不知道什么时候才会发芽。

我点了点头，其实我是不懂祖父所说的，我那时还没有去上学，也不知道孔子所说的"不知为不知，是知也"。我想我点头，祖父总会舒心些。

二

后来，我去学堂上学，也认识了课本上像孔子那样耳熟能详的人物，便换成我给祖父讲故事。祖父很喜欢我讲这些，哪怕有些故事的情节我自己也搞不清楚。

祖父说，在他们那个年代，想上学很不容易；自打他懂事起，就跟着他堂兄弟去山上放牛。他那时候也不明白上学到底意味着什么，打小没去过学堂。后来，他听说上过学的人很多都当了领导，去了外面的大城市，而他还是在这山上放牛种地，一辈子也没见过山的那头是什么样子。

我想了想，指着那绵绵不尽的山脉对祖父说，山的那头还是山，一座还比一座高哩，最后都连到天上去了。祖父却摇摇头说，你长大了就知道了。

祖父总是一边跟我说着，一边编织草鞋，好像一刻都闲不下来。草鞋用的是山上割的草丝，细细的草丝铺满了整个屋檐，偶尔天边的暮色夕阳会带着橙红的光照过来，把草丝染得金光灿灿。我有的时候说累了，就不说了，坐在小板凳上，远远地看着祖父，看着那些草丝在祖父的手上慢慢凝结成细长的草绳，再慢慢变成草鞋的样子。夕阳下，祖父的手指变得很有节奏，连他身上经常穿的蓝色布料大褂，也浮上了很好看的颜色。

　　我问祖父："为什么草丝会从开始的绿色变成现在的金黄色呢？"祖父说："庄稼到收获的时候就是这种颜色，像地里的麦子，像田里的稻子……等你看到这种颜色，就说明你之前做的那些事情该有回报了。"

　　说完后，祖父把编织好的草鞋整整齐齐地挂在屋檐下，草鞋随着风左右摆动，像是摇摆的时钟。我那时候想，祖父心中是有属于他自己的颜色的，不是他常年穿的蓝色布料大褂。

三

　　再后来，我们搬了家，祖父常来看我们，顺带用背篓给我们带些青菜，或是五谷杂粮，脚下还是穿着他自己编织的草鞋。我每次都问祖父："这鞋穿着硌脚不？"祖父却说："不哩，舒服着，从小就穿这个，穿胶鞋还穿不惯哩。"祖父编织的草鞋我穿过，细细的草绳勒着脚踝，脚像是碰到了刀尖，稍微动一动就硌得生疼。

　　祖父每一次背的背篓总是满满的，他害怕青菜在路上被太阳晒蔫了，总是用大树叶把背篓口盖得严严实实。祖父笑着对母亲说："家里也没啥好东西，知道你们没有种菜园，拿些青菜给孩子们。"母亲总是唤我帮忙把祖父的背篓取下，让祖父坐下歇会儿。

有的时候天气太热，祖父喜欢解开那件蓝色布料大褂的纽扣，把大褂披在肩上，我无意中看见祖父突兀的锁骨上有背篓留下的印痕，便问祖父："肩头疼吗？"祖父笑着用手搓搓印痕说："要是肉的话，肯定疼哩，这骨头都老了，没事。"祖父的肩头被他的手反复地搓得通红，红色的印痕也在他肩头慢慢地扩散，这些印痕在我的臆想中慢慢变成一朵要撑开的花，这朵花好像只会开在祖父的肩头。

随着我慢慢地长大，记得祖父的事就更多了些。我记得祖父是喜欢笑的，在给我们送东西的时候，在和我们后生说话的时候，一笑起来，脸部的肌肉全部堆积到脸颊两侧，已白的胡子也随之炸开，露出一颗颗被烟熏黄的牙。

不过，这并不影响祖父在我心目中的形象。祖父很少抽带过滤嘴的纸卷烟，每次总是随身带个装满旱烟丝的大袋子，叫我找些废弃的作业本纸给他卷烟。我很小的时候就喜欢帮祖父卷烟，卷好了递给祖父，祖父用火柴把烟点着，然后，我看着祖父嘴里的烟头慢慢变得暗黄，一缕烟慢慢飘散在空中。

祖父还喜欢喝酒，每次到我们家的时候，总是在饭前来上几杯，夏天是啤酒，冬天就是白酒。祖父喝酒的时候很有味道，用枯拙的手指钳着玻璃杯送到嘴边，眉毛微皱，眼睛微闭，轻轻地抿一小口，嘴里发出"啧啧"的声音，然后说："好酒。"

四

祖父患病时，好多人都说是祖父抽烟喝酒太多引起的。在我印象中，祖父的身体还是很好的，他在老家种了很多地，除草、施肥都是他一个人，有时候还给别人做些零工补贴家用，家里的屋檐下还储备着大捆的干柴，别人见了也都会说："这老汉，好身体呀！"可是祖父还是患了病。

祖父是去年年前在山上砍柴时，不小心摔了一跤患的病。到了医院，医生检查后说，祖父是大脑血管堵塞，情况有些严重。过年的时候，祖父说他想回家；长辈们想着过年在医院待着也不好，总要回去吃个团圆饭的，便遂了老人的心愿，开了很多药回家。

和祖父一起吃团圆饭时，祖父却吃得很少，要是往年，我们这些后辈都要敬他几杯，但这次，他吃了几口就下了席，一个人坐在火炉旁烤火，一句话也不说。

我也下了席，坐在火炉前，跟祖父说着话。祖父说，除了经常感觉头晕以外，也没有别的，毕竟人上了年纪；又说家里的地还没有翻犁好，开春了不好种粮食……

我嘱咐他说："现在先养好病，要记得吃药，多吃些饭，等病好了再说。"祖父看着不停在他眼前跳跃的炉火，摇摇头说："不行了，头晕得很厉害，走路的时候脚下老是没劲儿，总是踩不到地面。"

我看着祖父抽动的嘴角和不停颤抖的双手，突然想起小时候和我在一起编草鞋、给我们背青菜的那个祖父，总是笑着擦擦汗，说不累。

祖父真的老了，如同我在慢慢长大一样……

过完正月十五，我要离开家乡去很远的地方上学，临走的时候，我又去看了看祖父，怕祖父会冷，从家里抱了几床厚被褥给他。

我坐在祖父床前跟他说："您在家里好好养病，等着我回来看您。"祖父点了点头。

走出门外，我又回头看了看祖父，祖父埋着头，佝偻的背影蜷缩在被子里，像是要化作飞蛾的蚕蛹，要逃离自己居了数年的

明 陈洪绶 《宣文君授经图》（局部）

身躯似的。

五

祖父还是过世了,在我放暑假半月前的时候。祖父去世的前一晚,母亲给我打了个长长的电话,说担心祖父撑不过今晚……说父亲、妹妹、舅舅、舅妈都守在祖父的床前……

遥远的气息透过夜的黑,来到这个城市,本不想预料的事终究会发生,不管你事前做了如何多的设想。再次接到母亲的电话,是次日的下午6点。母亲说,祖父是凌晨去世的,怕我早上要上课,就等到下午才打过来。

母亲又跟我说了很多,说祖父已经有两个月没有进食,身上的肌肉都萎缩了。我拿着电话,很久没有回应。母亲问我,能不能回来?我说怕是不行,还有半个月就要考试,课程很满,考不好会影响毕业。母亲说,那就算了,就是你祖父走时,还在恍惚中念叨你,没事,家里还有我和你爸,考试要紧。

我听得出母亲安慰的语气。我走出教室,看着深深的教学楼走廊一个人也没有,教学楼上空绯红的夕阳把我影子拉得很长,像是我永远会被埋在这座教学楼下一样。

就这样,祖父就没了,承载着从我出生20多个年头的记忆,瞬间变得无比空荡。我还有很多话没有跟祖父说,我想说祖父你说对了,山外面不全是山,我这里是很大的平原;我想说,祖父,我懂得了草鞋为什么是金黄色,就像那时和你一起看的夕阳的颜色一样……想说的总是还有好多,可是祖父已经听不到了。

有时候,我坐在校园里,想着祖父最后念叨我名字的时候是什么样的眼神,会不会像他抽一口烟、喝一口酒那般安详;会不会祖父也在某个地方走了很远,又回头看我,看着我乘坐的列车穿越重重山峦,离他越来越近。

暑假回到家中,我总是喜欢一个人坐在门口,看着近暮时的夕阳,相同的情景、同样的天色,让我想起祖父会不会像他抽烟时的烟雾一样,正在天上的哪个角落里。

有时候,我看到一个穿着像祖父那样蓝色布料大褂的老人从远处走过来时,总以为是祖父回来了,走近了才发现并不是祖父,但却看着他穿的草鞋,久久回不过神来。

我突然记起,祖父曾告诉我,他是个草民。我当时笑着回问祖父,是不是编草鞋的人都叫草民?

长大后我才知道,我和祖父都是草民。我们都有太多的牵绊,我们只能坐在某个暮色下,等待着黑夜的降临。当我发现这黑夜下只剩下我一个人时,才猛然发觉,和祖父在一起的那些时光,已随着祖父慢慢离去,自己再也等不回来。

祭 jì

概说

祭，祭祀。《说文解字》：「祭，祭祀也。从示，以手持肉。」祭的本义是用牲畜等供奉鬼神，以祈福消灾。远古先民敬天畏神，后来随着生产的发展，「人」的意识增强，祭祀的对象逐渐演变为祖先，且祭祀的礼仪越来越规范，甚至烦冗。在古人看来，祭祀祖先也是孝，《礼记·祭统》：「祭者，所以追养继孝也。」因此，祭是孝的延伸，古人重视孝道，孔子认为：「生，事之以礼；死，葬之以礼，祭之以礼。」

历史

祭祀产生较早，源于远古时期人们无法解释一些自然现象，进而产生的自然崇拜和神灵崇拜。

古人重视祭祀，《左传》曰："国之大事，在祀与戎。"先秦时期的祭祀对象主要有鬼神、天地和先祖。《荀子·礼论》记载："上事天，下事地，尊先祖而隆君师，是礼之三本也。"说明祭祀的对象有天、地、人（先祖）。商朝主要祭天，《诗经·商颂·玄鸟》："天命玄鸟，降而生商，宅殷土芒芒。"说明在商朝人的认知里，天是主宰人与自然的神。到了周朝，虽然祭祀天、地、神，但人们认识到"万物本乎天，人本乎祖"，《尚书·盘庚》："古我先王暨乃祖乃父，胥及逸勤，予敢动用非罚？……兹予大享于先王，尔祖其从与享之。"

商周时期，还设置了专门掌管祭祀的官职，《周礼·春官宗伯·大宗伯》："大宗伯之职，掌建邦之天神、人鬼、地示之礼，以佐王建保邦国。"大宗伯便是掌管祭祀的神职。

古人认为通过祭品可以与神灵沟通，祭品有食物、动物、人、玉帛、血等。《大戴礼记·第五十八·曾子天圆》："诸侯之祭，牲牛，曰太牢；大夫之祭，牲羊，曰少牢；士之祭，牲特豕，曰馈食。"就是说诸侯用牛来祭祀，大夫用羊来祭祀，士用猪来祭祀。

春秋战国时期，人对自然鬼神的认识更进一步，《论语》："子不语怪力乱神。"祭祀也以祖先为主。《俦儿钟铭》曰："以追孝先祖。"这一时期，人们重视孝亲，祭祀已成为孝的一种。故《孝经》说："生事爱敬，死事哀戚，生民之本尽矣，死生之义备矣，孝子之事亲终矣。"

后来甚至发展到"事死"重于"事生"的程度。《孟子·离娄下》曰:"养生者不足以当大事,唯送死可以当大事。"《韩非子·解老》:"为人子孙者,体此道以守宗庙,宗庙不灭之谓'祭祀不绝'。"子孙在世,对祖先的祭祀就要世世代代延续下去。

祭祀要遵守一定的礼仪规范,尤其是丧祭。子女在服丧期间要"哀戚",如果"临丧不哀",会遭到社会的鄙视。对于如何表达哀戚,《孝经》中也有详细的说明:"孝子之丧亲也,哭不偯,礼无容,言不文,服美不安,闻乐不乐,食旨不甘,此哀戚之情也。"就是说家里有丧事,子女要伤心痛哭,但不能拖着腔调哭,行动举止不讲究仪态容貌,说话也不再注重文采,穿华美的衣服心中会感到不安,听到音乐也不感到快乐,美味的食物也不觉得好吃,这才是哀伤之情。但哀伤也要有度,"丧致乎哀而止"。正如《孝经》所言:"三日而食,教民无以死伤生,毁不灭性,此圣人之政也。"就是说父母去世,子女要表达哀伤,三天不吃饭就可以了,不能因为死者而损伤生者。

父母去世后,子女要为父母守丧三年。孔子的学生宰我曾与孔子就服丧年限发生争论,宰我认为服丧一年就够了,孔子则认为人出生之后要三年才能慢慢脱离父母的怀抱,因此,为父母守丧三年是对父母之爱的回报。"三年之丧"自春秋时期逐渐成为社会习俗,影响了整个封建社会。

汉朝重视孝道,祭祖之风盛行,上至天子下至百姓,都会祭祀祖先。对祖先的祭祀主要有三种方式:一是为先人立祠;二是为先祖立碑;三是为先祖立坟。在坟墓旁修建祠堂已经非常普遍。《后汉书·郑玄列传》载:"自非拜国君之命,问族亲之忧,展敬坟墓,观省野物,胡尝扶杖出门乎!"

从祭祀时间来说,汉朝的祭祀主要有日祭、月祭、时祭、岁时祭、游衣冠等。据《汉书·韦贤传》记载:"而京师自高祖下至宣帝,与太上皇、悼皇考各自居陵旁立庙,并为百七十六。

又园中各有寝、便殿，日祭于寝，月祭于庙，时祭于便殿。寝，日四上食；庙，岁二十五祠；便殿，岁四祠。"日祭就是每天在寝中祭祀，且每天祭四次。这里的寝不同于现在的卧室之意，是指摆放帝王、帝后生前之物的场所。月祭就是每月到宗庙祭祀。时祭，就是四时祭。《春秋繁露·四祭》："祠者，以正月始食韭也；礿者，以四月食麦也；尝者，以七月尝黍稷也；蒸者，以十月进初稻也。"董仲舒记载了四时祭祀的时间和所进献的食物。岁时祭是指每年进行一次的祭祀。游衣冠是指将死者生前的衣冠请出，于每月固定时间游于众庙进行祭祀。除此之外，皇帝继位、大婚等也会到宗庙进行祭祀。

汉朝对于死者实行厚葬、重服、久丧的风气非常盛行。一向崇尚节俭的汉文帝刘恒认为万物都会死亡，没有什么值得特别悲伤的，厚葬、久丧会伤害人们的情志。因此，他在遗诏中嘱咐儿子及大臣，让天下吏民在自己下葬三日之后便脱去丧服。不要禁止民众娶妻、嫁女、祭祀、饮酒、食肉等事情。本应服丧的人都无须徒跣（光着脚）。麻制的孝带不要超过三寸宽，不要陈列车驾和兵器，不要安排民众来宫殿哭泣。宫殿中应当哭泣的人也只在早晚各哭十五声即可；不是早晚应当哭的时候，不要擅自哭泣。下葬之后，应服大功之丧的人只须服十五日丧，应服小功丧的人只须服十四日丧，应服缌麻丧的人只服七日，就可以脱去丧服。

西汉杨王孙习黄老之术，家业累积至千金，临死前立下遗嘱要求死后裸葬。理由是厚葬对死者无益，但俗人却以厚葬来相互攀比夸耀，耗费大量的钱财，而使之腐烂在地下。在厚葬盛行的时代，杨王孙不顾世俗礼制选择裸葬实属不易。

东汉时，邓氏家族显赫，但邓弘患病之时就留下遗训，命令家人在自己死后只以常服收敛，不得用锦衣玉匣。后来，其兄弟邓悝、邓阊相继去世，皆留有遗训，命令将自己薄葬，不接受爵位赠予，邓太后皆听从之。

魏晋南北朝时期，薄葬之风兴起。这一时期政权频繁更替，经济遭到破坏，人们生活艰难。但社会分裂与民族融合也为思想的解放和发展提供了条件，再加上佛教的盛行，"轮回转世"观念的普及，因此，百姓希望把现实中的痛苦转移到追逐来生的幸福上。这时期玄学兴起，士大夫崇尚清谈，行为上不拘礼节，不受封建礼教的束缚。这些都促使魏晋南北朝时期崇尚薄葬，简化丧葬中复杂的祭祀礼仪与规范。

魏武帝曹操是薄葬的倡导者，为禁止厚葬，自己率先执行。据《三国志·魏书·武帝纪》记载："古之葬者，必居瘠薄之地。其规西门豹祠西原上为寿陵，因高为基，不封不树。"在曹操的影响下，曹丕也主张薄葬，为推行薄葬，将自己的陵地选在首阳山东麓。曹丕在《终制》中说："自古及今，未有不亡之国，亦无不掘之墓也。丧乱以来，汉氏诸陵无不发掘，至乃烧取玉匣金缕，骸骨并尽，是焚如之刑也，岂不重痛哉！祸由乎厚葬封树。"曹丕认为汉朝的陵墓被掘，尸体被烧，皆因厚葬，因此叮嘱道："若违今诏，妄有所变改造施，吾为戮尸地下，戮而重戮，死而重死。臣子为蔑死君父，不忠不孝，使死者有知，将不福汝。"曹丕叮嘱后人不能违背他的诏令，否则是为不忠不孝，还威胁说如果死者有知，一定不会保佑你们。

晋朝沿袭曹魏薄葬的风气，司马懿临终前要求"于首阳山为土藏，不坟不树"。即使是生前奢侈之人，在当时薄葬风气的影响下，死后也会实行薄葬。薄葬的风气对繁杂的祭祖制度也产生了影响。这时期修建的坟墓、祠堂、碑的数量和规模远不及汉朝，祭祀地点也由坟前祠堂改为家庙或家中寝堂。在祭祀时间上，不必日日祭祀，据《晋书·皇甫谧传》记载："礼不墓祭，但月朔于家设席以祭,百日而止。临必昏明,不得以夜。制服常居,不得墓次。"

唐朝社会稳定，经济发展，厚葬之风又开始盛行。一些达官贵人和富人多以大量置办丧葬品为荣，有些家庭甚至无力承担丧葬费用。唐朝大将李光进在葬母时，"将相致祭者凡四十四幄，穷极奢靡，城内士庶，观者如堵"，其奢侈程度可见一斑。随着厚葬之风的盛行，唐朝政府曾多次下令禁止厚葬，颁布薄葬诏。欧阳修在《温韬传》末也不禁感叹："呜呼，厚葬之弊，自秦汉已来，率多聪明英伟之主，虽有高谈善说之士，极陈其祸福，有不能开其惑者矣！岂非富贵之欲，溺其所自私者笃，而未然之祸，难述于无形，不足以动其心欤？然而闻温韬之事者，可以少戒也！"

唐朝的祭祖制度更为完善，据《通典》记载："大唐制，凡文武官二品以上，祠四庙；三品以上须兼爵。四庙外有始封祖，通祠五庙。五品以上，祠三庙……六品以下，达于庶人，祭祖祢于正寝。"唐朝官品不同，祭祀用的家庙数量、规模不同，且有严格规定。

唐朝祭祖中的宗法礼制经过魏晋南北朝的破坏也受到影响。如祭祀的主祭者可以不是嫡亲的宗子，可以由尊贵者主持；祭祖的时间逐渐固定，四时祭祀已成为定式。《新唐书·礼乐志三》："祭寝者，春、秋以分，冬、夏以至日。若祭春分，则废元日。然元正，岁之始；冬至，阳之复，二节最重。祭不欲数，乃废春分，通为四。"

魏晋倡导薄葬以来，统治者禁止人们到墓前祭祀，但品级低的官员和百姓没有家庙可以祭拜祖先，因此，墓前祭祀祖先的习俗在民间一直存在。隋朝时，民间已基本固定在寒食节到墓前进行祭祖。到唐朝时，这一风俗得到了统治者的认可，从法律上规定了寒食节为祭祖扫墓的日期。《唐会要》对寒食节休假祭祖制度有明确规定："(开元)二十四年二月十一日敕：寒食清明，四日为假。至大历十二年二月十五日敕：自今已后，寒食通清明休假五日。至贞元六年三月九日敕：

寒食清明，宜准元日节，前后各给三日。"

宋朝是一个提倡薄葬的朝代，司马光在《书仪》中强调："慎勿以金玉珍玩入圹中，为亡者之累。"范祖禹认为："厚葬之祸，古今之所明知也。"

宋朝虽然倡导薄葬，但厚葬之风盛行，重视丧葬礼仪。南宋朱熹在《家礼》中说："孝莫大于安亲，忠莫先于爱主，人伦之本，无越于斯。"安亲包含"事生"和"事死"，都要竭力尽孝道，"事死"便是重视丧礼。居丧期间，不能饮酒、吃肉，《书仪·丧仪》："父母之丧，既虞卒哭，疏食水饮，不食菜果；期而小祥，食菜果；又期而大祥，有醯酱。"《宋刑统》将"居父母丧，身自嫁娶，若作乐、释服从吉，闻祖父母、父母丧，匿不举哀"列入不孝之罪。此外，服丧期间，还不能参加科举考试，不能入仕。

明清时期，丧葬制度沿袭宋元。《大明律例》中对丧礼有诸多细致的规定："凡有丧之家必须依礼安葬，若惑于风水及托故停柩在家，经年暴露不葬者杖八十。其从尊长遗言将尸烧化及弃置水中者杖一百，卑幼并减二等。""其居丧之家修斋设醮，若男女混杂、饮酒食肉者，家长杖八十，僧道同罪还俗。"

明清时期，封建帝王丧葬奢靡。统治者重视陵墓的修建，随葬品数量庞大，且许多都是稀世珍宝。民间丧事也崇尚奢侈，明朝沈榜在《宛署杂记》中记载："间有富贵家，饭僧焚修，费动百千，冥器、幡幢，照耀数里，随椁封树，比之陵寝。"

明清时期的丧葬习俗基本上沿袭唐宋，但风水迷信之风泛滥成灾。在选择墓地时，会争抢"风水宝地"，有些人家为了寻找风水好的墓地，甚至停柩不葬。明朝方孝孺在家训中强调祭祀，认为人的生命和身体皆受于祖先，因此祖先的恩德不可遗忘，必须按照时节恭敬地祭祀他们。

另一方面，生产力的发展、西方思想的传入，推动了唯物主义的发展，也有一些士大夫反对厚葬，反对风水和佛事等。如明朝杨士奇临终之时对家人的嘱咐，更是事无巨细，将棺柩的运送、灵座的摆设、坟墓的修建、法事等安排得详细明白。命令家人在自己去世之后，不可以跟从世俗延请僧道作法事。

清朝黄宗羲也对厚葬风俗进行了猛烈的抨击和批判，在《筑墓杂言》中告诫儿子及族人说："吾死后，即于次日舁至圹中，敛以时服，一被一褥，安放石床，不用棺椁，不作佛事，不作七七，凡鼓吹、巫觋、铭旌、纸钱、纸幡一概不用。"

明清时期，祭祀祖先基本沿袭前代制度，建祠堂、宗庙进行祭祀，普通百姓一般是到墓前进行祭祀。

祭祖是我国自古以来的传统，祭祖的时间和一些习俗已成为定式，即使在现在，也有除夕祭祖，清明祭祖扫墓，中元节祭祖的习俗。

文化意义

祭祀祖先是中国的传统，也是追念先人的基本形式，是儒家"慎终追远"观念的体现和传承。在祭祀时重视礼是对父母、先人的孝和敬，也是对已故亲人的感恩，是传统孝道思想的体现。

祭祖在长期的发展中也形成了一些陋习，如丧祭之礼铺张浪费、封建迷信行为等。祭祖是对亲人的怀念，是真情实感的流露，并不是相信鬼神真的存在。在现代社会，应摒弃丧葬陈规陋习，倡导文明祭祖。

无墓可扫的痛

叶良骏

祖母叶金氏，名宝珍，自幼父母双亡，家境贫寒，由婶母抚养成人。祖父所娶几位夫人，均无生养儿子，54岁那年娶了22岁的祖母。进门第二年，生女玲娣，三年后，生子巧生。叶家自此有后，祖母被祖父称为功臣，深得宠爱。不料巧生3岁因患麻疹而夭亡，叶家又后继无人，族人扬言要瓜分财产。幸而祖母后又生子元章（我父亲），家财得以保住。

祖母36岁守寡，含辛茹苦，守节育子。虽衣食无忧，但因家无成年男丁，又是年轻寡妇，族人、恶邻、泼皮……不时欺凌、骚扰、明抢暗夺，祖母终日以泪洗面，忍气吞声。祖母常去祖父坟头，满腔辛酸化作声声悲号。幸而儿子争气，发奋读书，年年拿奖学金，使祖母脸上有光，乡人也刮目相看。

1939年冬，父亲迎娶从小订婚的母亲，祖母有了一段舒心的日子。1941年日军占领宁波，不时下乡侵扰，怀孕的母亲受到惊吓，仓皇逃去城里。从此，父母亲从宁波到上海，再未回乡下住过。祖母一个人在祖屋，孤独地苦度光阴，直至离世。

祖母是个老好人，她有句口头禅，做人要马马虎虎！20世纪50年代，祖母家里的土地被没收，家里无田收租，生活陷于绝境，她在屋角田边，种植菜蔬瓜豆。乡邻嫁女娶亲，她为之绣被、裁衣、做鞋，换点零用。儿子在上海，儿女成群，自顾不暇。祖母在乡下独自生活，从不抱怨诉苦，族人问她，怎么不去上海？其实她是无法自由行动，她却笑呵呵地回答，马马虎虎啰！

祖母恪守祖训，一生积德行善。生芳太婆的儿子不知去向，媳妇在沪帮佣，孙子孙女尚幼，一家生计无着。祖母让出小屋，每年送其稻谷800斤，使其全家免受冻饿。门口太婆是最早喊出要来我家分财产的族亲，后不幸连丧两子，成了无人供养的孤老。祖母不计前嫌，也每年送800斤谷给她维持生计，直至她去世。有个流浪孤女，在乞讨途中偶遇祖母，祖母将她领回家中，先是做烧火丫头，后收为义女，取名根娣。根娣姑母出嫁时，祖母已是家徒四壁，无以为生，她夜夜纺线织布，为这个可怜的孤女置办嫁妆。临上轿，祖母摘下耳环作为压轿之物，送根娣姑母出门。那几年，祖母已是自身难保，但凡有乞丐上门，她总是尽力救助，1958年暑假，我回去看她，就好几次见她把一锅饭全倒给乞讨者，结果，那天我们只好以红薯糊胡乱充饥。

祖母爱儿孙，胜过爱她自己。1960年，我回乡下养病。困难之风席卷中国，一向被称为江南粮仓的浙江，同样以"瓜菜代"充饥，人人面黄肌瘦。祖母靠父亲每月寄10元生活费挣扎着过日子，无钱购买任何额外食物，每天吃芋芳梗烧的糊。说是养病，祖母拿不出一点营养品给我补身体。她常常带我去河边钓鱼虾，但那年月，人都没东西吃，何况是鱼！好不容易钓上一条鱼，往往只有手指大，祖母却总是欢喜得像觅到宝一样，回家烧一锅汤，逼我喝得一口也不许剩下，她却躲在厨房里舔空碗。好几次，她脱掉鞋袜去河里摸螺蛳。在老家，女人不能在人前光脚走路，更不可下河。祖母为了我，不顾乡俗，一次次将她那双缠过的小脚裸露在河边，一次次地站在水里，当摸到一把螺蛳时，她焦黄的脸上现出欢欣的笑容，在看热闹人群的哄笑声中，她旁若无人地保持着冷静平和。我养病时已成年，祖母已年过花甲，可我不仅不知疼她，还反而作天作地，嫌这嫌那，朝她身上撒气。我那身处孤独的阿娘见我去乡下陪她，心里不知有多高兴，对我的任性撒泼，从未皱过一次眉头。

　　祖母出身贫寒，嫁到叶家，当享荣华富贵，但她一生勤劳朴实。在上海南汇杜行镇，有祖传的"叶同泰"槽坊，生意做得很大。她操持家务，养育儿女，空暇时间，在屋后开辟菜园，四时菜蔬可自给自足。她又租种几亩地，种稻麦棉花，与女佣一起亲自打理。晚上，家人都入睡了，她纺线织布，裁衣绣花。祖父说，城里有商铺，乡下有田屋，子孙不会没饭吃，何用如此辛苦！祖母常说的话是："有时，要想到没时，积谷防饥勿会错！"此话不幸而言中，偌大祖业，呼啦啦屋倾财灭，最后祖母困守乡下，还被扫地出门。她衣食不周，无人照顾，又不识字，难与父亲联系。但她坚守叶家古训，宁可啃菜根，不向人求告。

　　1962年，我有事走过十六铺码头，忽见祖母席地而坐，身边放着几张草席，我惊讶万分地过去看。祖母躲避不及，她一把拉住我，脸上满是做了坏事被撞见的惶恐。原来，她跟着族人来沪卖草席，想赚几个钱贴补家用。我拖她回家，她抵死不去。我哭叫，阿娘子孙满堂，我们会养你！她黯然无语。那年，父亲患浮肿病，死里逃生在沪养病，工资打六折。家里吃尽当光，难以为继。祖母清楚家里的光景，偷偷来上海做小生意。她要我保证，一定不告诉任何人，否则她就去跳黄浦江。我吓坏了，一遍遍地保证，坚决不说。我留下来帮着卖席子，怕碰到熟人，我战战兢兢的。阿娘说，我家祖上几代都做生意，靠本事吃饭，不伤天害理，怕什么！那年头样样缺，几条席子很快卖完了，阿娘乘原班船返甬，她说，不能让乡干部知道她来过上海。船缓缓地驶离码头，阿娘挥动的手变成了模糊的黑点。我摸手帕拭泪，一张两元纸币从口袋里飘落在地。"阿娘！"我大哭大喊，阿娘已远去，听不见了。这年，阿娘70岁，没人给她做寿，只有黄浦江的浪涛，重重地拍打斑驳的石岸，声声击在我的心上。至今，我为阿娘保守这个秘密，同时记着她临行留给我的一句话：靠人不如靠自己！

1964年，嫁人不淑的玲娣姑母患绝症，祖母为错嫁女儿一生负疚。年过古稀的她往返沪甬多次，如燕子衔泥般地将乡下仅剩的物品悉数运至姑母家，最后卖掉她栖身的小屋。姑母最后的日子，在乡下租屋度过，祖母衣不解带日夜侍候，未能留住爱女。姑母后事由祖母一手料理，葬在宁波九林公墓。表兄姐不忍丧母之痛，匆匆回沪，留下祖母独自在老家，仅几天，伤心欲绝的祖母撒手人寰，身边无一亲人。享年74岁。当时父亲不知下落，母亲日夜被斗，好不容易获准去甬奔丧，已是祖母离世两天之后。母亲和小弟在乡人帮助之下，将祖母葬在姑母墓旁。

　　祖母走后几年，乡下刮起掘墓风。当时，老家已无亲戚，即使有善良的乡邻，迫于形势，也无人敢报信。等到我们得知此事，已是几年之后，连九林公墓都已拆毁，哪里还找得到祖母遗骨。

　　乡下祖田早已归于他人，祖父的坟在50年前就已不知踪影。祖母年轻时打好的寿材，早成了别人家的屋料，那个空穴，祖母终未能去用。乡下有句老话，九子十八孙，独自守孤坟，是说满堂子孙不孝，不祭扫祖坟。而我们叶家子孙，家家敬老，人人孝顺，哪会不去上坟？但造化弄人，年年清明忙扫墓，却找不到一座可祭之祖坟！想到祖母生前的嘱托："要记得上坟，做人不能忘本！"心中阵阵锐痛。

　　幼时，如找不到阿娘了，只要去阿爷的坟地，准能看到阿娘趴在石桌前，一面哭，一面说。不懂事的我，不明白阿娘为什么哭，为什么说。现在我明白了，亲人的墓是逝者家园，里面住着的人虽不会再回来，却依然活着。他们的灵魂洞察一切，听得见我们的哭，看得见我们的伤。否则，哭了、说了，生者怎么会觉得心安，拭干了泪，又可如常地活下去了呢！

　　每当清明，多少次想陪阿娘再去坟头祭扫；多少次，希望像阿娘一样，趴在坟头号啕。世界之大，墓园之多，哪里有这样一座坟？哪里有地方可以容我虔诚地跪下，高喊一声，阿爷，阿娘，我来了！我上哪里去找？我上哪里去哭！

节日的回味

叶良骏

一清早，对面楼里传来女人的喊声："别忘了，带宁波汤圆回来！"男人回答："知道了，今天是冬至！"一个寻常的日子，因为冬至，变得很温馨。

家乡老话，冬至大如年。这一天，家家要扫墓、祭祖、做羹饭。老祖宗的画像被请出，由家中男丁双手捧着，恭恭敬敬地挂上墙。我家只爸一个男丁，但长年不在老家。祖母每次求爷爷告奶奶地央人挂像，有次请只有10岁的志红叔挂。男孩贪玩，最没耐心做这事，画像挂歪了，祖母求他拉正，他早一溜烟跑了。我气不过，跳上供桌去帮忙，阿娘大惊失色拖我下来："西（死）小娘，得罪祖宗了！"我不明白为什么志红叔挂得，我挂不得，偏要爬上去。阿娘骂："介勿懂事！供桌拨（给）侬小娘（女孩）爬过还会好！真正是要争气，气勿争！"我哪听得懂，赖着不肯下来，阿娘在我屁股上重重地捶几记，我不明白做错了什么，便拼命地哭。望着歪斜的祖宗像，阿娘也擦起了眼泪。

时辰到了，羹饭得按时做。阿娘把碗碟、菜肴、黄酒摆上，把筷子插在饭里端上供桌，点燃蜡烛、香，还放了一碗水，然后，她行三跪九叩首大礼，一面无声祈祷。我照样行大礼，阿娘要我祈祷，我望着歪斜的像气恨地说，明朝叫志红叔变小娘！阿娘骂，祖宗面前，咋好咒人家？她对着祖宗再三拜，连连说，百无禁忌！百无禁忌！

她教我，求祖宗保佑我妈快生个弟弟！我叩头大叫：求太太阿爷、太阿爷、阿爷保佑我妈快生个弟弟！生两个弟弟！

等香烛燃尽，阿娘开始烧锡箔，她把折叠的元宝一只只吹开，轻轻投入火中。我跪在火堆前，跟着阿娘一句句说："祖宗，钞票送你们，买甜买咸吃！买衣买鞋穿！买田买屋用！保佑叶家，多子多孙！"讲完这些，我还再加一句："叫妈妈赶紧生弟弟，生两个又长又大的弟弟！"仪式结束了，阿娘领我看供桌上的水，她说："祖宗来过了，水在动，侬看！"我哪里看得出来，怕阿娘说，像鸡啄米似的点头，心里着急的是肚子饿了，祖宗吃过的东西可以给我吃了！

在老家，冬至虽不必守夜，但临睡前必吃一碗汤果。宁波风俗，冬至不吃汤圆，是一碗实心的菜汤果。吃"汤果"时，我已在床上。阿娘捧着热气腾腾的碗过来，氤氲水汽中，她的脸红扑扑、粉润润，"横爱司"发髻已解开，一头乌黑的长发在肩上飘啊飘，她说，冬至汤果，实实在在，团团圆圆，吃吧！我抚着屁股撒娇，这里痛！"西（死）小娘！阿娘看看，是出脓出血了？马马虎虎，加侬两只汤果补补吧！"我以为阿娘被骗了，哈哈大笑。

在城里，现在过春节都缺少年味，哪里还有人记得冬至。我妈后来真生了两个弟弟，但当弟弟们长大、可以挂祖宗像时，祖母已不在了。想着再回乡下，吃一碗阿娘煮的冬至汤果；带着两个弟弟，大张旗鼓、理直气壮地去挂画像；听阿娘多骂几句："西小娘！"让阿娘重重地打屁股，哪怕用藤条抽，唉！再也不能了。

现在，一年有许多节日，希望每个节日都能给人快乐和回味，像那个冬至一样。阿娘早没了，但这个节却一直刻在我的记忆里，留下多少温暖滋润着心田！

夫妻和睦

fū qī hé mù

概说

夫妻，指丈夫和妻子，由男女双方结成的合法婚姻关系而确立。婚姻是家庭关系的基础，夫妻和睦，家庭才能和睦兴旺。《幼学琼林》：「阴阳和而后雨泽降，夫妇和而后家道成。」

● 历史

　　夫妻关系是人伦之始，是其他社会伦理的基础。《易传·序卦》曰："有天地然后有万物，有万物然后有男女，有男女然后夫妇，有夫妇然后有父子，有父子然后有君臣，有君臣然后有上下，有上下然后礼义有所错（措）。"也就是说，先有夫妻，然后才会有父子、君臣、兄弟、朋友等各种关系。

　　夫妻关系起源较早，传说伏羲和女娲为了人类的繁衍而结为夫妻。夫妻互敬互爱才能家庭和顺，虽然古代社会强调"夫为妻纲"，但同时也强调夫妻间的相互尊重和对等。《诗经·郑风·女曰鸡鸣》："宜言饮酒，与子偕老。琴瑟在御，莫不静好。"这是对夫妻恩爱的描写，也是夫妻互敬互爱的体现。《左传》："君令臣恭，父慈子孝，兄爱弟敬，夫和妻柔，姑慈妇听，礼也。"家庭的和睦需要家庭成员遵守各自的礼节，其中夫妻关系方面要求丈夫对妻子和气，妻子对丈夫温柔。哀公曾向孔子问政，孔子以夫妇之道进行回答，夫妻之间应该"爱之以敬，行之以礼"，而爱与敬，也是为政的根本。丈夫对妻子要尊敬，"昔三代明王之政，必敬其妻也有道。妻也者，亲之主也，敢不敬欤？"可见，先秦时期就已提倡互敬互爱的夫妻关系。

　　汉朝时，女性在婚姻和家庭中还处于较高的地位，汉末封建礼教对女性的束缚尚在初级阶段。郑玄对《礼记·内则》的注有"妻之言齐也，以礼见问，得与夫敌体也"之句，《白虎通义》也强调"妻者齐也，与夫齐体，自天子至庶人，其义一也"。这说明汉朝时夫妻还是比较平等的。

　　汉宣帝时，京兆尹张敞便以为妻子画眉而出名。张敞的妻子幼时受伤，眉角有一小段没有眉毛，于是张敞每天早上上朝之前都替妻子画好眉毛。"张敞画眉"的典故在《汉书·张敞传》中有记载，后来成为夫妻恩爱的象征。

东汉孟光、梁鸿"举案齐眉"的故事成为夫妻间相敬如宾的典范。根据《后汉书》记载，梁鸿曾到洛阳太学学习，学问渊博，为人忠厚，学成后回到故里扶风。乡人仰慕梁鸿的学问和品行，纷纷来提亲，却被梁鸿一一拒绝。孟家有一女，年三十不肯嫁，虽温婉知礼，但形象不佳，"肥丑而黑"。父母十分着急，就问她到底要嫁什么样的人。孟女回道，要嫁就要嫁给像梁鸿那样的贤德之士。梁鸿听说之后，遂聘娶孟女为妻。孟女盛装打扮嫁给梁鸿，可嫁过去一连七天，梁鸿都不搭理孟女。孟女很疑惑，就问梁鸿为何如此对自己，自己到底犯了什么错？梁鸿说我想找的妻子是"裘褐之人，可与俱隐深山者"。孟女闻言大喜，说："以观夫子之志耳。妾自有隐居之服。"原来孟女也是想试探梁鸿的志向，于是换上粗布衣服，与梁鸿隐居霸陵。梁鸿为妻子取名孟光，字德曜，就是说她像美玉一样光彩照人。

他们隐居之后，互敬互爱。梁鸿每次劳作之后回到家里，孟光就把饭菜摆在托盘里，双手捧着举到自己眉毛那么高，恭敬地送到梁鸿面前。梁鸿也会高兴地接过饭菜，夫妻俩一起吃饭。

东汉虽有班昭撰《女诫》，对女子提出了"妇德"的要求，但魏晋南北朝时思想开放，社会氛围宽松，女性也有不少不拘礼法者。西晋的潘岳"妙有姿容"，不少女子就敢于打破所谓"男女授受不亲"的礼教，围住潘岳大胆地表达倾慕之情。

在传统社会，夫妻在家庭中的分工一般是"男主外，女主内"，正如《易传》所言："女正位乎内，男正位乎外。"南北朝时，女性在家庭中的地位更高，如《颜氏家训》记载："邺下风俗，专以妇持门户。"夫妻关系的和睦与融洽是建立在对等的基础上的，这时女性在家庭、社会的地位决定了她们能够与丈夫真诚地交流，互敬互爱。

三国时，魏人许允娶了阮卫尉的女儿，由于新娘相貌奇丑，婚礼结束后，许允不想进洞房。在家人和朋友的劝说下，许允才勉强进了洞房。"既见妇，即欲出"，看到新娘子之后，还是忍不住想要立刻离开。新娘知道许允一旦离开就不会再进来了，便抓住许允的衣服。许允说："妇有四德，卿有其几？"新娘子说："四德之中我只缺乏妇容。"接着反问许允："士有百行，君有几？"许允不屑地说："全都有。"新娘子说："夫百行以德为首，君好色不好德，何谓皆备？"许允听后惭愧不已，后来与妻子相敬如宾，互敬互爱。

唐朝实行一夫一妻多妾的婚姻制度，夫妻关系是家庭的主要关系。这时夫妻关系强调夫为妻纲的同时也强调夫妻对等，即"妻者齐也，秦晋匹也"。在家庭分工中，依然是"妇主中馈"。陈鹏在《中国婚姻史稿》中说："妻得宗揽家政，主持一切，自唐以后，已成惯例。"

夫妻之间注重相敬如宾的和睦与生活上的同甘共苦。如杜甫与妻子杨氏在乱世中相濡以沫的真情。为了生活，杜甫一人奔赴长安，求取功名，杨氏独自在家操持家务、抚养孩子，且毫无怨言，一等就是十年。虽然杜甫只获得了一个九品小官，但杨氏很满足。短暂的相聚之后，又因安史之乱被迫分离。虽历经艰辛，杜甫与妻子依然能够相互尊重和扶持，从杜甫的"老妻画纸为棋局，稚子敲针作钓钩"，可以看出他对妻子的爱，也反映出和谐的家庭氛围。

白居易虽然三十多岁才结婚，但在诗中也表达了与妻子同甘共苦的想法。《赠内》：

生为同室亲，死为同穴尘。
他人尚相勉，而况我与君。
黔娄固穷士，妻贤忘其贫。
冀缺一农夫，妻敬俨如宾。
陶潜不营生，翟氏自爨薪。
梁鸿不肯仕，孟光甘布裙。
君虽不读书，此事耳亦闻。
至此千载后，传是何如人？
人生未死间，不能忘其身。
所须者衣食，不过饱与温。

蔬食足充饥，何必膏粱珍？
缯絮足御寒，何必锦绣文？
君家有贻训，清白遗子孙。
我亦贞苦士，与君新结婚。
庶保贫与素，偕老同欣欣。

白居易在诗中表达了对相敬如宾的夫妻关系的向往，以及愿意与新婚妻子白头偕老的愿望。

唐朝法律允许不和睦的夫妻离婚。《唐律疏议·户婚律》有"夫妻不相安谐而和离者，不坐"的规定，但实际上，在离婚方面，男性的权利远大于女性。如所谓的"七出"，即无子、淫逸、不事姑舅、口舌、盗窃、妒忌、恶疾，都能成为丈夫休妻的理由。

宋朝时程朱理学盛行，虽然要求人们"存天理，灭人欲"，宣扬维护封建统治的伦理纲常，但女性在婚姻中还是有一定的自由，她们有离婚和改嫁的权利。一般认为宋朝贞节观念较重，"饿死事小失节事大"，实际上，宋朝是支持女性再嫁的。著名女词人李清照与丈夫赵明诚十分恩爱，但赵明诚死后，李清照因各种原因还是改嫁了。陆游与唐琬虽然恩爱，但因婆媳关系不和而被迫离婚。各自再婚后，后来相遇沈园,陆游还留下了《钗头凤》以表相思之情。

元朝书画大家赵孟頫的妻子管道昇曾写过一首《我侬词》："尔侬我侬，忒煞情多，情多处，热似火。把一块泥，捻一个尔，塑一个我。将咱两个，一齐打破，用水调和。再捻一个尔，再塑一个我。我泥中有尔，尔泥中有我。我与尔生同一个衾,死同一个椁。"虽然语言浅白，但却把夫妻之间你中有我、我中有你，水乳交融的恩爱情感写得生动形象。

明清时期是封建专制的顶峰，在封建宗法制度的影响下，女性在婚姻中的地位十分低下，甚至成为夫家的财产，虽有法律规定禁止买卖，但买卖妻子的现象仍时有发生，可见这时女性在夫妻关系中地位的不对等。夫妻关系的不对等还表现在丈夫与妻子之间的主从关系上，妻子没有独立的经济权，丈夫死了，妻子要为丈夫服丧、守节，不得再嫁，而妻子死了，丈夫不用服丧，也可以再娶。

明清时期女性地位虽低，但也不乏夫妻和睦、恩爱的例子。有明朝三大才子之称的杨慎，与妻子黄娥恩爱有加。杨慎仕途不畅，夫妻数十年间聚少离多，但彼此的感情并没有减少半分，如"却羡多情沙上鸟，双飞双宿河洲""不写情词不写诗，一方素帕寄相思。郎君着意翻覆看，横也丝来竖也丝"。

沈复在《浮生六记》中记述了带着妻子芸娘女扮男装外出游玩，亲手为妻子制作礼物，为了满足妻子出游的愿望而欺骗长辈等事迹，无不表达了对妻子的爱。

文化价值

夫妻关系是家庭关系的基础，在传统文化中，夫妻关系的和睦融洽影响到一个家庭的兴旺，"正家之道，始于夫妇。上承祭祀，下养父母。唯夫义而妇顺，乃起家而裕厚"。因此，古人非常重视夫妻关系的维护。

夫妻和睦是家庭幸福的前提。夫妻本是没有任何关系的陌生人，走进婚姻，结为夫妇后就需要靠感情和责任来维系。《中华人民共和国婚姻法》明确规定，"夫妻在家庭中地位平等"，也规定了双方在婚姻中的权利与责任。和谐的夫妻关系有利于维护家庭的稳定和社会的和谐，在现代社会依然具有重要的价值和意义。

父亲的脊梁，母亲的守望

● 邹安音

2014年2月9日上午11时许，当深埋于地下40年的父亲与我"见面"时，我觉得是那么的亲近和自然。在人们的口中，他是那么的能干和清廉，为官一方的他倾其所有，把一方水土浇灌得山林青青，水土丰饶！在叔父和姑姑等长辈的描述中，自幼丧母的父亲是家里的脊梁，省吃俭用供养弟弟和妹妹读书……多少年来，我就只能在心底描摹着他的模样；多少年来，每次走过他的身旁，我都期盼着他能呼唤着我的小名，揽我入怀……

老家征地，亲人们的坟茔都要迁移，早在腊月，家侧面山坡上的祖坟和村里其他人家的亲人墓冢都纷纷迁移，只剩下父亲的坟茔，守望着他曾走过的山野。10日晨，天气很冷，雨丝不断。父亲启程时，我突然抑制不住伤感，泪水奔涌而下。足下的这片热土，在不久的将来会被一个现代化的工业园区取代，我多么希望父亲能再看一眼这青青的山林，多么希望他能永远记住这个当年曾战斗和生活过的地方！

上午11时许，在绵亘不绝的巴岳山麓，在一片青翠葱郁的松林坡上，父亲安息在一个很敞亮开阔的地方。周围，依然山林青青，前面，依然水土丰饶。

此时此刻，飞雪已经化作春雨，漫天而舞。在这万物勃发的新春，在这静静的山岭，春之歌的韵律震颤着我的心灵。父亲，

徽州十里红妆馆

是你牵着我的手，和我一起漫步在山梁吗？

葱绿的山坡上，满目的桐子树，沐浴在飘洒的春雨中，一株株吐蕊绽放。微风拂过，水珠自黎色的树干滴落，钻进湿漉漉的土壤；树叶随风摇晃，沙沙沙……如春蚕在咀嚼桑叶，如少女在抚琴弹曲。有花瓣在风中飘飞，蝴蝶般飞落在你身上，我便看见蝴蝶的翅膀抖落一个五彩的幻梦，幽幽地飞进了你的梦里。

你说，到了秋天桐子树结果子的时候，村里就会有光亮照亮夜空；你说山脚那片沟渠，已经改建成一口大鱼塘，里面还种满了藕荷，村里人就能丰衣足食了……看着你眼里闪放出的熠熠光芒，我真的感到有一簇火苗，在村里人的心里燃烧着，照亮了贫穷的村子，照耀着他们远方的路。

为了这个梦想的实现，身为社主任的你，在冬天，你迎着朔风；在炎夏，你冒着酷暑。是你踩着清晨第一滴透明的朝露，是你用佝偻的腰身送走天边最后一抹晚霞,是你把血汗倾注在了这块褐色的土地上!作为一名最普通的基层党员干部,你说焦裕禄就是你的榜样,你多想把缠绕在人们身上如丝的贫穷解开,你多想搬走压在人们心上苦难岁月的沉重磨石啊!

可是,积劳成疾的你染上沉疴,在村民的热泪中,化作了一抔春泥,回到大地的怀抱里。父亲,你就静静地躺在这块滋养你的土地上吧,让山风为你吹响生命的乐章,让茁壮的树干为你遮蔽风雨。

迁坟的前几日,我走进老家院落。村里所有人家都迁移到了邻近的城市,只有母亲,在这里做着最后的坚守。

母亲背着沉重的背篼回到院子时,背篼里面装满了青菜。看到她佝偻的腰肢,满头的白发,我的眼睛一下子就湿润了。我在城市里买了很好的房子,有花园,有露台,可以种菜种花,并特地给她收拾了一间屋子。可是每次和丈夫一起接她来养老,她待几天就要闹着回家,说心里放不下家里养的鸡鸭鹅和猪。她一回家就要做农活,我不想高龄的她还这么劳累。母亲含辛茹苦地把我和姐姐、哥哥养大,我一直想让她晚年过得幸福和快乐,但她却一直离不开庄稼地,这成了我的心病。

母亲见到我,非常高兴。不停地搓着满手的泥巴,然后进卧室弯腰从坛子里拿出几块糖放到我手心。之后,母亲带我到田里看她养的鸭,又去后院看她喂养的猪,眼里全是骄傲和自豪的神情。也许,她在这里生活得很快乐,我的担忧是多余的。母亲在这里,也是在陪伴父亲和哥哥。

晚上,母亲一边在厨房忙碌着,给我弄这弄那,一边不停地说着,她说家里的事情,村上的事情,田野的事情,小时候和现在的事情,更多的则是父亲的故事;我就一直听着。闻着乡野淡淡的青草味，我真希望母亲的身影永远在我视野的地平线上伫立，永远听她这样絮絮叨叨！如果能一直听她说话，该是多么巨大的幸福啊！泪水，从我的眼眶中悄悄滑落了……

父亲的心愿

刘善民

一

父亲晚年有个愿望,他想给我母亲写一篇文章,因身体原因,未能如愿。父亲多次说:"你母亲是咱家的功臣。"

母亲是一个普通的农村妇女,她本该是一名教师,为尽孝道,放弃学业,回村当了农民。

1960年,父母先后就读于两所地方师范。父亲考入献县师范,母亲由学校保送到安平县师范。饶阳距献县70多公里,距安平县城40多公里,由于没有代步工具,往返都是步行。学生们穿粗布,吃粗粮,啃老咸菜,睡大通铺。冬天,学校宿舍没有炉火,窗户走风漏气,冻得人瑟瑟发抖,条件非常艰苦。父亲和母亲勤奋学习,积极向上,学习成绩都名列前茅。

正当他们为自己的理想努力奋斗的时候,奶奶患肺源性心脏病,情况十分严重,爷爷也犯胃病,吃不了东西,两个老人同时去天津看病,家里正常的生活秩序被打乱了。

姥爷是老中医,和爷爷交情甚笃。之前,他们早已为我父母定下了婚姻。爷爷、奶奶从天津回来后,爷爷的身体得以恢复,奶奶依然羸弱,需要人照顾。父亲说:"家里有病人,再出县去奔个人的前程,村里人会笑话。"于是,他们选择了退学。

父母结婚后，父亲先是务农，后有机会，在本村当了民办教师，挣工分，外加每月5块钱补贴。母亲则担起了家务，既要下地劳动，还要照顾病人。

20世纪六七十年代，农村以生产队为一个结算单位，实行工分制。父亲每天能挣到1个工分，母亲在队上"跟大帮"。所谓"跟大帮"，就是听从队长的指派，锄地、开苗、收秋等，在农业生产中打头阵。这些人是队上的主要劳动力，劳动强度最大，上午、下午各记4分，如果早晨劳动，加记2分。农忙时，全天能挣到1个工分（当时一个工分3毛多钱），赶上包工活，还能挣得多一点儿。如此，年终结算时，我家不用给队上交钱，就可以正常分到粮食。

为补贴家用，父母喂养了一头母猪和几只羊，靠卖猪仔、卖羊羔赚几个零花钱，加上父亲那每月5块钱津贴（后来涨了一些），就是我们全家赖以生存的全部收入。

姑姑嫁到邻村，意外早亡，父母将表弟从小带到大，并看着他结婚成家……日子虽艰难，一家人和和睦睦，平安度日。

二

作为教师，父亲的主要精力放在学校。他平时言语不多，低调、务实，做人的底线非常分明，凡事旨在对得起良心；对学生要求严格，治学严谨，倡导素质教育。

他担任校长，既负责学校的全面工作，还主动承担教学任务。他身先士卒、默默无闻地工作，和师生们一道，打造了一个环境优美、风气纯正、教学优良的校园。

当年提倡勤工俭学。学校利用本村柳林资源，组织学生周末打柳条，卖给柳编厂；麦假期间，让学生到麦田里拾麦穗，既增加了学校收入，学生也能获得一定的奖品，还培养了孩子们热爱劳动和爱惜粮食的好风尚。

学校共7个年级，200来号学生，十几个教职人员，房子紧张。父亲在向村委会申请建房资金的同时，精打细算，请来烧窑师傅，打坯、建窑、烧砖，盖起了新校舍，为学校的发展打下了基础。

为提高学生素质，学校利用勤工俭学赚来的资金，购置了铜鼓、洋号及大量音乐器材，建起了灯光球场，这在当年大部分的农村学校是难以想象的。依托这些场地和器材，学校成立了大型乐队，文体活动搞得有声有色。

父亲兼任小学课程的教授工作，虽是轻车熟路，但也从不马虎和敷衍，总是认真备课，倾心施教，经常加班给功课不好的学生"吃偏饭"。晚上，把老师分成几个组，让老师们深入家庭，检查学生自习情况。他常说："不能误人子弟。"

1982年，国家给曾经上过师范并在岗工作的民办教师转了正。这在父亲看来，是他的一个重要的人生节点，此后，他更加努力地工作。

曾经有一段时间，教师队伍跳槽的不少。一次，爷爷在外地工作的老战友回饶阳，到家来看望爷爷时，主动提出给父亲"换个工作"，让父亲拿着他的信去找某领导。父亲把信装在衣兜里，经过深思熟虑，还是坚持留在学校当老师。父亲说："我熟悉了教学工作。"

晚年，他常常望着自己保存完好的一摞摞备课本，像欣赏优美的艺术品那样欣赏着自己的杰作。他一生执教，虽不敢说桃李满天下，却也学生众多，这是父亲的骄傲。

三

在我们的人生选项上，父母总是尊重我们的个人意愿。他们对子女不过分溺爱，也给了我们不小的自由。

1980年，我高考落榜，不打算再复读了。秋季征兵时，我背着父母报了名，体检合格后，才向父母说出我的想法。父亲想了想说："既然你决定了，就要做好吃苦的准备，当兵就要当个好兵。"母亲说："只要走正道，我就支持。"

那是个秋天的夜晚，皎洁的月光下，我和父亲对坐在院子里，谈了很久。从个人的理想谈到眼下的日子，从家庭琐事谈到国家的政策、形势。他给我讲了很多，我也是第一次敞开心扉，吐露出自己对人生的理解。那天，我突然感到自己成了大人。

父亲的话令我记忆犹新："无论何时何地，都要爱国，爱家，爱你周围的人；要知道感恩，抢着吃亏。只要做到这几点，做人就差不到哪里去。"这也许就是父亲常说的做人的底线。他还说："人来到世上，就要干事。不干事的人如行尸走肉。干不了大事，干小事，小事干好了，也不容易。干事，要学会做好准备工作。比如耕地，要先准备好牲口和犁耙绳套，差一样工具都不成，准备工作做好了，事情就成了一半。人的一生，都在做准备，今天为明天做准备，今年为明年做准备，前半生为后半生做准备，后半生为死亡做准备。"

他笑着说："这就是我总结的'准备学'。"

父亲说话时，我在一旁听得模模糊糊。那时以为他是老师，善于说教，说出这番话是职业使然。在后来的经历中，我慢慢体会，认为这些嘱咐很有道理。

第二天早晨，父亲把我送到县武装部门口。我匆忙地上了大巴车，坐定后一回头，父亲正从车窗往里塞苹果，果子用红色网兜装着，他说："路上和战友们分着吃。"

车开动了，再回头，见父亲站在人群中向我挥手，突然向前跑了两步，把手放在嘴边，用力喊了一声。送行的锣鼓催促着我们出发，在一片喧闹中，我听不清父亲在说什么，那深情的目光，似叮咛，又似鼓励。我忽然想起了朱自清的《背影》，心中涌起一股热浪。

车缓缓前行，我又一次回头，锣鼓声远了，人群逐渐散去，父亲呆站在那里，望着渐行渐远的车，一动不动。我的眼睛湿润了……这一幕，永远定格在我的记忆里。

多年后，回忆当年的情景，我想父亲应该是很纠结的。一是他本人是教师，诲人无数，多想看到自己的孩子也能成为大学生啊！所以，让我复读无疑是他的内心计划。二是农村刚刚实行家庭联产承包责任制，十几亩地需要耕种，家里正需要人手，这是摆在众人面前的现实问题。然而，他同意了我的选择。

我当兵的第三年，妹妹以优异的成绩考上了大学。父亲忙于学校工作，虽然抽空也到田里劳动，但责任田主要由母亲管理，母亲的劳动强度可想而知。有一次种花生，后垄的还没种完，前面种的已经发了芽……后来，弟弟只好放弃学业，过早地担起了家庭的重担。

四

母亲是一部书，值得我们终生拜读。

她的朴实、善良和贤惠，她的宽厚和仁慈，她的坚强和隐忍，她的文雅和知性，时时感动、感染着我们。

20世纪50年代初，母亲十几岁就跟随大人下地劳动，春天挖野菜，秋后拾干山药叶，过着"瓜菜代"的日子。姥姥身体不好，母亲在兄弟姐妹中年龄最大，早早地就承担起许多家务。推碾子、套磨、洗衣服、给姥姥煎药，边干活边学习。母亲聪慧，学习成绩特别优秀，由于家境困难，曾几次面临退学，教书先生觉得母亲天资聪颖，认为她不该荒废学业，就主动家访劝说，并帮她付学费，母亲才得以返校。后因德才兼优被学校保送到师范。如前文所述，最终，母亲还是为尽孝退了学。母亲常说，自己"没有上学的命"。但她知书达理，在当时的农村，也算是有文化的人。

结婚后，父母的炕头上放着一个梳妆盒，红色，四方形，柳木做的，那是她结婚时唯一的嫁妆，用了20多年。在我幼年的记忆里，盒里只有两样东西，一把木梳和一个用贝壳装的护手霜（蛤蜊油）。母亲的手非常粗糙，尤其是冬季，多处皲裂，时而流血。所以，她的手上常常粘着胶布，护手霜是她唯一的"奢侈品"，这双手，记录着她的劳动历程。

　　我没见过母亲穿新衣服，她身上永远是那件褪了色的蓝上衣和那副灰色的套袖。

　　当年，粗粮都不够吃，少得可怜的一点儿白面要留给患病的爷爷奶奶。一天晚上，母亲到生产队参加"鏖战"，奶奶心疼母亲，将白面饽饽放到明处，将粗粮藏起来，想让母亲换一下口味。母亲下工回家，黑灯瞎火的，随手摸起一块饽饽就吃，咬了一口，感觉不对味，连忙点燃煤油灯，放下白饽饽，寻找那高粱面的饼子。为这点儿事，奶奶唠叨了半辈子。

　　母亲非常善良，怜贫助弱，不图回报。一个下着冬雪的早晨，母亲把我叫醒说："前面那个旧房子里有个乞丐，你去给他送碗粥。"我踩着雪，捧着一碗粥走进旧房子。乞丐蜷缩在屋角，是个50来岁的男人，看到粥，他猛然起身。我把粥倒在他举过来的花瓷大碗里，他大口大口地喝起来，俄而抬起头，看着窗外感叹："好大雪呵！"便又开始喝。一碗粥下肚，一趔趄又团在屋角，阖上了眼睛。

　　回到家，我说："这人好不懂事，连个客气话都没有。"

　　母亲笑了笑，给我讲起了姥爷年轻时经历的三件事。

　　一个深夜，有人敲门，操着外地口音，是个问路的，说自己是某村人，在外地做生意，刚从吕汉码头下船，由于多年没回家迷了路。姥爷古道热肠，决定亲自送他回家。那时没手电，深一脚浅一脚，走了十几里路，把他送到了村口。到达后，那人不冷不热地说："你回去吧，我知道路了。"连一句客气话都没有。姥爷什么都没说，回到家，安心地睡了。

另一件事，发生在一个麦收的晚上。那天，有人偷姥爷家的小麦，被姥爷发现时，那人已把麦子捆好，因太沉，蹲在地上起不来，很不好意思地说："他叔，你看这事多不好啊！"姥爷把她扶起来，说："没什么，你家人口多，背回去和孩子们吃吧。"

还有一次，一个乡亲去天津，姥爷将一些祖辈留下来的绸缎交给他，让帮忙卖掉。那人从天津回来后，好长时间不露面。姥爷找他问及此事，他说："老弟，真对不起，东西确实卖了好价，但我和孩子们用来过了歉年（歉年，就是收成不好的年头）了。"旧社会，大家日子都不好过，但钱已经花出去，姥爷知道要不回来了，说："花就花了吧。"

母亲这是在给我们讲做人的道理。母亲的性格和姥爷相似，总是吃亏让人，从不计较。在我的记忆里，从没见过母亲与人吵架。母亲以人格魅力赢得人们的尊敬。

五

母亲和父亲一辈子相敬如宾，没有红过脸。

1993年夏，父亲突然消瘦。到医院检查，确诊为糖尿病和高血压。尽管多方就医，百般治疗，病情终未得到控制，之后发展成糖尿病脑血栓并发症，逐步半身不遂，卧病在床12年。

12年里，父亲被病魔缠身，母亲受苦受累，以平和的心态，千方百计照顾好父亲，用真情演绎着人间的大爱。

母亲根据父亲的饮食习惯和营养需求，找来书籍学习有关知识，按时收看央视播出的专家讲座，并谨遵医嘱，科学合理地搭配膳食，给父亲制定了食谱。

12年，4300多天，父亲躺在床上，母亲盘腿坐在他身边，一勺一勺，一筷一筷，把饭菜送到父亲嘴里。那深情、耐心的姿态深深地镌刻在我的脑海里。

给父亲喂饭，母亲一般不让我们动手，她说："你们不知道暗号。"

比如喂汤，母亲总是先用勺子碰一下父亲的嘴唇，让父亲张开嘴，再把汤勺送到他嘴边，贴着舌尖，让汤从舌头上慢慢流入，不能直接往嗓子眼里灌，不然会呛着他。整个过程要掌握好节奏，快了，父亲没思想准备，也容易呛着；慢了，父亲就会着急，嘴里发出催促的响声。

给父亲按摩，母亲一般也不让我们动手。4300多天，母亲每天都要给父亲按摩身体，从头顶到脚底，按部就班，非常仔细。她了解全身的穴位，按哪个部位通什么经络，都一清二楚。父亲瘫痪之初，身体依然很胖，我们搬动起来很是吃力，但母亲凭借顽强的毅力，重复着每一个动作。后来，弟弟每天晚上帮助母亲把父亲扶坐起来，按摩完背部后再放倒在床上。周末或是假期我们赶上了，也会帮助母亲完成按摩。因为母亲的长期坚持，父亲瘫痪十几年，身体基本没有形成大面积褥疮。

给父亲清洗，母亲更不让我们动手。母亲坚持每天给父亲刷牙洗脸，定期给他擦洗身体、擦粉。父亲便秘，母亲常常动手为他掏便。尿不湿用了一包又一包，枕巾、床单、被罩干干净净，室内没有一点儿异味。

父亲的药物，母亲也从不让我们动。母亲对用药格外小心，糖尿病患者不能吃甜的，有的药片裹着糖衣，母亲总是先把糖衣吃掉，再给父亲用。

长期伺候父亲，母亲成了半个医生。医生开的药，起什么作用，啥时候吃，有哪些注意事项，甚至药理是什么，她都清清楚楚。有时，和前来诊病的医生交流，医生们都惊奇地竖起大拇指。后来我们发现，母亲把所用药的说明书都完整地保存好，放在床头柜里。遇到有外国字母的药，她就把医生的嘱咐写在说明书的空白处，记住应该如何用。时间长了，床头柜里的说明书攒了一摞又一摞，像是厚重的档案资料。

  回想这些年父亲的整个医疗过程，母亲是护理者，也是观察者。每一次父亲身体的细微变化，都是母亲最早发现；每次提出的就医方向，都科学、合理、及时。她观察得非常细致，且她的判断常常和医生的诊断吻合。

  她重视对父亲的保健护理，懂得量变到质变的道理。有几次用西医治疗效果不佳时，她及时提出转用中医，于是病情出现了拐点；她提出了用各种措施围堵病灶的观点，对延缓父亲病情的发展起到了重要的作用。

  父亲走的那一天，母亲考虑我们的感受，没有表现得特别悲伤，只与父亲作了最后的告别，又嘱咐了我们一些事情，就躲到了里屋。然而，这表面的平静怎能掩饰老人内心的波澜？

  由于伺候父亲长时间熬夜，母亲眼部神经受损。父亲去世不久后，她的左眼开始闹毛病，眼皮下垂，看东西重影，几乎失明。我们带母亲多次跑衡水、北京等地的医院，由于治疗及时，才得以康复。

六

  现在，年近 80 岁的母亲，对晚年生活非常满意。她的好心态来自在沧桑岁月中的艰苦和磨炼，来自她对社会和人生的深刻理解。

  她曾经有着自己的理想，但在现实面前，却不得不接受命运给予的一切。

  她主张顺其自然，却时刻不忘鼓励后代奋发有为。

  命运给了她重负，也给了她一副好身体。包括我们兄妹三人，母亲养大了 9 个孩子，培养出了 6 个大学生（其中 2 个研究生），现在分别在不同的城市工作和学习。目前，母亲又有了 6 个重孙辈，家里已是四世同堂。老人高兴地说："我还可以给你们抱大下一代。"

当然，我们不能再拖累她老人家。

赶上了新时代，母亲每月享受着国家给的养老补贴，享受着医疗保险，享受着政策性遗属补助。靠家风传承，我们这个家庭充满正能量，孩子们知情达理，爱国爱家，而且一个比一个懂事，一个比一个孝顺，一个比一个优秀。

母亲是个闲不住的人。有一段时间，邮政公司把待派送的报纸、邮件寄放到我家，母亲义务登记管理。对那些腿脚不方便的人，她常常帮忙送到家。

她热情好客。我们的朋友或者同学、战友、同事到家来，她非常高兴，忙前忙后，把好东西拿出来给大家分享。她也非常仁义，从不多言多语，做事很有分寸，受人喜欢。

国家开展新农村建设，我村经过拆迁改造，搬进了新农居，住上了新楼房，日子更加舒坦；母亲每天在广场和老人们跳舞做操，其乐融融。最近，孙女又给她准备了手提电脑，女儿帮她安装了太极拳软件，让她在家学习太极。她头脑灵活，进步很快。

去年，外甥把她接到上海，转遍了华东五市。别看是农村老太太，到大城市后，不显土气。她在苏州碰到两名西方女子，外国人正指着树上的樱桃哇啦哇啦地说着什么。母亲问我妹妹她们在说什么，我妹妹翻译说："她们看着樱桃着急，在抱怨什么时候才能红。"母亲大声地回答："该红的时候就红了，不到季节，着急也没用。"我妹妹把母亲的话翻译过去，两个西方女子哈哈大笑，夸奖母亲很有哲学思想，并提出和母亲合影留念。母亲同意，分别同她们合了影。整个过程自然、大气，表现出新时代农村老太太的风采。母亲笑着说："不能在外国人面前露怯。"

作为一个农村妇女，母亲很平凡。她不是一个追求完美的人，却把所为之事做到了极致；也不是那种好高骛大的人，却是儿女心中的太阳……

至此，可以告慰父亲，您生前没有完成的文章，我们帮您完成了！

母亲的习惯

● 李柯漂

我的家在农村,是一个非常普通的家庭,父母养育我和弟弟妹妹们,共四个孩子。20世纪六七十年代,物质极度匮乏,生活极其艰难。

有时心生感慨,现在几乎所有家庭都已步入小康,一对夫妻养育一个孩子,仍觉得压力很大。回过头来想想,父母所处的那个年代,是何等清贫与艰辛,他们所承受的生活压力,是我们无法想象的。

"家风"一词,对于父母辈来说,他们也许就没听说过,更不会刻意去树立什么样的家风来传承。然而,他们在日常生活中的行为习惯,已经给我们后辈树立起一道良好的家风。

打我记事时起,母亲的一个习惯就令我十分不解。那时,我和弟弟妹妹都还小,母亲除了上工,还得操持家务。家里每次煮好饭,一定得等爸爸收工回家一起吃。有时,尽管我们饿得饥肠辘辘,她也不肯让我们先吃。其实,她不是不爱我们。母亲说,爸爸在外干重活儿,我们在家闲着,干活儿的人比我们更饿,他都没吃,我们怎能先吃呢?那时年少,我心里总有一丝丝不快,甚至有些记恨母亲的做法。

后来,我深深地理解了母亲的心思。她教育我们做任何事要先考虑到别人,不能只顾自己。其实,父亲也很开明,每次到了吃饭时间,他从不耽搁,为的就是不让我们久等。渐渐地，母亲的这一习惯成了我们家的家风。有好吃的一定要和大家一起分享，全家人过得和和美美、开开心心。

而今，我们几兄妹都已成家立业，各自忙碌着自己的事情。逢年过节一大家子聚餐，只要人没到齐，大家都会等。看到端上桌的香喷喷的饭菜，孩子们跃跃欲试，早已垂涎欲滴。我说："别忙，等爷爷奶奶来了一起吃。"

母亲的这个习惯，我们都传承着。其实，母亲教会我们的，不仅仅是吃饭等人这一礼节性的问题，它折射出的是一个小家庭，乃至一个民族、一个社会，团结、谦和、礼让等优秀品德。拿母亲的话说，凡事要先想到别人，不能只顾自己。

最是梨花飘香时

任随平

久居小城,若不是窗外的小果园里伸出三两株绽放的梨花,冲破了春日笼罩的浓浓晨霭,真是很难想到春天已进入三月深处。此刻,阳光浓郁,故乡阔大的场院边那棵经年的梨树一定是花香馥郁了吧。

于是,趁周末天气晴好,便拖儿挈女,带了父母,回乡下老家看梨花。

常言道,情到深处无怨尤。的确如是,对于梨花,我的内心深处隐藏着一段不为人知的秘密。那是1980年的初夏,母亲白天参加生产队里繁重的田间劳动,月上梢头回家,突感肚子疼痛难忍,深夜10时许,我艰难地来到了人世,家里生活相当困难,仅靠稀薄的面汤维持生命。可就是那个特殊的夜晚,母亲由于生产失血失水严重,一边艰难地给我喂奶水,一边口渴难忍,告知忙乱中的父亲,很想吃一口冰凉的鸭梨。可是,即使不在深夜,即便是大白天,生活本就十分拮据的父亲到哪里买梨呢?为此,吃上一口甜水丰沛的鸭梨成了母亲在那个饥馑年月,或者说那个特殊时期里最大、最真的愿望。

后来,父亲在庭院背后的空地上移栽了一棵梨树。每年三、四月间,春风和煦地拂过庭院,拂过梨树粗粝的枝干,不几日,梨花就纳新吐蕊,一夜间换了容颜,将粉白的骨朵,连带了蕊里的芳香,播撒在庭院的每一处罅隙。这个时候,母亲总是搬了小凳，坐在梨树下的斑驳光影里，和邻居的姨娘们谈天说地，聊一些久远的尘事。初夏的夜晚，吃过晚饭，月光静好，浓郁的光线洒满庭院，透着淡淡的凉意，一家人围坐梨树周围，免不了谈起那个饥馑年月的故事，让一家人好生感伤，随即又转悲为喜，因为生活已经发生了翻天覆地的变化。吃甜水四溢的香梨，已不再是母亲的梦想，即便是在寒冷的冬夜，我依然能够为母亲奉上一颗硕大的鸭梨，弥补那个伤感的心结。

　　一个多小时的行程，倏忽就到家了。女儿兴奋地指着老了的庭院，喊着，叫着，枝头上的麻雀们聒噪着，应和着，妻子扶了年迈的母亲，顺势坐在门口的台阶上，一阵风吹过，满树的梨花散发着静谧的幽香，沁人心脾，带着淡淡的凉意。老了的墙院，虽现出几分沧桑，但依然硬朗，父亲指着伸过墙院的几株繁盛的梨花，欲言又止——我知道，梨花之于我们，已不是单纯的风景，而是一个时代烙在心头的印记。

　　年年花开，夜夜故乡，但最深最真的情意，最是梨花飘香时。

兄友弟恭

xiōng yǒu dì gōng

概说

兄友弟恭，哥哥对弟弟友爱、谦让，弟弟对哥哥恭敬。形容兄弟之间互爱互敬。该词出自司马迁的《史记·五帝本纪》："举八元，使布五教于四方，父义母慈，兄友弟恭，子孝，内平外成。"意思是舜举用了八元的后代，让他们向四方传播五教，父亲有道义，母亲慈爱，兄长友爱，弟弟恭敬，儿子孝顺，家庭和睦，邻里真诚。

老家风

154

● 历史

古人认为，兄弟如手足，血脉相连，兄弟关系是家庭中非常重要的关系，兄友弟恭是维持兄弟之间亲情关系的一种相处之道。这种相处之道出现较早，从传说故事来说，尧舜时代就已出现。舜是一个聪明、忠厚之人，而同父异母的弟弟象不但不学无术，还自私自利，舜的父亲和继母也对舜百般刁难。后来，舜实在没有办法，只好离开了家。舜在负夏住了三年，他的德行和智慧影响了周围的人，大家都争相来到他周围居住，以至于"一年而所居成聚，二年成邑，三年成都"。舜的名声越传越远，尧得知后，将自己的女儿娥皇、女英嫁给舜，以考察他的才德。舜带着二女回到老家，与父亲、继母和弟弟同住，对他们比以前更好。但他们依然想方设法为难舜，甚至多次想要谋害舜，在娥皇、女英的帮助下，聪明的舜都能成功脱险。舜得到尧的认可后，掌管了天下。舜不计前嫌，封弟弟象为诸侯。至此，舜的宽宏大量和仁慈感动了象，象逐渐改掉恶习，在封地做了很多好事。

这是较早的关于兄友弟恭的故事，这种故事的真实性已不可考。但从文献记载来看，兄友弟恭之关系的出现也早于汉朝。

《左传·文公十八年》："(舜)举八元,使布五教于四方。父义、母慈、兄友、弟恭、子孝，内平外成。"这段话与《史记》的记载几乎一样。马格侠在《〈史记〉对〈左传〉的继承和发展》一文中认为"司马迁在写《史记》时参考了《左传》，从史实、体例、叙事方法和史论几个方面都对《左传》有所继承和发展"。《左传》成书确实早于《史记》，司马迁参考《左传》是完全有可能的。

　　若论兄友弟恭的出处源头，《左传》也未必是最早的，至少《尚书》中也有类似的记载。杨威威在《成语"兄友弟恭"源出〈尚书〉考——附论"靡不有初，鲜克有终"出处》一文中认为，"兄友弟恭"之意源于《尚书》。《尚书·康诰》中有这样的记载："于弟弗念天显，乃弗克恭厥兄；兄亦不念鞠子哀，大不友于弟。"这段话虽没有直接出现"兄友弟恭"，但意思上是一致的，且这段话简化之后就是"弟弗恭，兄不友"，也就是兄友弟恭反义词组的变形。

　　至于《尚书》能否是兄友弟恭的源头，尚不能定论，有待于其他材料出土或文献记载被发现。

　　先秦时期，兄弟关系是家庭伦理关系中重要的一种，相关的记载也较多。如《诗经·小雅·斯干》："秩秩斯干，幽幽南山。如竹苞矣，如松茂矣。兄及弟矣，式相好矣，无相犹矣。"这是对兄弟和睦、友好的祈愿。

《左传·隐公三年》："且夫贱妨贵，少陵长，远间亲，新间旧，小加大，淫破义，所谓六逆也。君义、臣行、父慈、子孝、兄爱、弟敬，所谓六顺也。"这里明确提出了兄弟之间友好的相处之道，即"兄爱，弟敬"。《墨子·兼爱下》："为人兄必友，为人弟必悌。"这里对兄弟关系提出了明确的要求。《荀子·君道》："请问为人兄？曰：慈爱而见友。请问为人弟？曰：敬诎而不悖。"这里对如何为人兄、如何为人弟给出了建议。《礼记·礼运》："何谓人义？父慈，子孝，兄良，弟悌，夫义，妇听，长惠，幼顺，君仁，臣忠。"对于义，《礼记》给出了十种关系，其中"兄良，弟悌"讲述的就是兄弟之间和睦相处的关系。悌是敬爱兄长，《说文解字》："悌，善兄弟也。"

　　先秦时，伯夷、叔齐不受王位的故事很好地阐释了这时期兄弟和睦、谦让的关系。伯夷、叔齐是商朝末期孤竹君的两个儿子。据说孤竹君准备把王位留给三儿子叔齐。孤竹君死后，叔齐不接受遗命，让位给大哥伯夷。伯夷亦不受命。叔齐不愿破坏"弟恭"的社会伦理，也未继位。两人先后离开。国人只好立孤竹君的次子为王。

经过先秦时期，封建伦理道德进一步发展。在伦理关系中，兄弟关系仅次于君臣父子，长兄如父，长嫂如母。长兄在兄弟之中具有权威的地位，《白虎通德论·三纲六纪》曰："谓之兄弟何？兄者，况也，况父法也；弟者，悌也，心顺行笃也。"这里的"况父法"就是指兄长在家中拥有父亲般的地位。

汉朝时，上至皇室下至百姓，均有兄友弟恭之事。如汉惠帝刘盈对弟弟赵王刘如意就极尽友爱。刘盈作为嫡长子被立为太子，但后来刘邦多次想要废掉刘盈，改立如意为太子。最终在张良、周昌等人的劝阻下而作罢。刘盈继位后，吕后依然想要置赵王于死地，无奈周昌受刘邦之托，极力护着赵王。吕后曾三次召赵王入宫，在周昌的阻拦下，均未得逞。后来吕后先将周昌召进宫，再召赵王入宫。刘盈察觉出吕后的意图。为了保护弟弟，刘盈不但出宫亲自迎接，在宫中也是与赵王形影不离，使得吕后无从下手。后来刘盈早起去射猎，担心赵王年幼不能早起，就想让其多睡一会儿，将赵王留在了宫中。吕后趁此机会将赵王毒杀。接着，又将赵王的母亲戚氏砍去手足，做成"人彘"。刘盈受到刺激，大病一场。刘盈作为皇帝虽然软弱，但作为兄长，对弟弟却是爱护有加。

东汉时的议郎郑均，其兄长为县吏，经常接受一些别人送来的礼品。郑均多次劝谏哥哥要为官清廉，无奈的是哥哥并没有接受郑均的建议。郑均见哥哥不听，就离开家给人家当用人。过了一年多，郑均挣了一些钱、帛回来，并交给哥哥，说："财物没了可以再挣，为官贪赃枉法，就会终身被人唾弃。"哥哥听后非常感动，于是成为一个清廉的好官。郑均为人忠厚善良，哥哥死后，他就承担起养活嫂嫂和侄子的重任，且对嫂嫂极尽礼节，对侄子仁慈有爱。

贰 修身治家

三国时期，政局动荡，兄弟之间多争斗。如曹丕与曹植之间，虽曹植无心于政权，但曹丕并不放心，曾让曹植在七步之内作出一首诗，否则就要杀头。《七步诗》原有六句，后来流传下来的有四句，也是我们所熟悉的内容："煮豆燃豆萁，豆在釜中泣。本是同根生，相煎何太急！"

魏晋南北朝时，家训增多，家规家训中关于兄弟关系的规范较多。如西晋王祥在《训子孙遗令》中说："兄弟怡怡，宗族欣欣，悌之至也。"就是说兄弟友爱融洽，宗族和睦兴旺，才是悌的最高境界。

南北朝的颜之推在《颜氏家训》中说："兄弟者，分形连气之人也，方其幼也，父母左提右挈，前襟后裾，食则同案，衣则传服，学则连业，游则共方，虽有悖乱之人，不能不相爱也。及其壮也，各妻其妻，各子其子，虽有笃厚之人，不能不少衰也。娣姒之比兄弟，则疏薄矣；今使疏薄之人，而节量亲厚之恩，犹方底而圆盖，必不合矣。唯友悌深至，不为旁人之所移者，免夫！"意思是说兄弟本是血脉相连之人，幼时在父母的庇护下同吃、同玩、同学，自然会相互友爱。长大后，各自有了家庭，感情就会变淡。娣姒之间的感情更是淡薄。以娣姒间淡薄的感情节制兄弟间深厚的感情，自是不可能。只有兄长友爱、弟弟恭敬到一种至深的境界，才能不在其他人的影响下动摇。

唐宋时，也有许多兄弟和睦的典故。唐朝李华在《吊古战场文》中说："谁无兄弟，如足如手。"据《新唐书》记载，李隆基在平定"韦氏之乱"中有功，大哥李宪便上奏说："储副，天下公器。时平则先嫡，国难则先功，重社稷也。"就把太子之位让给了李隆基。唐玄宗继位后，为表达对兄长的感激之情，在长安城建"花萼相辉楼"，经常和兄弟们登楼饮酒赋诗，没有猜忌。李宪去世时，唐玄宗"先声号恸"，引得左右忍不住哭泣。《新唐书》对唐玄宗评价为："天子友悌，古无有者。"

唐玄宗视兄弟如手足，堪为后世楷模。

北宋司马光与哥哥司马旦非常友爱，司马光每次回乡探亲、扫墓都会去看望年迈的兄长。司马旦年近八十岁，司马光依然尽心尽力地照顾兄长。如果司马旦吃得少了一点儿，就会问是否吃饱了；天气转凉，就会问衣服是否穿得单薄等。所以《宋史》说司马光对兄长"奉之如严父，保之如婴儿"，可见其对兄长敬爱有加。

苏轼与弟弟苏辙的兄弟情表现在苦难时期能够患难与共。因"乌台诗案"，苏轼入狱。苏辙为了救兄，甘愿免去官职，最终没有救成兄长，自己也遭贬谪，然而苏辙毫无怨言，并且代为照顾哥哥的家眷。苏轼去世前，因没能见到苏辙而遗憾，写下了《狱中寄子由二首》，其中有"与君世世为兄弟，更结来生未了因"。苏辙得知此事后，十分悲痛，在《祭亡兄端明文》中抒发了对兄长的思念："手足之爱，平生一人。"

封建社会实行宗法制，在这种强调"长幼有序，尊卑有别"的制度下，兄弟关系中包含着幼对长的恭敬，也包含长对幼的权威。古有"长兄如父"之说，在家庭中，如果父亲年纪大了或者不在了，兄长便有管理家庭的责任和权力。

作为"唐宋八大家"之一的曾巩，在父亲去世后，便承担起了侍奉继母，抚养四个弟弟、九个妹妹的任务。曾巩对照顾弟弟、妹妹没有任何怨言，对于他们的求学、出仕、成家等给予指导和帮助。在曾巩的教诲下，弟弟曾布拜相，曾肇为龙图阁学士。

明清时期是封建社会的鼎盛时期，也是由盛而衰的时期。为了维护封建大家庭，家训中多提到兄弟之间要和睦。

明朝大臣杨继盛因弹劾严嵩，被下狱死。杨继盛在狱中时给妻儿留下了遗嘱，嘱咐儿子要孝顺母亲；兄弟间要互相敬让、和睦相处；要各自教导自己的媳妇；在分祖产时要让着堂兄弟；对二姑、四姑要照拂，对五姑、六姑也不可视作路人；

族人中有饥寒或无力丧葬嫁娶的，也要周济他们。

清朝大臣左宗棠在家训中告诫大儿子左孝威，对待兄弟总体来说要尽亲爱之意，要使劝勉的意味多过训诫，使得兄弟之间和乐怡怡。曾国藩在《家训》中多次提到兄弟和睦的重要性和兄弟间的相处之道。如"兄弟和，虽穷氓小户必兴；兄弟不和，虽世家宦族必败""至于兄弟之际，吾亦唯爱之以德，不欲爱之以姑息……姑息之爱，使兄弟惰肢体，长骄气，将来丧德亏行，是我率兄弟以不孝也，吾不敢也"等。

随着经济的发展，个体小家庭逐渐想要脱离大家庭的束缚，且每家的经济状况不同，现实中兄弟之间的感情也逐渐远离理想中的和睦状态。

兄弟之间不睦与贫富差距、妯娌之间不和等有关。兄弟之间的贫富情况不同，富有的人不免容易滋生骄傲蛮横之心，贫穷的人如果不勉励自己，便会心生嫉妒。这样兄弟之间就容易产生不和。兄弟之间血脉相连，而妯娌之间没有任何血缘关系，因此，妯娌之间互敬互爱、谦让宽和对家庭和睦更为重要。清朝石成金在《传家宝》中说："妯娌们，总要和，上恭下敬随时过。相亲相爱家中宝，无是无非福自多，一生安乐消灾祸。"

兄弟相处要胸怀宽广，有气度，有了矛盾及时沟通。姚舜牧在《姚氏家训》中说："兄弟间偶有不相惬处，即宜明白说破，随时消释，无伤亲爱。"兄弟之间偶尔发生了不愉快的事情，应该及时把问题说明白，不要伤了兄弟之间的和气。王夫之在《姜斋文集·丙寅岁寄弟侄》中说："和睦之道，勿以言语之失，礼节之失，心生芥蒂。如有不是，何妨面责，慎勿藏之于心，以积怨恨！"就是说不可因言语之失、礼节之失心存芥蒂，有了问题，要当面说清楚，千万不要藏在心里，以致怨恨积累。

价值

兄弟和睦是中华民族的传统美德,也是家庭和睦团结的重要因素,是社会和谐发展的基础。兄弟之间血脉相连,在共同的生活中形成了割舍不断的手足亲情。兄弟和睦能够克服任何困难,正如《周易》所言:"二人同心,其利断金;同心之言,其臭如兰。"俗语"一箭易折,十箭难断",也是讲兄弟团结的重要性。每一个小家庭能做到兄友弟恭,和睦相处,整个社会大家庭就会发展和进步。

现代社会与古代相比,不再聚族而居,家族观念相对淡薄,更需要提倡这种兄弟姐妹之间和睦相处的价值观。但要注意取其精华、去其糟粕,人与人之间是平等的,人格是独立的,兄长对弟弟来说不再具有绝对权威的地位。兄弟之间要平等互爱,和谐相处。

明 仇英 《蕉荫结夏图》

我的大哥

● 邹安音

一

白色的天花板，白色的墙壁，白色的灯光映照着白色的床单。大哥脸色苍白，面无表情，双眼紧闭，躺在病床上一动不动。刚55岁的他，头发已经花白，颧骨高耸，两颊深陷，胡子拉碴。他的身子瘦骨嶙峋，足部和小腿却肿胀得厉害。

大哥是昏睡过去了。

我守在床边，无助地注视着心电图的几根波浪纹。我只知道有根波浪纹的跳跃指标超过正常人的几倍，那是从大哥心脏内发出来的。而我的心也一直在那根波浪纹上漂浮，一刻也没有安稳下来。

一会儿，穿着白大褂的年轻医生进来了。他刚从重庆医科大学毕业，因为成绩好被分到双桥区最好的人民医院。这几天，每次看这个年轻的医生从办公室出来，从医院走廊的那一边走过来，我都紧紧盯住他手里的化验单或者药品，大气都不敢出。我留心着他脸色的变化或者眼神的变化，希望看见些亮色，可是他语调一次比一次低沉："病人肺气肿引发心力衰竭……"

此刻，我能清晰地看见我内心的影像，灰蒙蒙一片，像沉沉压下来的乌云。我差点没喘过气来，赶紧伸手打开了病室窗户，外面漆黑，夜色狰狞，朔风像刀片一样刮过来，从我的心上划过去，好疼！泪水瞬间打湿了我的脸，我看见那白色的刀片闪着寒光，划开大哥单薄的身子，大哥就倒在了山坡上。

山坡在老家，老家叫高家店。高家店位于大足到邮亭的公路边，是邮亭镇天堂、红林、碧绿、烈火等乡村交界之地，我童年时候有小学、零售商店、卫生所、磷肥厂、川汽厂一个车间和家属区几栋三层楼房等，它们的模样至今仍牢牢盘桓在我脑海深处。高家店今天只留存地名，小学搬迁到了镇上，卫生所并到了镇卫生院，磷肥厂因为污染环境被关掉了，川汽厂的车间和家属区合到位于临近双桥区的分厂，最近几年被整体迁移到了重庆总厂。一条高速公路直端端地通过高家店，碾压了我所有的童年记忆，连接到大足动车站。大足动车站原本叫邮亭火车站，月台上有几株夹竹桃，总在春天开出艳丽的花朵。它是老成渝铁路线上的一个重要站点，北上成都南下重庆，大足石刻申报世界文化遗产成功后，它就提档升级了，名字因此也改换。

从高家店到老家，大约要走两公里的土路。过大邮公路左边的川汽厂家属区、小学和一个大院子，然后过晒场、竹林、山坡、水田、小桥，就到了。老家有两姓四户人家，邓家和邹家，邓家兄妹俩，邹家弟兄俩。面水靠山，山环水绕。

山坡连片，一分为二，阳面是我们所居住的前进村，阴面是本家叔公所在的碧绿村。坡中有大片竹林，其下皆为各家自留地，以及各宗室祖上坟茔。我家自留地下有一水井，供方圆几公里人饮用数年。水井毗邻偌大一块田，田下是小河，一年四季潺潺不休，汇聚到其下的张家高洞子水库。

这样的景致就像一幅山水画，从小到大都镶嵌在我的脑海，也被岁月装裱成泛黄的相片，一直挂在记忆的那头。直到相框被打破的那一天。

是姐姐让我听到那玻璃相框破碎的声音。姐姐和我都沿着那条两公里的土路走出了前进村，走过了高家店，走进了邮亭火车站，走到了都市上大学。姐姐西南农大毕业后几经辗转，最后如愿以偿在双桥区农业岗位上工作。她告诉我老家要修一条八车道的快捷通道，从大足石刻宝顶山而来，直通大足动车站，老家的山坡将会变成平地。

那山坡地像沧桑的老人，驻守了一辈又一辈，一年又一年，无言地看护着竹林、自留地、水井、坟茔、水田、小河……还有一个个大院子。此时山坡地的命运也被一分为二，阳面的前进村被整体迁移，阴面的碧绿村基本不动。

那时候，邓家两户人家已不在乡村，哥哥一家到了城市打工，妹妹一家随在川汽厂工作的男主人到了重庆。叔叔家买房到了双桥区，只有母亲和哥哥还守着凋敝的院落。

母亲舍不得老宅，舍不得竹林、坡地、水井、田土和小河，总想着在乡下多住一天，大哥很是无奈。但是祖上坟茔得迁移，镇上的工作人员来了几次了，其他村户人家的坟茔已经迁移到双桥区后的巴岳山了。

那天迁移爷爷和婆婆（奶奶）的坟茔，宗室很多人都来了。天上下着大雨，大哥一个人跳下了坑，虽然他腿脚有点不方便，右腿有一点瘸，但他还是义无反顾地去捡拾婆婆爷爷的骨头。婆婆爷爷合葬在我们自留地菜地边，父亲是长子，大哥是长孙，大哥在宗亲、村上所有人眼里都是傻乎乎的形象，所以他跳下去时大家都没有阻拦。

大哥一根根仔细地捡拾着骨头，身上被打湿了，冻得瑟瑟发抖。当天婆婆爷爷被重新安葬在巴岳山。政府正在双桥区新建电梯公寓，以安置失去土地的村民。劳作了一辈子的村民们，就要远离面朝黄土背朝天的生活，大多很高兴，纷纷在郊区租房过渡。大哥也租了几间屋，准备和母亲一起过城市生活了。但是当天大哥回到出租屋后就感冒了，咳嗽不已，他本来肺就不好，也许是每天抽很多劣质烟留下的病根。

二

  大哥毫不犹豫跳下爷爷婆婆坟茔捡拾骨头时，人们都觉得他很傻，也都习以为常。打我记事时起，他就不讨周围人喜欢。老人们喊他名字，小孩儿也直接称呼他，当面奚落和嘲笑他，从不转弯抹角，似乎没有人敬重过他。从他的童年直到生命终结前，"学娃儿"这个称呼一直伴随着他。

  他傻得很出奇。初中毕业后，作为邮亭镇前进大队少有的文化人，大哥被选进大队医疗室当了赤脚医生。我那时正在小学读书，教室旁边就是医疗间。大哥从不准我到那里去拿东西，我很羡慕同学，他妈妈也是赤脚医生，常常可以溜到那里去抓红枣和枸杞吃，有一次他给了我几粒吃，甜甜的味道让我欲罢不能。在他的怂恿下，下课后我鼓足勇气走进去，没想到大哥铁青着脸，毫不客气地把我轰了出来。大哥生气的时候感觉长头发也在凌空飞舞，他不爱剪头发，也懒得打理。他生气的时候眼睛鼓得圆圆的，甚至能看见眸子里的红血丝在颤动。大哥爱熬夜，他常常看书看得很晚，几乎没有人知道他看的是什么书，厚厚的书堆满了我们家的书架。

  书架是大哥自己砍下院墙边的竹子制作的。大哥身材矮小，行动不便，是我们几兄妹当中最不起眼的一位，一双手骨节粗大，手掌厚实，却十分灵巧，能用竹子编箩筐、背篼、锅盖、花篮等很多东西。每到过年，他和二哥就会背着编好的竹制品去赶集，卖了的钱用来置办年货，给我和姐姐压岁钱。院坝周围的竹林，是父亲亲手栽种的，茂盛挺拔，哥哥们划拉竹丝的时候，我总觉得是父亲在和我们耳语。我以为这竹林一直都会这样生长下去，永不消失。

……

  母亲这辈子总是懊恼，陷入自责中，她说有一年冬天父亲病重时无法照料大哥，就把童年的大哥扔家里任其玩耍。那天大哥在洗澡盆里装满水，在盆子里嬉戏了一下午，晚上满口胡话、高烧不止。母亲放下病床上的父亲，又把大哥送进医院，全力抢救。大哥病愈后发育迟缓，腿脚不灵便了，此为大哥生平第一劫。后来村民们就传说大哥是被抽了脑髓的人，是"哈儿"（重庆方言：傻子）。

父亲去世后，母亲一个人支撑着家庭，大哥当赤脚医生是挣工分的，这给母亲减少了一份压力，她脸上的笑容渐渐多了起来。赶场天，大哥把箩筐、锅盖等竹制品挑到乡场上变卖后，买回一大堆书，还有画纸、颜料等。母亲不高兴了，"这个能吃哇？"她常常责怪大哥，大哥不作声，母亲气得没有办法，只好转身回娘家借粮食去了，那个时候我们家常常青黄不接。

我很高兴，我喜欢看大哥画画。大哥最喜欢在下雨天画画。我看他仔细磨墨，砚盘是用碎碗的碗底做的。他最初只画黑白的画，有山，有树，还有老虎。"真正的老虎是什么样子的？"我很向往他画里的世界。"你长大后就看得到了，大城市的动物园有，我也是在书里看到的。"大哥安慰我说。等到我们家左面的墙壁贴满了黑白的山水画后，大哥开始画有颜色的画了。他偷偷敲碎了几只碗，把碗底做了砚盘。母亲回家看到满屋的纸画，几个砚盘的颜料，破碎的碗片。"你就是个败家子。"她气不打一处来。

母亲没想到更让她生气的是后来发生的事，大哥竟然辞掉了人人羡慕的"铁饭碗"赤脚医生，回家了。我到现在都不知道他为什么辞掉这个工作。他回家后依然尽心尽力帮大队的人看病，给邻居邓婆婆打针，上大山采草药。我从小就认识很多草药，知道夏枯草清热、灯笼草祛毒、麦冬健脾开胃……大哥有次神秘地告诉我，自然界的万物都有药性，就要看怎么配搭，砒霜是剧毒，可以毒死人，做药引子也可以治人，我将信将疑。

我对大哥的书架特别感兴趣，没事就胡乱翻阅，尽管还不认识很多字，这当中有医药、绘画等书籍，还有很多我看不懂的大部头。有次我问那些厚厚的书籍是什么，大哥说是高能物理，是准备考研究生的资料。一个初中生整天说着爱因斯坦什么的，还要考研究生什么的，还说砒霜能治病。很多人都不相信他的话，都怀疑他是不是脑髓被抽走后连聪明才智也被抽走了，不然怎么总说胡话干傻事呢？这当中也包括母亲，相比二哥的乖巧和懂事，大哥常常让母亲头痛。"哈儿"的标签就这么牢牢贴在了大哥身上。

三

年轻的男医生拿了一个氧气瓶给我，嘱咐我等大哥苏醒后让他大口大口吸进去，以稀释肺里产生的大量二氧化碳。"心肺衰竭了，希望他挺过来。"医生说完也不看我，快步走出病室，也许他还没经历太多的生死场面，面对我倾泻的泪水实在于心不忍。我再次打开窗户，夜空像一个狰狞的野兽，又疯狂地朝我扑过来。

大哥似乎清醒了，睁开惺忪的眼睛。他剧烈地咳嗽起来，我赶紧凑上去，用纸取出痰物，又把早榨好的橘子汁一点点喂进他嘴里。床头的输液瓶挂了好几个，是治疗他五脏六腑的药物。大哥大小便都已失禁，需要人慢慢服侍，开始请了护工，后来姐夫不同意请护工，说照顾不仔细，军人出身的他便一点点地侍弄大哥的脏物。这些情节被医生说出去后，便不断有被感动的人来探看大哥，都夸这个"老头儿"命好，遇到这么好的亲人。躺在病床上无助的大哥，虽然五十多岁，但是生命的灯火似乎燃烧到了尽头，看起来的的确确就是一个沧桑无比的老头儿。

他身体每况愈下。这个过程我是亲眼看见的，时间和病魔都很残忍，慢慢地，慢慢地像蚕一样吞噬他的肌体，足肿了，腿肿了，腹水增多，意识部分丧失……

姐姐在家做饭，我请了公休假守护大哥，和姐夫轮流照顾他。宗室的人也大都搬迁到了城里，生活条件变好，买房或者租房住。

他们每天晚饭后来看望大哥,"大爸,新房子还在等你入住呢"。堂侄儿等小辈分的人都尊称他,大哥意识清醒时就望着大家,点点头,喝点米粥,说一些高兴的事儿。那个时候,我感觉像是回到了小时候,每到年关,母亲就会杀了全家一年辛苦喂养的猪,一半上交国家,一半留给自家吃。年关盛宴是我最幸福的记忆:宗室的长辈和邻居们都请齐全了,既丰富了我的味蕾,又让我热热闹闹过了一个开心的夜晚。

  那时,还是个黄毛丫头的我站在阶沿上,目睹着院坝中央整个杀猪的过程,又喜又怕。二叔却淡定自若,指挥两个汉子帮忙打下手。灶房里,姐姐在一边劈柴,母亲在一边烧水,一年中最好的柴火在灶膛里欢笑,露出红红的脸庞。满屋的水汽,氤氲着欢快的气息,袅娜地升腾,扑向屋顶的瓦片。整个院坝都喜悦了。狗们乐颠颠地跑过来,三五个小娃儿也循声跑来。大哥二哥早架好梯子,支在屋檐下。来帮忙的两个彪形大汉在二叔的指挥下,把杀好的雪白滚圆的猪吆喝着挂上梯。

  大门被取了一扇下来,搁置在堂屋正中的四条木凳上,等待着与"肉"(那年那月的奢侈品吃食,"肉"即猪肉)一年一度的相逢。猪头被完整地宰割下来,留作祭祖用。两只猪大腿也被割下来,来年它是要用来走亲戚的。肉中包裹的两块亮板油,被二叔撕裂开,放进器皿中。母亲会把它们炼成油,在炒菜时加上一勺,以滋养我们的身体,但我觉得它们其实一直在养护着我们的灵魂。二叔把肉一块块割开,在边上戳了个小洞,整齐码放到谷箩筐里。母亲会把它们一块块腌渍,然后挂在灶上和壁上。

  掌灯时分,我家一年中最隆重的宴席也拉开了帷幕,大哥端着猪头,还有一小瓶酒、几颗糖等,领着二哥、我和姐姐,按照母亲的吩咐,先在堂屋正中的香案上祭祀,然后到后院竹林地的父亲坟茔上香磕头。家族的人都来了,聚集在院子里。妇女们在厨房忙碌。长辈们上座后,讲述着家族的荣耀和兴旺,孩子们的目光则都落在新鲜出锅的酥肉上，只待那最老的长者一声令下，便要展开一场美食的争夺战。血旺和粉肠煮的萝卜汤端上来了，凉拌的精瘦肉也摆上了餐桌，蒜苗煎炒的肉清香四溢。杀猪匠二叔的剪影，花白胡子侃侃而谈的叔公，穿堂而过招呼应承的嬢嬢们……一部乡村华年的贺岁片开始上演。

　　亲人们觉得，这部贺岁片的续演，是大哥住上他的新房子那一刻。宗室的亲人们都在谈论着政府正在修建的电梯公寓，谈论着与土地的告别，谈论着新的工作和新的生活方式。大哥和母亲已经分到了两居室，每次大哥清醒过来，亲人就会鼓励他要坚强，争取早日住进新房，过上一种全新的生活。

四

　　大哥期待的生活是什么样子的，我至今仍然不得而知。但是我时常能感受到他心中燃烧的火苗，在我们那个一度破旧的小院和屋子里升腾。总之，他一生都在折腾。

　　辞去赤脚医生后，大哥在人们眼中消失过一段时间，只有家人知道他去了哪。他不知道从哪儿得来的消息，去了三峡长江边的一个花木林场，去学种植技术和嫁接技术。当社主任的父亲在世时一直有个愿望，希望前进村花木满山满坡，我在村小学上学时，每天依次要经过的山坡头都是父亲在世时命名的，桐子坡、柑子坡、桑树湾……父亲去世后，那些桑树、橘子树等都老化了，稀稀拉拉地生长在山岗或者山湾，还有很多被村民砍了或者偷回家当柴烧。大哥很心疼，经常大骂那些砍树的。

　　在大多数村民的印象中，大哥除了傻，还犟，啥子事都敢说出来，想做一件事九头牛都拉不回来。所以村民们砍树都不敢当着他的面，生怕他的大嗓门一下子就给捅出去了。不过我经常沉浸在大哥描绘的美好前景里：满山的果树，满池塘的鱼儿，满地的庄稼和瓜果，道路宽宽的，直接就从后山坡穿过去了，而且雨天我再也不用蹚一地稀泥上学去了。

"你看看，这是日本的动车。"有次他买回一张画，指着尖尖的车头告诉我。那个时候，我第一次知道我们生活的天空很大，我们的世界不只是前进村邮亭镇大足县，除了中国还有外国，除了冒烟的火车还有电力动车。我心底对大哥有一点敬意了。

两年后，大哥回家了。不过此时生产队已经实行家庭联产承包责任制，土地都包干到户。村民们各自分到承包地，第一件事便是把田埂边和地角里的树砍了，整理得平平实实，不见一根杂草。母亲欢天喜地，虽然分到的地很远，几乎就在生产队最偏远的地方，毗邻铁路，但这丝毫不影响她高昂的斗志和热情。这些年穷怕了，在自留地里怎么也刨不出二两黄金，母亲便把这满心的希望寄托在了承包地里。恰此时二哥高中毕业回到了家，帮助母亲承担责任。

那年八月，当沉甸甸的谷穗垂满金色的原野，村民们的笑脸就像花儿一样开满山岗。人们顶着烈日收割，没有人埋怨苦和累。黄灿灿的稻谷堆满谷仓，稻草垒成草垛，像金色的蘑菇装点着山村秋色。吃新米饭那天，照旧是大哥端了猪头肉，带着我们去父亲和祖上的坟茔祭祀。当年的祭祀很隆重，母亲买了水果，这是以前从不曾有的奢侈品。依次祭拜亲人、天地、诸神灵位。

我们家的稻草没有堆成草垛，大哥用铡刀截成小节，用消毒水浸泡，然后晒干；又挑回很多淤泥晒干，一层层码放到猪圈事先搭好的竹筐里。这之后，他拿出几个白色的瓶子，说里面是菌丝，种在淤泥里，就可以长出蘑菇。我很期待猪圈屋出现奇迹，每天看他打消毒水，尽心尽力给他当杂工。果然，就在那个冬天，竹筐里长出一个个白色的蘑菇，这在山村成了轰动一时的新闻，每天到我们家参观的人络绎不绝，来一个大哥就接待一个，还详细讲解怎么种植。大哥卖了蘑菇后就会买回我喜欢吃的卤鸭子等，那年除夕，我们家的盛宴上多出了一道菜：蘑菇炒肉！

第二年冬天，全村和周围几个村的很多人家都种植了蘑菇。蘑菇多了，没有那么好卖了，母亲不禁说起了大哥的傻，全家人都觉得极是。这之后，大哥又种植平菇，人工孵化小鸡，大面积种西瓜……每一样几乎都能成功，可是每一样成功后他都毫无保留地教给别人，搞得自家很被动。我们习惯了他的做法，母亲后来由他折腾，不再管他。那个时候，我觉得大哥就像家旁边那条小河，总是不停地翻起浪花，汇成泉流，跃下堤岸，一直朝前方奔流。他不拘言行，不修边幅，但是心中应该是有梦想的，我隐约觉得。

那时候，小河从什么地方而来我不知道，但是到我们那里就成了几个村落的生命线——淘洗蔬菜，清洗衣物，浇灌菜园……河里还总有捞不完的小鱼小虾。秋天闲暇，大哥二哥从山里采回马桑子，往河里一撒，小鱼儿们轻微中毒，纷纷浮出水面，河两岸的人都拿了渔具打捞丰收的果实。整条河都欢乐起来，几天后小河恢复平静，鱼儿们继续生长和发育。大哥有一次卖了鱼儿，给我买回一个饭盒，那时我已经到镇上读初中，这个饭盒一直伴随我读到初三。

初三毕业时，不知道他从哪里背回一大堆绿色的高笋苗子，栽种到河两岸，那个秋天，河两岸竟然绿油油的，一大片一大片长长的绿叶子在风里飒飒作响，很是壮观。大哥摘了白嫩的笋子，天不亮就叫上我，跟着他到双桥区的川汽厂家属区卖。

五

那时双桥区是重庆市的远郊城区，还没有与邻近的大足区合并，傍依巴岳山，龙水湖纵贯全境。国有重型企业川汽厂毗邻龙水湖，有职工数万人，每天需要大量的新鲜蔬菜，我们周围几个村菜农种植的蔬菜大都销售于此。

我家到川汽厂总部有两条路，一条是先走过两公里的土路到高家店，再走七公里左右的公路到双桥区，然后步行四公里公路到川汽厂。还有一条捷径是走三四公里的小路到老成渝铁路，沿着铁轨一直走三公里到长河煤矿，再经煤矿出山的公路走两公里，直到川汽厂。我们选择了后一条路，天很黑，大哥打着电筒，我脚步有点不稳，又有点害怕，但还是咬牙在天亮之前赶到了家属区菜场。

我们家的菜很新鲜，总能吸引买菜人的目光。大哥卖菜哪里是在卖，分明是半卖半送，一是把秤杆翘得老高，二是别人走了很远他还撵过去塞一把，生怕别人吃亏。我们卖完了菜，收拾秤杆正要走时，旁边卖菜人用异样的眼光盯着大哥嘟哝了一句："这是不是个哈儿哟？哪里有这么卖菜的？赚得到个啥子钱嘛！"

我真的不知道大哥这一生究竟赚到钱没有，也不知道他的存折上究竟有多少钱，印象中他不爱买衣服，喜欢买书，喜欢买生产工具，身上总是没钱。

但就是这个村民们心目中的"哈儿"，干了一件惊天动地的大事，让我们刮目相看。有一次他从川汽厂卖菜回家，带回一张很大的彩色照片，四个人，一对中年夫妇带着一双儿女。大哥说男主人是川汽厂的工程师，外地人，叫周全。从大哥的叙述中得知，一次周全夫妇买菜时觉得大哥憨厚质朴，和他多聊了几句，惊喜地发现大哥酷爱物理书籍，于是收了大哥作为徒儿。

大哥很兴奋，清瘦的脸颊上泛着红光。他特地理了长头发，买了新衣服、新皮鞋，开始打扮自己。装扮一新的大哥看起来很精神，这让母亲很高兴，她似乎看到了大哥娶亲的时刻。因为大哥早就到了婚龄，只因为他的不修边幅，加上村民的风言风语和传闻，还有贫穷的家庭，姑娘们都退避三舍。母亲背地里暗自伤心落泪，常常叹气，觉得对不起父亲，没有完成给儿子娶妻生子的任务。

但是大哥似乎始终未把自己的婚事放在心上。"爱迪生还不结婚呢。"他给我说这句话的时候，眼里总是闪烁着奇特的神采。母亲不知道他怎么想的，村里人不知道他怎么想的。他更加勤奋刻苦地读书，总是耽误下田种地，母亲怨言多了起来，这在村里又落下一个不好的名声：好吃懒做！

在乡村，婚事是一个人一生中的头等大事，男儿在十四五六便开始定亲，二十出头就娶妻生子，错过了好时机，大哥的婚事就这样被耽误了。

大哥的婚事折磨着母亲一生。

六

冬去春来。

大哥不再种蘑菇，种高笋，种西瓜，孵小鸡……他拿起了书本，每天看书看到很晚，也许命运的转机在向他招手。可就在春末夏初的一天，我至今仍然死死地记得当时的场景，其时我正在邮亭中学念高一，姐姐到重庆上大学去了，她是我们村唯一走出的一个大学生。

我正在上晚自习，听到窗外有个人呼喊我的名字。我走出教室，二叔黑青着脸站在廊檐下。"二哥病得很重，跟我回家。"他说。"他怎么了？"我带着哭腔问，不敢听自己的声音，浑身发抖，不祥的预感像针刺着我身上的每一个部位。二叔不作声，我放声大哭，跌跌撞撞地跟在他身后，深一脚浅一脚走了7公里多的路程，回到院子就跪在了二哥冰冷的身体边。

我跪在地上不说话，我声音哭哑了，已经不能说话了。家里的小狗叫小黑，是大哥二哥共同取的名字，小黑呆呆地看着我，眼神忧郁，尾巴停止了摇摆。那几天我逢人就跪下，给二哥送葬的人很多，都念叨着他的懂事和才华，这个时候居然就把大哥和二哥比较起来了。等二哥入土后，他能安息吗？多年以后我一直思考着这个问题，但是也不敢去想这个问题。等我直起身子，看看我生活的这个小院时，身边没有了小黑的身影，小黑不知道去什么地方了。

料理完二哥的后事，大哥脸色憔悴，突然一下苍老了，身体更瘦小了。二哥在世时，他们两个常常吵架，母亲很生气，村民们也都觉得是大哥的不是。二哥不在了，大哥显得孤寂和落寞，他不看书了，把自己的书和二哥留下来的书全部打捆成册，放在了灶房的阁楼上。此时川汽厂部分车间和位于重庆的本厂合并，工程师周全调了过去，大哥也主动停止了和他们一家人的联系。

大哥又开始种西瓜，种蘑菇，种番茄……大哥是个地地道道的农民了。他不停地抽烟，几乎每天一包，手指都被烟熏黑了。

1991年9月中旬，我拿到重庆教育学院录取通知书的那天，上午，大哥陪我到村书记家下了户。午饭后，大哥和母亲借了一个人力架子车，准备到所在地邮亭粮站交我的入学公粮。先要从家里挑担走两里的路程，才能到公路上推着架子车到粮站。公路转弯抹角，上坡的时候，大哥拉车和母亲推车的姿势，像一幅绝版画，一直铭刻在我心上。这应该是我最后一次给国家公粮了。一直以来，我都以仰望的姿势看粮站那些过秤的工作人员，他们一般都板着脸，绝无笑容。每次过秤的时候我们的心都像那秤砣一样沉甸甸的，生怕他们一句"没晒干"，或者"不饱满"而重新拉回去。果然，当"没晒干"那句话硬邦邦地甩过来时，我们三个人都呆住了。恰此时，久违的太阳终于露出笑脸，也烘干了我们潮湿的心情。几个人就在粮站的空地上摊开稻谷，赶在粮站工作人员下班前让"它们"顺利归了仓。

到重庆上大学那天，母亲早早做了饭。之后，大哥背着我的棉被，提着箱子，送我走过两里路远的乡村小路，到高家店公路口乘客车去重庆。他从小受了寒湿的腿脚很不灵便，走路比较缓慢，那时我眼里就全是他略佝偻的身影。我提着一只水桶，里面装着一些生活物品，手里紧紧攥着大哥给的7元车费。当车子来的时候，大哥招呼我先上车，然后他把东西一样样搬上来。我坐在位置上，车子开动的一瞬间，回头看见他单薄的身子和张望的眼神，我的眼泪禁不住淌满了脸颊。

车远去，大哥的身子在土路上变得越来越小……而从此，我的路越走越远，越走越宽……

就在村里整体搬迁那天，姐姐、姐夫开车回家，帮助大哥搬东西。大哥第一时间扑向了阁楼上的书籍，"书籍上落满了灰尘，大哥本来给爷爷婆婆迁坟后就感冒了，那天咳嗽不止，不知道是不是灰尘吸入太多引发的肺病"，姐姐忧伤地说。

七

我的假期很快就要结束了。医生下了三次病危通知书，每次看姐姐颤抖着手签字，我的心也跟着颤抖。要不要转院？我绝望地看着姐姐、姐夫，他们摇摇头，转院太不现实了，没有人去照顾。姐姐、姐夫请的假也快用完了，我们只好请了护工晚上照顾大哥，白天我们轮流值守。

大哥脸颊越来越消瘦，腿脚干枯，肚子却肿胀得老高。大量用药，伤了肝脏，腹水淤积，肾功能也受到伤害，半边身子已经瘫痪。他不能说话，意识丧失，蜷缩在病床上，就像一枚风中的落叶，生命是那样摇摆不定。

我给病床上的大哥鞠躬，抹了眼泪，奔出病房，任伤心的泪水在脸上流淌成河。我要回单位上班了，同时接走了母亲。大哥病危，七旬高龄的母亲不哭也不笑，阴沉着脸，每天很早起床上菜市，买回鸡鸭鹅等回家炖煮，然后趁我们不在，趁医生不在，端着油花花的肉汤进病房，给大哥喂下去。她不听任何人的劝阻，坚持说喝肉汤就能让大哥强身健体，就能让他从床上坐起来！大哥呕吐了几次，病情加重了，母亲神志恍惚，经常喃喃自语，有时把门摔得咚咚作响。

　　回到四川南充的家，我最怕姐姐的电话响起，我不敢听她说大哥的任何事情，但在第三天的上午，我还是接到了她的电话。"医院不想治疗大哥了，喊我们把大哥接回家，我们想把他转到养老院去，用中药调理，我得到了那个藏医的帮助。"姐姐说。

　　姐夫曾在西藏工作多年，其间认识一个藏医，医术精湛，据说能让瘫痪的病人站起来，但是这位藏医不轻易给人抓药治病，药方也从不外露。

　　我的心窗突然有了一丝光亮，放下电话，心情久久不能平静。大哥这是第三次站在鬼门关了，我多么希望他的坚强能让他挺过这一劫。

　　还记得，就在他辞去赤脚医生回家后不久，生产队提升农业科技搞大棚育秧，就是在温室大棚里育出杂交水稻的秧苗，以便春耕时节栽种在水稻田里。那天，村民们要在高洞子水库的边坡上搭建几个温室大棚，大哥从家里扛了一根厚重的木头去援建，当他走到水库边时，不慎脚下一滑，连人带木头就势滚下岩壁……这惊心动魄的一幕恰巧被人撞见，那人连声呼叫"完了完了"，当村民们惊慌失措地赶到时，却发现大哥丢弃木头，从岩壁下爬了上来，只是额头上有点血迹。从此，每次经过水库边那块岩壁，我都会想起大哥额头上的血迹。

　　那段时间，姐姐和姐夫奔波在家和邮亭养老院之间。我每天都在姐姐的电话里感受着大哥病情的点点变化。

　　那段时间，每天我都仿佛站在姐姐旁边，看她抓药、煎药……"必须用秤仔细称每一种药的分量，多一点少一点都不行；必须守着熬，一点都不能分心，每次要熬一个多小时。你知道吗？里面有一种药叫砒霜！"姐姐告诉我！

　　啊？

清 闵贞 《苏轼图》

八

春天终于来了。

母亲没有一天不叨念着大哥,眼睛总是朝着老家的方向。她有几次问我到重庆大足走路要几天,我吓坏了,生怕她一个人步行回去,家里人每天都提心吊胆地跟着她,随时给她汇报大哥的消息。

奇迹在大哥身上发生了。姐姐、姐夫把大哥从医院接走后,医院附近的一个养老院坚决拒收,怕大哥发生不测后承担责任。没想到邮亭养老院的院长闻讯后主动联系了姐姐。原来大哥在当赤脚医生时,曾经治疗了她的疾病,她一直感怀在心。大哥在邮亭养老院里得到了很好的照顾,姐姐每天熬好药后,和姐夫开车到院里,一点点喂给他。

"大哥恢复了神志,可以说话了……"

"大哥的腹水消了,肝功能增强……"

"大哥瘫痪的半边身子恢复了……"

"大哥可以下地了,能在院子里活动……"

"大哥可以喝鸡汤了……"

每一天,听着从姐姐那边传来的声音,我感觉心底的冰河在不断融化,春天的太阳映照着世界,鸟儿的鸣叫是那样婉转,草木的生长是那样欢快。我无数次想象着那些神奇的药,在火中凝练,又融进大哥的血液,祛除了淤毒。我第一次听说的砒霜是从大哥嘴里蹦出的词语,我现在听说的砒霜却蛰伏进了大哥的身体,像顽强的勇士般,与疾病争夺着一个人的生命和活力。

历经生死劫难后,日子很轻松,暑假很快过去,秋天如约而至。那天我开车带着母亲,走进了大哥住的养老院。

大哥正在床上吃葡萄。他想要摘下一颗给我。他下床走了几步给我看。我看见他说话的样子和走路的样子,不敢相信眼前的一切是真的。我想起了我走之前大哥躺在病床上的样子。大哥说今年过年就可以住进新房子了，等身体好了之后，就在双桥区找个工作，好好和母亲生活。这些年，我们越走越远，在人生的舞台上尽情歌唱、舞蹈……大哥却丢掉了所有的梦想，和母亲一起生活，俯下身子，与黄土做伴，把自己变成了一个地地道道的农民。

他永远都是那么"傻"。因为拆迁，镇干部挨家挨户依次测量房屋面积，以补偿赔偿款。当测量到我们老家宅基地时，听说镇干部的绳子没拉直，多量了面积出来，他还吼了人家，坚持去把绳子拉直，把多余的面积减了出去。这在整个拆迁户里都成为笑谈。

当我们告诉他新房子马上就要竣工时，他的眼神突然一下子变得很明亮。接着他从口袋里翻出自己的存折，那是拆迁安置费。望着大哥粗糙的双手，佝偻的身子，我不禁想起了老家的竹林、晒场、水井、自留地、芭蕉林、坟茔……这一切，都被一条八车道的公路和一片工业园区覆盖，大哥的存折封冻了我们家的往事。

院长是个中年妇女，给大哥提了开水进来，又把洗得很干净的被子拿了进来。她说起当年大哥为她治病的事情，感激不尽，大哥像个小孩子，不好意思地笑了。

大哥这个笑容，是他在人世间留在我脑海里的最后一个笑容。

九

秋转凉，冬天很快来了。

大哥只要身体好点，就要去镇上的茶馆喝茶。茶馆里聚集着村里的很多人，一旦日出而作日落而息的生活规律被打破，一时半会儿又找不到别的工作，他们仿佛无所事事，每天靠打麻将和聊天生活。院长和我们都怕他着凉，以免感冒引起咳嗽，一再叮嘱他不要去，可是谁都拦不住他的脚步。或许养老院的氛围不太适合他，或许他又太急于适应新的生活。

姐姐依然每天煎药，送药。

有天晚上，大哥在院坝里坐了很久。谁都不知道他想了些什么，晚餐时也吃得很少。院长说，大哥的心情很低落，她招呼他，他脸色很青，没有理睬。

第二天，接到姐姐的电话，大哥感冒很严重，可能受凉了，咳嗽得厉害。之后大哥又住进了医院。

"大哥晚上放声大哭，上次他在医院受到那么多折磨都没有哭。"姐姐说完，我早已经号啕大哭起来。我仿佛看见大哥像一枚叶子，在风中凋零。

第三天晚上，我突然心口疼痛，被噩梦惊醒：老家小河涨水，我的书包掉进了河里，大哥赶来拾起了书包，我喜极而泣，但是就在我一转身后，大哥却不见了！那天早上我就接到了姐姐的电话：大哥半夜没了！

我立即赶回老家，全村的人都来了，他们都成了城里人。他们敬称着大哥的名字，念叨着大哥一件件的往事，眼泪就流下来。我跪拜在地，就在巴岳山下的一间屋子里，大哥安静地睡着了。

他一定有很多梦想，他一定是在静静地等待明天的朝阳升起！

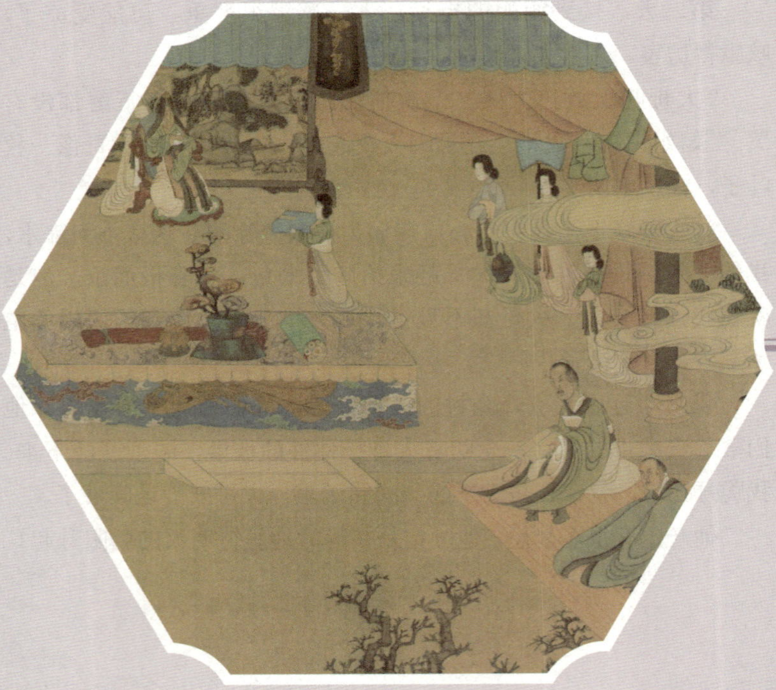

叁

教子以义方

教子以立德

jiào zǐ yǐ lì dé

概说

《孝友堂家训》中说：「教家立范，品行为先。」在古人看来，育人最根本的是培养好的品行。品行是指人的行为品德，而德是指好的品行。《左传·成公十六年》：「民生厚而德正。」儒家重视修身，而德行的培养是教育中的首要之义。

老家风

● 历史

《说文解字》:"教,上所施,下所效也。""教"这一行为自古有之,如燧人氏教民以渔,伏羲氏教民以猎等,教的主要是生存技能。据历史文献记载,我国古代的教育可以追溯到夏以前,唐虞时期已设有学宫管理教育事物。商周时期,教育开始兴盛,教育分类细化,已开始强调德行。《周礼·夏官·司士》:"以德诏爵。"周公在《康诰》中向康叔讲述了周文王、周武王具有"明德慎罚""不敢侮鳏寡"等各种德行,因而他们能够接受天命,推翻商朝、建立周朝,成就了伟大的功德,以此勉励康叔继承和发扬先辈的优良品德和作风。此外,其他文献也有较多关于立德的记载,《周易·乾卦》:"君子进德修业",《诗经·大雅·既醉》:"既饱以德。"《礼记·月令》:"(孟春之月)命相布德和令,行庆施惠,下及兆民",《论语·述而》:"德之不修,学之不讲"等。

德行是儒家修身的目的,《大学》开篇就讲道:"大学之道,在明明德,在亲民,在止于至善。"古人修身立德体现在多方面。《论语·为政》:"人而无信,不知其可也。"古人认为守信是品行问题,是立德的重要体现。《论语·颜渊》:"己所不欲,勿施于人。"这是一种换位思考,自己不喜欢的不要给予别人。

关于如何立德,每个时期都有自己的方法和追求。《荀子·宥坐》:"君子博学深谋,修身端行,以俟其时。""修身端行"就是通过涵养德行,让自己的品行端正。

东汉经学大家郑玄在写给儿子郑益恩的一封家书中告诫儿子说,你没有亲生兄弟可以依傍,更应当努力寻求君子之道,钻研于此而无有二心,戒慎警惕，始终心怀敬意，端正自己的威仪，以此来亲近有德之士。名誉的成就需要依靠僚友，但德行的树立在于自己的意志，如果能够建立美好的名声，那么此生也算是有荣光了。

三国时期，刘备勉励儿子刘禅说："勿以恶小而为之，勿以善小而不为。"也就是说只有贤能和德行才能服众，要致力于积德行善，赢得民心，不要做亏损德行的事情。诸葛亮在《诫子书》中提出"静以修身，俭以养德"。

西晋的羊祜在教育儿子时强调"恭为德首，慎为行基"。恭敬谨慎行事是德行的基础：言语上要忠诚守信，行为上要笃实敬慎；不要轻易许人钱财，不要传播没有根据的话，不要听信别人议论是非的话；听到某人的过错或缺点，切不可宣扬；凡事谋而后动。

南北朝时期，颜之推在《颜氏家训》中认为修德的方法是亲近贤人，在与品德高尚的人的交往过程中，能被熏渍陶染。《幼学琼林》有言："与善人交，如入芝兰之室，久而不闻其香；与恶人交，如入鲍鱼之肆，久而不闻其臭。"因此，颜之推认为如果遇到像颜回、闵子骞那样道德完美的君子，应该向他们学习。除了向贤人学习，读书也可以增益人的德行。颜之推认为读书当读经书，学习古圣先贤的为人处世之道，因此圣人所设的经书是为了教化民众德行，只要明练其中的经文，粗略通晓注释之义，常使自己的言行有所依据，也就足够立身为人了。

唐太宗李世民在《帝范·诫盈》篇谈到君主修德的方法是戒除骄奢淫逸。唐太宗认为"君者，俭以养性，静以修身"，君主应当以俭来涵养自己的德行，以静来修养自己的身心。所谓俭与静，在这里是节制自身欲望，内心宁定，从而节制用度和玩乐。

宋朝司马光在给儿子的家书《训俭示康》中，让儿子坚守俭德。古人以俭为美德，俭在立德方面具有重要性。《左传》中鲁国大夫御孙曾言："俭，德之共也；侈，恶之大也。"司马光认为俭意味着寡欲，君子寡欲，则不被外物役使，能够正直地奉行道理而行事；小人寡欲，则能谨慎自身，节制用度，从而远离罪责，丰厚家庭。相反，奢侈意味着多欲。君子欲望繁多，则贪慕富贵，从而违背正道行事，加速祸患的到来；小人欲望繁多，则所求的东西甚多，妄自使用各种手段追求财富，从而导致丧身败家。

明朝王阳明在《书正宪扇》中教育养子王正宪要摒弃骄傲，保持谦虚恭敬，常常反省自身才能虚心接受别人的意见。王阳明指出要修身立德就要去除骄傲的毛病，从内心做到"恭敬""搏节""退让"，说话做事有所顾忌，有所约束，不随意放肆，才能养成谦虚恭谨的德行。

明末清初思想家唐甄在《潜书·诲子》中指出修身的重要性："君子之道，修身为上，文学次之，富贵为下。苟能修身，不愧于古之人，虽终身为布衣，其贵于宰相也远矣；苟能修身，不愧于古之人，虽老于青衿，其荣于状元也远矣。"唐甄将德行看得比金钱、权力都重要。

郑板桥老来得子，但对儿子并不宠爱。儿子入私塾时，郑板桥写信告诉家人，教育孩子读书不是为了做官，而是使其明理："读书中举、中进士、做官，此是小事，第一要明理，做个好人。"

曾国藩在家训中告诉儿子"做人之道"在于"敬"与"恕"。"敬"与"恕"是树立德行的基础，不可不谨慎。曾国藩列举了先贤孔子、孟子关于"敬"与"恕"的众多言论，如《论语·卫灵公》篇子张问如何能使自己通达，孔子回答："言忠信，行笃敬，虽蛮貊之邦，行矣。言不忠信，行不笃敬，虽州里，行乎哉？立则见其参于前也，在舆则见其倚于衡也，夫然后行。"《孟子》："爱人不亲，反其仁；治人不治，反其智；礼人不答，反其敬——行有不得者皆反求诸己。"接着，曾国藩又分析了儿子的情况，你思想通达，心境明白，在"恕"字上容易取得成功，在"敬"字上却需要下大功夫。你应当举止端庄，不轻易发言，这就是进入修德的基础境界了。

左宗棠对儿子们的要求也是德行大于功名。在读书治学上，左宗棠为子侄们设立的目标是"学做好人"，不要求他们一定要取得功名成就。读书最重要的在于明事理，做一个品学兼优的君子。左宗棠还告诫儿子们，不可沾染纨绔子弟的习气，不可读滋长怠惰风气之书，以免损失人的德行。左宗棠还以自己年轻时所犯的"名士气"为例来教育儿子，并说他中年读书增多，又加上老师、朋友的共同规诫，才慢慢抑制摒弃了从前的习气。现在每次想起自己以前倨傲的姿态和狂妄的言论，都觉得羞惭不已。

文化意义

修身立德自古以来就在教育中占据重要地位，具有重要的价值和作用。"德"是儒家倡导的重要品行，"温、良、恭、俭、让"为修身五德。因此，古代教育的核心是强调"做人"。现代教育中依然强调德育的重要价值，也就是"先成人，再成才"。古人强调立德是修身的基础，是为人的准则，是处世的规范，是社会和谐的保障。古人对子女的"成人"教育多体现在家训、家规上。现在强调德育是提高人的素质和修养、促进人际关系和谐、维护社会稳定、弘扬公平正义精神、凝聚民族团结力量、推动社会发展的强大动力。现在孩子基本在学校接受全面的教育，但家庭教育也不可忽视，家长是孩子的第一任老师，家长的言行对孩子具有潜移默化的影响，因此，"教子以立德"也需要家长为孩子树立好榜样。

家训

宋新明

父亲今年92岁了,在将近一个世纪的人生历程中,他始终践行着从爷爷那辈就立下的家训:"不贪小利,乐于助人。"

一

我家世代木匠,爷爷在世时,主要做独轮车。他做的独轮车,木料大、卯榫严,经久耐用,在我们那一带远近闻名。父亲继承了爷爷的手艺,但并不像爷爷那样专做一样木工活儿,凡是木匠能干的活他都会干。

那时的农村手艺人很吃香,无论到谁家干活儿,都要好酒、好饭伺候着,活儿干完了,再结算工钱。由于物资匮乏,木料奇缺,经济又不宽裕,无论结婚做家具,还是盖房装檩条、做门窗,户主淘换点儿木料都不容易。父亲不管到谁家做活儿,都实心实意地干,从不拖延时间,也不会像其他木匠那样,趁户主不注意,往自己的工具箱塞点儿小东西。由于父亲不喝酒、不吸烟,只是喝点茶水,用村里人的话说:"很好伺候。"所以,不管到谁家干活儿,都会受到欢迎。

20世纪70年代,村里发展副业,建起了麻袋加工厂,所有麻袋机都由父亲负责安装、维修。很多人,包括家里人都认为这是一个发财的好机会,都劝父亲:以前在个人家做活儿，不好意思贪便宜，现在给公家干活儿，总要贪点儿小利吧！父亲却严肃地说："无论是给个人干，还是给公家干，我们都不能贪小便宜。有这种毛病，不仅会坏了个人的名声，也败坏了我们的家风。"父亲又说："不贪小利，是从老一辈就立下的规矩，我们不但不能坏了这规矩，还要世世代代发扬下去。"

父亲上过私塾，有点儿文化，说话办事总是比没有文化的人要强一些。

二

20世纪60年代初，人们的生活陷入了困难之中，家家吃不饱。我们家也是一样，由于人口比较多，生活很艰难，但好歹还没有断粮。

有一天，父亲在从外地干活儿回家的路上，碰到一个20多岁的青年走在路上直摇晃。父亲以为他得了什么病，便连忙上前问他怎么了，他说是饿的。父亲一听，二话没说，就直接把他领回了家。

回到家后，奶奶却犯起愁来。原来家里虽然还没有断粮，但添上一口人吃饭，却没有这个能力，但人既然领回家了，就不能让人饿着肚子走。奶奶把缸里的米全部收拾出来，本想做一顿米饭，但因米太少，饭还是稀的。没办法，奶奶只好把汤先舀了出来，自家人喝，把剩下的干米饭全部舀给了那位饥饿的青年。青年也顾不上客气，低下头，一会儿工夫，就把米饭全部吃光了。吃完饭，青年一个劲地表示感谢，并动情地说："要不是碰上大叔这样的好人，我恐怕就饿死了。"

父亲问了问青年的家庭情况，知道他家里挺困难，便挽留青年再住几天。青年在我家住了两天，看到我家粮食也不够吃的，不好意思再待下去。第三天吃完早饭后，便起身告辞了。临走时，青年写下自己的家庭住址,并一再承诺:"大叔,非常感谢您的救命之恩,过了这个困难时候,我一定会回来报答您的。"

但此人走后,便没有了音信。家里人常常说父亲救了一个白眼狼,一点儿恩情也没有。父亲却说:"话不能这么说,当初救人家的时候,本就没有想着让人家报恩。"

三

20世纪六七十年代,邻村一个姓高的村干部,不仅被造反派赶下了台,还遭到了揪斗。白天老高被拉到工地上干活儿,到了晚上,造反派就把他拉到会场上进行批斗。有些在老高当干部时没有捞到好处的、受到处分的人,便趁机进行报复。

有一次,父亲要到大姑家去,路过该村时碰到老高的老婆,听说了这事,便到老高家看望他。父亲和老高一起在坊子煤矿工作过,有一些交情。父亲到了老高家不一会儿,老高便瘸着腿回家了。看到老高回来,老高的老婆就哭了。

到了吃晚饭的时候,老高两口子非留父亲吃饭不可。父亲只好留下,但晚饭端上来后,只是一小笸箩地瓜干皮。

父亲问道:"你们就吃这样的饭?"

老高老婆叹口气说:"就这样的地瓜干皮也就只吃两天!"

父亲回家后,和奶奶商量了一下,连夜给老高送去了一担地瓜干,还有两升高粱。老高两口子感激得热泪盈眶,老高动情地说:"这个时候连亲戚都没有敢上门的,你却给我们送来吃的。"

到了秋收后,老高到我家还粮食。父亲说:"你家人口多,饥荒也多,这点儿粮食我就不要了,你吃了就行。"因家里确实困难,老高也就不再客气,就担着粮食回家了。

但这种恩情,老高终生没忘。后来他全家迁到了东北,每隔几年,都会回来看望父亲,直到去世。

四

　　我参加工作后，每次回家，父亲都不厌其烦地告诉我："在单位一定要听领导的话，不要贪小利，要乐于助人。古人说，帮助一个人，就多一条路；得罪一个人，就添一堵墙。"

　　记得有一年，村民委员会进行换届选举，村里为了吸引村民参加会议，在正式选举那天，凡是参加会议的，每人发一个马扎。我也去参加了会议，并且多要了一个马扎。

　　回家后，父亲看到我拿了两个马扎，就问我："村里不是说每人一个马扎吗？你怎么拿了两个？"

　　我说："我多要了一个。"

　　父亲一听就来了气，二话没说，就朝我发火了："全村就你特殊，每人一个，你偏要两个！你忘了我平时是怎样嘱咐你的？不贪小利！不贪小利！贪小利这个毛病一旦养成，你时时事事都想占便宜。养成这种习惯，以后要吃大亏的！"

　　最后，父亲非得逼我把多要的那一个马扎送回去。

　　我怕惹他生气，便只好拿着马扎从家里出来，心里想：现在已经散会了，村办公室恐怕也没有人了，马扎已无法再交还村里，但拿回家去又不行，怎么办？正发愁间，村会计从家里出来，我赶紧叫住他，把马扎给了他，这才回家交了差。

　　父亲就是这样一个人，他用自己的一生践行着"不贪小利，乐于助人"的家训，并且严格要求他的每一个子女也牢记并遵循这个家训。

清 罗聘 《观瀑图》

父子家书

邱保华

儿子：

你已经在攻读硕博了，我还是要给你写这样一封信。记得在你进高中、上大学时，我都给你写过这样的信。我是很认真给你写信的，你可以不予重视，但我不能不写，并不是我喜欢这样教训你，而是作为父亲想给你倾诉点人生经验。其实要说的话，我平常也跟你说过，只不过许多时候是以你不太愿意接受的方式。所以，我还是想郑重其事地付诸文字于你。希望你能把这些文字读下去。

硕博连读，我个人认为是介于念书和工作二者之间的一个阶段。可以说你现在是在攻学位，也可以说是在打工，跟导师打工。其实这个阶段非常重要，但也很难把握，它可以让你成为学术上的巨匠，也可以让你成为平凡一生的众人。我当然是希望你利用这个阶段，把自己提升为具有高素质、高学问的人。我们常谈到你读小学时候的理想，你说："我长大了要当科学家！"现在，可以看到你在为你的理想努力，我在祝贺你的同时，给你提几点建议：

第一，我希望你快乐地学习。把学习当乐趣，效果会更好，所以在学业上，你不要太有压力。孔子说过，知之者不如好之者，好之者不如乐之者。快乐和兴趣是一个人成功的关键。如果你对某个领域充满激情，你就会在该领域发挥自己所有的潜力，甚至为它而废寝忘食。这时候，你已经不是为了成功而学习，而是为了"享受"而学习了。但有一点，不要放过必修课中的任何一个疑点。很多难题的答案都不是唯一的、简单的，你要学会从多个角度用多种方式来解题。这一点也要用到你的人生观上，看待任何一个问题，都不应该非黑即白，你要包容那些与你观点不同的人，用"批判性思维"去看待问题。

　　我还要说的是，这可能是你一生中最自由的阶段，但你要知道，这也是最考验你成人的阶段。在这段时间里，你将设计人生宏图并开始打基础。掌控生命是很棒的感觉，人生短暂，想要梦想成真，你就得始终不渝地朝你选定的方向努力。这里，我把张启发院士给他的博士生的一段话写给你："走到了做科学这条路上，博士生阶段有无成就与将来有无建树关系十分密切。据我观察，在我们这一代人中，凡是后来有所成就者，大多在博士学习阶段就奠定了很好的基础。我理解的基础含三个方面的内容：一是广博的知识和不断求知的欲望；二是作为今后发展基础的工作成就；三是不断进取的奋斗精神和以工作作为第一需要的人生观。试想：要建功立业，博士生阶段不搏，更待何时？"

　　第二，我希望你严谨地生活。记得在你刚上大学的时候，我给你强调的第一点就是必须由他律变为自律，其中还谈到不要迷恋于网络游戏。现在看来，在武汉大学的4年中，你在自律方面做得还不错，但从今年这个暑假开始，你的自律精神松弛了，求知欲有所下滑，生活中也失于严谨，有时甚至疏于洗漱。所以我要对你说，干什么事情都要养成有条不紊和井然有序的习惯，而且不要轻易打破这种习惯。我曾给你看过一位成功人士的文章，文章回忆他小时候父亲告诫他：哪怕饥肠辘辘，也不要丧失人格，即使趴下了，也要爬着去，该洗漱时洗漱，该吃饭时吃饭。我为什么对这段话记忆犹新？是因为我觉得，一个人如果没有严谨的生活态度，那也就缺乏干事业的基本品质。这一点是现在许多年轻人都应当注意的，你也要警醒。

　　第三，我希望你把自己融入朋友之中。交际是立足社会的基本功，人际关系就是生产力。多一个朋友多一条路，遇到知心朋友要珍惜，校园里的朋友往往是生命中最好的朋友，你们来自五湖四海，将来各领风骚于一方，你们好好在一块儿生活、学习和交流，不要太在乎别人的成绩、爱好、外表，甚至性格，要以最大的善意和宽容对待别人，千万不要把自己孤独化和边缘化。

　　第四，我希望你保护好自己的身体。身体不好，再好的理想也会落空。我说过，我们这个家族没有很优良的身体遗传史，所以我们就要比别人更多一些保护自己身体的意识。生活要规律，作息要严格，该加衣时及时添加，该注意的饮食一定不放纵自己的口欲，搞实验时注意防辐射，用电脑时注意保护眼睛。过好闲暇时光是保重身体的一个重要方面，不要终日劳顿和紧张，要追随自己的激情和兴趣，每天留一份松弛时段。要刻意地保留一个锻炼身体的项目，并坚持下去。还有一点，个人问题也要适当考虑，遇上优秀的女孩子，还是要有意识地保持联系，相信你有能力选择好自己的另一半。

　　最后，祝儿子在上海的时光幸福快乐！

写给雷雷的信

● 赵锋

雷雷：

时至仲秋，又到你的生日了。自你出生以来，每年这个日子都是我们最看重的，不仅仅是因为中秋佳节，对我们来说，更重要的意义是你的生日。时光如梭，一晃12年过去了，今年你已经12岁了，也正式成为一名中学生。这不仅意味着你真的长大了，还意味着你的学业开始加重，人生奋斗历程拉开序幕，但愿一切都如你所愿。

记得你小的时候，我盼望你早日长大。如今你开始快速长高长大，又开始想念你躺在床上酣睡的模样。听说现在的人都很重视给小孩过12岁生日，我不信这套，但我认为12岁是有特殊意义的，比如在过去的年代里，一个男孩儿可以下田学着犁地了；可以跟着大人们去深山里伐树了。这说明父母已经开始把你当作大人看待了，在社会上也会被当作男人对待了。现在年代不同了，但是你作为男孩儿，已经到了明辨是非、立志明理的时候了。今年过生日，给你两件礼物：一是一套《鲁迅全集》；二就是这封信。以往过生日并没有想到给你写信，今年写是因为我觉得你已长大，应当把你当大男孩儿看待。

"我爱你，真想变作一颗吉星，高悬在你头顶，帮你化掉风雨，让和风丽日一直伴你前行。"这是我和你妈妈共同的心愿。但在现实中，人生不可能一直都风和日丽；人生一定会遇到挫折和困难，遇到风浪和荆棘，遇到不公和无奈……这就需要我们摆正心态，坦然面对。从小到大，我们一直陪伴你长大，自小你就比其他孩子更懂事一些，这也是很令我们欣慰的。今年9月起你开始了中学生涯，这是一个全新的起点，我们也希望你以一种全新的状态开始。

孩子，我想要告诉你的是，人生就像一场远行，正因为是远行，你必须学会面对你可能面临的一切，并且早日具备解决这些挫折的能力。记住，机会是留给有准备的人的，解决挫折也是。

那么怎样才能成为这样的人呢？首先，要有良好的习惯和心态，无论是生活还是学习，好的习惯才能成就精彩的人生。拿破仑曾经说过："能控制好自己情绪的人，比能拿下一座城池的将军更伟大。"可见情绪对于一个人的影响有多大。其次，要用乐观、阳光的态度面对生活和学习。一个乐观而阳光的人不仅能使自己的生活和学习鲜活起来，而且还能给身边的人带来正能量。还有就是守护和珍惜，守护好自己的一切，身体的、心灵的、尊严的。要爱惜自己的身体，劳逸结合，要远离那些不健康的、不安全的人和环境。与此同时，还要守护好亲情、友情，甚至将来要面对的爱情。

你是背过《论语》的，书里有一段是这样说的："子张问仁于孔子。孔子曰：'能行五者于天下，为仁矣。''请问之。'曰：'恭、宽、信、敏、惠。恭则不悔，宽则得众，信则人任焉，敏则有功，惠则足以使人。'"这段话出自《论语·阳货》，说的是能够处处实行的五种品德。于你来说就是处世的基本。做一个心中有爱、眼里有光的男孩儿。一个人只要趋于美好，趋于博爱，趋于平和干净，一定会自带光芒。对于他人，要心怀善良，但也要有一双明辨是非的眼睛和一颗善恶分明的心。所谓"朋友来了有好酒，豺狼来了有猎枪"。男孩儿要有一颗勇敢的心，但这所有的一切都是以自我安全为前提的。如果保护不了自己，其他的都将是空谈。

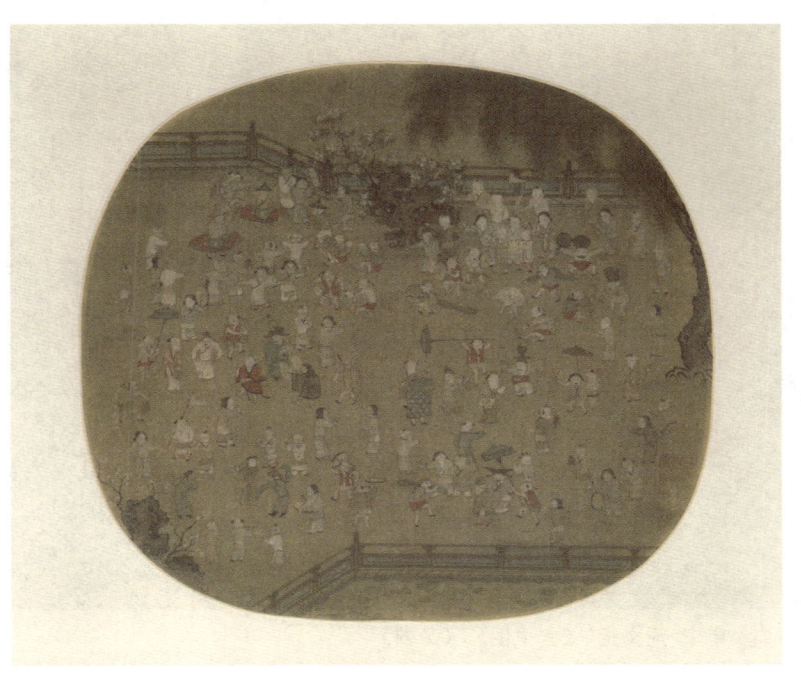

❀ 南宋 苏汉臣 《百子图》

  关于读书，我跟你说过：读书就是回家。不管别人怎么评价，这一点我是坚持的，因为我就是一个受益者。老实说，我的天资并不聪慧，也没有八面玲珑的本事，一路跌跌撞撞，遇到过不少挫折，甚至冷眼。但有一样我是一直坚持下来的，那就是读书。而且在自己的努力下，出版了几本著作，这在他人看来可能微不足道，但对我来说，这是我儿时的梦想，因此而变得意义非凡。我想对你说，坚守自己的梦想，执着地做下去，最终都会有所收获。尽管我并没有取得大的成就，但确实从读书和写作中获得了幸福和安宁，所以我希望你也做这样的人。希望你也能多读书，读好书，它不仅仅直接作用于你当前的学习，更大的作用是你的整个人生。你已经读过不少书了，但仍然要保持良好的阅读习惯，并充分吸

南宋 周文矩 《宫中图》（局部）

收书中的知识，要学以致用，而不是泛泛而读。相信我，读书一定会成为你人生路上最好的伙伴和老师。

青春是尖锐的、懵懂的，说不清道不明，但它好比是山间的迷雾，身处其中，一定有看得清的地方，也有暂时看不清的地方。不要紧，只要保持端正的态度、良好的习惯、正确的方向，心怀善良和敬畏就好。成长路上的迷雾总会散去，你总会找到属于自己的那一条。或许现在，你已经感觉到迷茫和不解，可能会持续很长时间，需要自己慢慢去解答，有些可以借助我们的经验，但我们的经验也仅供你参考。作为男孩儿，首先要成为一个有责任心、有志向、有原则、有担当的人，这是做人之首要；其次是良好的性格和个人能力的培养、正确价值观的确立；最后才是自我价值的实现，并成就梦想。

刚刚开始中学生活，课程、作息跟小学大不相同，需要一段时间适应。要把自己的时间安排好，把自己的情绪管控好，遇事不要慌。学习是一个持久的过程，需要耐心和坚持，但愿你有这份恒心和信心。要想走在前面，就要付出比别人更多的努力，没有一蹴而就的成功；更没有唾手可得的幸福。要在学习和生活中学会独立但不孤僻；自强但不霸道；有自己的个性但不贬低他人优点；有自己的理想但要脚踏实地，做一个快乐、有爱、阳光、勇敢的男孩！

  我想告诉你，我们是爱你的，不管任何时候、任何地点、任何情形之下。那天，我们手拉手一起在街上散步，你说："别人看到我这么大了，还跟老爸手拉手散步，会成为新闻。"当时，我回答："只要你愿意，不管多大都可以手拉手散步，老了都没问题。"其实我想说的是，只要有好的心态、好的状态，你就能活出好的模样、好的未来。未来路还长，一定还有说不完的话，"吵"不完的架，我希望我们一路欢声笑语、春风拂面……

父亲
辛丑年农历八月二十日

宽严有度

kuān yán yǒu dù

概说

宽严有度用在教育上是指宽松与严厉并用，把握好两者之间的度。宽，指不严厉，不苛求，与严相对。过分的宠爱和严厉都不是教育的最好方法，真正的教子有方应当张弛有道，宽严有度。

历史

中国古代教育源远流长，最早的教育形式是原始社会对生产、生活经验的口口相传。从目前的文献记载来看，我国最早的家庭教育始于西周。《史记·鲁周公世家》曾记周公的儿子伯禽在去封地鲁国之前，周公对其谆谆告诫之语。

先秦文献中也有不少关于教子的记载。《诗经·大雅·抑》："匪面命之，言提其耳。"也就是耳提面命，长辈对晚辈当面教导，而且很严厉，提着耳朵叮嘱。《尚书》："人而不学，其犹正墙面儿立。"强调教育、学习的重要性，不学习就像面对墙壁站着，什么也看不见。《礼记》："古之建国，教学为先。"强调教育对国家的重要性。《孝经》："严父莫大于配天。"是古代关于严教的观点。《大学》："为人父，止于慈。"《墨子》："父子相爱则慈孝，兄弟相爱则和调。"古人认为在教育中不能一味严厉，也需要适当的引导与慈爱，让子女感受到长辈的宽容。

《三字经》中的"子不学，断机杼"讲的就是孟母教子的故事。孟母对孟子的教育十分重视，为了孟子能有一个好的学习环境，三次搬家，但孟子依然不好好学习。有一次，孟子逃学回家，孟母正在织布，看见孟子逃学，没有说话，就把织布机上的布剪断了。孟子见布要毁了，赶紧跪下问母亲："为什么要这样？"孟母语重心长地告诉他："你学习就像我织布一样，织布从一根一根的线开始，再一寸一寸地织成布，即使快要完成了，最后断掉，之前的努力也就白费了。学习也必须持之以恒，如果半途而废，就无法成才。"听了母亲的话，孟子终于醒悟，从此发愤学习。

儒家教育既讲究"宽"，也

讲究"严",二者相辅相成。宽之无度的纵容溺爱只会毁了孩子。《韩非子》:"夫严家无悍虏,而慈母有败子。""慈母之于弱子也,爱不可为前。然而弱子有僻行,使之随师;有恶病,使之事医。不随师则陷于刑,不事医则疑于死。慈母虽爱,无益于振刑救死。"慈母爱子而不教,与不爱没有区别,这样的爱只会让孩子善恶不辨,长大后有可能会"陷于刑",也就是受到法律的制裁。宋朝柳永《劝学文》的教育观与这种观点有异曲同工之妙。柳永在文中告诫天下父母:"父母养其子而不教,是不爱其子也。虽教而不严,是亦不爱其子也。父母教而不学,是子不爱其身也。虽学而不勤,是亦不爱其身也。是故养子必教,教则必严;严则必勤,勤则必成。"严厉也要把握好尺度,过度惩罚也起不到想要的效果和作用。崔学古在《幼训》中说教笞之法不可久用,"此在一两月,或半年一用",才能起到警戒作用,否则就会"习以为常,必致耻心丧尽,顽钝不悛"。

颜之推在《颜氏家训》中提倡宽严适度,"父子之严,不可以狎;骨肉之爱,不可以简。简则慈孝不接,狎则怠慢生焉",即父亲在孩子面前要有威严,不能过分亲密,骨肉之间要有爱,不能简慢。简慢则缺乏敬重,过分亲昵则会怠慢。"父母威严而有慈,则子女畏慎而生孝矣",父母对待孩子既要有威严,又要关爱他们,才会使子女敬畏父母,做事谨慎,进而心生孝敬。

南朝梁大司马王僧辩的母亲是一位严母。王僧辩已是统领三千士卒的将领时,还会被母亲"捶挞之",即使只是犯了一点小错。宋朝人陈齐之就认为"捶挞之法"是不得已而为之,只能作为教子的辅助手段。教育孩子要讲道理,告诉他们"如是是天下好事,如是是天下不好事;如是者可行,如是者不可行;如是者可耻,如是者不足耻"。魏晋著名学者皇甫谧少时不学无术,整日游荡,他的叔母任氏就苦口婆心地劝导他:"昔孟母三徙以成仁,曾父烹豕以存教,岂我居不卜邻,教有所阙，何尔鲁钝之甚也！修身笃学，自汝得之，于我何有！"任氏以孟母三迁、曾父杀猪的故事来反问皇甫谧，到底是我没有选择好的邻居还是我的教育有问题，为何你如此鲁莽愚钝呢！学习是你自己有所得，我能得到什么呢？皇甫谧被感动，发奋苦读，成为著名的学者。

宋朝司马光在教子上提倡宽严并重，《涑水家仪》："慈而不训，失尊之义；训而不慈，害亲之理。慈训曲全，尊亲斯备。"就是说在教育中只讲宽容、慈爱，不严厉，便会失去尊长之义；只严厉不慈爱，则会有损骨肉之间的亲情。只有宽严结合，才是合理的教育。

寇凖幼时虽聪明，但不学好，"颇爱飞鹰走狗"。母亲多次劝说无果，一怒之下拿起身边的秤砣就朝寇凖扔了过去，正好砸在了他脚上，鲜血直流。母亲是又怒又心疼，大哭，寇凖也终于醒悟，从此以后"折节从学"，最终考中进士。寇凖考中进士时，他的母亲已身患重病，她在临终前将一幅画交给老仆，并告诉老仆，以后寇凖有什么过错就把这幅画交给他。后来寇凖当了宰相，为了给自己庆祝生日，准备宴请群臣。老仆这时拿出了画交给寇凖。寇凖打开一看，是一幅《寒窗课子图》，并且还配了一首诗："孤灯课读苦含辛，望尔修身为万民。勤俭家风慈母训，他年富贵莫忘贫。"看着母亲的遗训，寇凖想起母亲之前对自己的严厉管教，不觉泪如雨下。从此以后，专心政事，成为一代贤相。

明朝理学家吕坤在教子上倡导"仁以主之、义以辅之"，但也从不可过于宽纵的观念出发，主张"善教子者，一严之外无他术，善用严者，一慎之外无他道"，强调教子以严的重要性。

明末清初理学家张履祥在教子上也认可"子弟童稚之年，父母师傅严者，异日多贤；宽者，多至不肖"，甚至认为惩罚才能"柔服其气血，收束其身心，诸凡举动知所顾忌，而不敢肆"。

曾国藩在家训中也提倡教子以严，"治家贵严，严父常多教子，不严则子弟之习气日就佚惰，而流弊不可胜言矣"。

褚维垲认为教育子弟要能严厉而不至于苛虐。严厉才能使子弟生起敬畏之心，使他们不敢为非作歹，但又不能达到苛刻虐待的程度。宽严适度，才能使子弟生起羞耻之心，诱导其向善。市井之父母对待自己的孩子常常是非打即骂，要么就是各种詈骂诅咒的言语，要么就是各种鞭扑体罚，结果不但没有收到教育的效果，不肖之子反而层出不穷。这是由于父母太过严苛而没有以善心感化，对孩子的打骂侮辱太过，反而使他们失去了廉耻之心。褚维垲认为教育子弟不要轻易与他嬉笑，不轻易展示喜爱的脸色，使子弟见到自己有一种敬畏之心。对于子弟可以教导的地方，要反复加以启发诱导，奖励其行善；对待不可教育之处，则施加体罚，但体罚的频率不可过高，一年一次就足够了，不要轻易泄露自己的威严。

唐宋之后教子多严，对"棍棒"之策"宠爱有加"。不过也有不少人反对过度体罚，主张惩罚要有尺度。清朝李惺在《冰言》中提出教子有"七不责"，即"卑幼有过，慎其所以责让之者：对众不责，愧悔不责，暮夜不责，正饮食不责，正欢庆不责，正悲忧不责，疾病不责"。就是说孩子有过失，对其进行责罚应该慎重：在众人面前不要责罚，孩子惭愧、后悔时不责罚，夜晚不责罚，正在吃饭不责罚，正在欢庆不责罚，正在悲伤时不责罚，生病时不责罚。

文化意义

家庭教育在古代教育中占有重要地位,教育的方式方法千差万别,"严父慈母"或"严母慈父"恰好说明宽严适度、严慈相济是传统教育中有效的教子方法。传统教育中的严教具有一定的惩戒性,但不以打骂为主,所谓的"棍棒"教育主要是封建家长制对宗法权威的维护,真正的严教是要求严格,石成金《传家宝》:"严之一字,不是只在朝打暮骂,须要事事指引他,但不许他放肆非为。"同时,古人也强调"爱的教育",爱的感化熏陶胜过责骂惩罚。朱熹在《朱子家训》中说:"父之所贵者,慈也。"对孩子来说,爱是对他们的尊重,但又不能溺爱,古语有云:"慈母多败儿。"因此,就需要把握好宽严之间的度。

这种教子观在现代教育中依然具有重要的价值和意义。所谓的"虎爸""虎妈"虽然目的是"望子成龙"或"望女成凤",但不顾孩子的实际情况,强迫孩子,揠苗助长,实不可取。而过分宠爱,教子失之于宽,失之于松,使得孩子养成以我为中心,任性,不懂感恩,成为衣来伸手、饭来张口的"小皇帝""小公主",也是不可取的。

宽和严之间的度没有明确的界限,因此如何把握,就需要家长、学校不断学习和探索。俄国教育家马卡连柯曾感慨:"严厉和慈爱——这是一个最难解决的问题。"

每一个孩子都是独一无二的,尊重孩子,让孩子在爱的环境中成长。同时,对于一些原则性的问题,家长要有"底线",建立规则。有"条件"的爱才是真的爱,有规矩才能成方圆。

清 王翚 涂洛 杨晋 《麓村高逸图》

很想再挨爸的骂

叶良骏

一直知道六月有个父亲节,但我老是记不住,总被爸"骂"。今年记住了,可爸不在了。

去年春天,妈走后不久,爸开始交代后事。不久他全身浮肿,面色发黄,去医院查,说癌指标高了几倍。他患前列腺癌已多年,医生说,这病对老人没多大影响,发展很慢,吃药能控制。我们一直瞒着他。这回,医生说,年纪这么大,没法儿治了。爸一天天吃不下饭了,他常常看着妈的照片说:"你那边人多,热闹,我太冷清了!"我们非常担心,但只能每天轮流去看他,别无办法。

他一次次对我说,还要出本书,但又迟迟不把稿子给我,直到六月中旬,我再三催促,他才把一堆"乱七八糟"的手稿交给我。那些纸已泛黄发脆,字迹模糊,有的字用放大镜都看不清。我几次整理,觉得无从入手,想先放放,等爸好点儿再说。

去年6月28日晚饭后,爸忽然失去意识,等全家赶到,他已在抢救室。医生说,油灯燃尽了。如要救,切开气管……想起爸再三关照,不折腾、不抢救,我拒绝了。爸一动不动地躺着,吸着氧气,手脚温热,眼睛紧闭。我叫他,他的手用力握了一下,眼泪流了下来。

6月29日,医院连发病危通知,我心惊胆战,一张张签字,但心存希望,祈祷爸能闯过这一关。深夜，我通知全家赶到医院，我们围着病床，看着监视器上线条缓缓地往下掉，往下掉，终于变成了一条直线。30日凌晨0时12分，爸去了，我握住他温热的手，想说几句话送他，却一个字也说不出。

爸曾不止一次说，你妈如果走了，我也活不下去了。我一向觉得，爸是闯过大江大海的人，与妈分离也不是一次两次，不至于吧？可爸真的活不下去了，儿女再好，代替不了老伴。他坚决地、毫无留恋地追随妈而去了。

妈走了以后，我常哭，梦里哭醒好多回。我以为爸没有妈亲，他走了，我一定可以平静地接受。可是，整理爸的遗物，看着他的照片，摸着他的衣物，读着他的诗，还有我不了解的那些来信里叙述的故事，他的捐赠……我一次次哭，哭得难以抑制。

爸活着，写了诗给他看，只要有一字不入他眼，就会骂："狗屁不通，去改！"文章发在报上，他也会挑出错了的标点符号骂："你是小学生？"出了书，有错字，他又骂："你还算是个作家？"那时觉得好委屈，如今，谁会对我这么挑刺呢！

整理他的遗稿，里面有好多人名，每次想问，这是谁，但没人好问了！重阳、元旦、春节，买了糕点水果，无处送了。中秋夜，望着圆月，想起爸教我的第一句诗"举头望明月，低头思故乡"；泪如泉涌。

花开花落，已一年，爸妈的墓在太仓，新墓是要祭的，可今年去不了。他们的英灵不知飘在何处。人活着，总以为一切都是该得的；总以为，父母子女都会年年相守；总以为，想爸妈了，一迈腿就去好了；有难处，喊一声他们就会为我化解了……

只有当所有都烟消云散，才惊觉长长的人生，随时会有尽头。很想再挨爸骂，哪怕被骂得无地自容！不能了，曾是那么易得的东西，现在却成了奢望。

仰望苍天，无语凝噎。

错失一位好老师

叶良骏

别人都说爸是好老师。他在西宁马坊中学当班主任，把不爱学习、成绩惨不忍睹的学生都送进了大学。学生几十年记着他，他去世还来沪送别。爸在宁波大学开选修课《红楼梦》，理科、外语，甚至外校学生都来抢座，窗台、走廊、门口都挤满了人。家有这样一位好老师，应是大幸，可我对爸一直心存芥蒂。

5岁我来上海读小学，一看屋小、弄堂窄、马路吵，心里一百个不愿意，更难熬的是爸要我学诗。我不识字，爸读一句，我跟一句，读了几遍，就要我背，我不理解，怎背得出？他骂："侬咋介笨！"我哭着要回乡找阿娘。说到阿娘，爸眼圈红了。他说："你看，今夜月亮又大又圆。上海有月亮，乡下也有月亮，你在想阿娘，阿娘也在想你，这就是'举头望明月，低头思故乡'。"我忽然明白了诗的意思，马上背出来了。这是爸教会我的第一句诗，他边讲边擦泪。我不明白爸为什么哭，但我牢牢记住了诗意，诗把故乡和我连在了一起。那时，爸要上班，又兼职当记者，还常去看戏、票戏，十分忙，但只要有空，他就教我背诗，不过再没有了像教第一首诗那样的耐心。诗中的字我大多不认识，更不明白意思，常常是爸读了一遍又一遍，我还是背不出，他总是骂我，有时还要打我手心。我怕挨打，便非常专心地学，学着，背着，脑子里会出现一些场景，说给爸听，他却总是板着脸说，胡说八道，诗哪里是说这些，好好动脑子想！妈常和他吵，你不好好教，只知道打骂！爸说，你懂啥！诗是没法教的，只有熟读诗词，才会懂诗，作诗便水到渠成。他常常吼，脑子要转起来！要用功！哪一次背慢了、错了，还是要挨打。学诗，成了很可怕的事。

　　上小学了，爸又教我写毛笔字。他说人有两张脸，一张是天生的，另一张脸就是人的字。见爸买来毛笔、大楷本、字帖，我兴高采烈，谁知一上手，又是苦！每晚临帖，爸都站在我身后。握笔不对，手肘没放平，字写得不好，都会被他打。因为怕挨打，我越发紧张，字歪了，墨不匀，甚至把纸扯破，墨汁滴在桌上……爸还会突然拔我的笔，如被他拔走，不仅要吃"毛栗子"，还要提笔罚站，直到他再拔不走笔为止。学写字时，不知被爸打了多少次。结果一提笔我就紧张，甚至频频上厕所，爸拗不过天天和他吵的妈，只好任我的字"野蛮生长"。

　　后来，识字多了，我自己能看懂诗了，学诗便不再那么难。到小学毕业，我背了至少上千首诗，但因为爸总说我笨，骂我不用功，我对古诗产生了抗拒。我上寄宿制中学后，爸再没法儿逼我学诗写字，我欢欣鼓舞，从此只读、写新诗，也再不写毛笔字。爸回上海后的十几年里，他品评我的散文和诗，总是遗憾，说我有童子功，却没成为他那样的诗人。见我龙飞凤舞的字，也常摇头叹息。只有我偶尔写了格律诗给他看，他嘴上说你总是不肯用功，脸上才笑成一朵花。昨夜月细似眉，诗涌如潮，吟成一首七律，结尾押不好韵，随手拿起电话请教爸，"您拨打的电话是空号！"我呆若木鸡。原来世上最远的距离，并非生与死，而是爸天天在眼前，我却看不见他的苦心。弯月晶薄，清露晨流，我，错失了一位好老师！

碎影

沈出云

一

童年已经离我而去，但童年的一些记忆却清晰如昨。

那时，我和哥哥经常去屋后的小河边洗碗，洗碗是我们小孩主要的劳动之一。有一次，一只漂浮在水面上的碗被我用手指用力一摁，就一直沉到水底的石头上，碗碎了，却碎成有规则的两半。哥哥将碗从水中摸起来，又把两片合拢，再轻轻地放到水面上。手移开时，奇迹出现了：碎了的碗又重圆了！这是个美丽的诱惑，一只碗浮在水面，看起来很完整。我们走开时，把这事就忘了。太公去河边洗脸或拎水时，老远就发现了水面上浮着一只碗。那时，碗很贵。太公就赤脚下水，想方设法把漂浮在河中央的碗捞上来。等他把碗拿起来，碗却碎了。巧的是，一连三天都是如此。太公发火了："这两个小把戏，把两片破碗并拢起来骗我。再这样搞下去，碗要碎完了。"我和哥哥笑着逃开了。

同村的小孩们有段时间流行玩"来四角"。四角是用两张纸折成的，有大有小。游戏时，大家把各自的四角埋（放）在地上，由猜拳决出谁第一个拍，谁第二个拍，谁第三个……拍时，把谁的四角翻个个儿，谁的四角就归拍者。我们劲头都很大，几乎天天玩，把写过字的废纸几乎都折成了四角。一次，我和哥哥赢了许多四角，足足有一篮多吧。这么多的四角，怎么藏呢？哥哥说："把它们都埋到泥里去，谁也找不到，明年再挖出来玩，不是很好吗？"我同意了。两人就这样兴高采烈地做了一件蠢事。等到第二年，我和哥哥想起藏在门前桑树地里的四角，再去挖时，哪有四角的踪影，它们早已腐烂完了。

端午节前后，几乎家家户户吃灰鸭蛋（咸鸭蛋）。一天，我和哥哥吃完了一个灰鸭蛋后，发现蛋壳除了大的头敲了一个小洞外，几乎完好无损。突然之间，我们有了个骗人的想法。我把蛋壳有洞的一头朝下，端端正正地摆在门前桑树地的柴草旁。远远望去，俨然一个新鲜鸭蛋的模样。太公发现了，忙不迭地去捡，拿起来一看，是空壳。我和哥哥大笑，于是太公发觉上了我俩的当，笑骂着把蛋壳踩得粉碎。虽然上过一次当，但太公并不吸取教训。有趣的是，他一而再，再而三地上我俩的当。我和哥哥乐此不疲，为自己恶作剧的成功而开心。

童年是开心的，无忧无虑的。可回忆起来，也只是一些零碎的片段。虽然是碎着的片段，但终究有一点儿快乐，比起成年后的生活，多了那么一点儿温馨。

二

太公去世已两年多了，可我对他的记忆却依然深刻。

太公是 1900 年（光绪二十六年）出生的，直到 1995 年寿终正寝，享年 96 岁。

太公没有留下什么，他一生一贫如洗。当然，也没负什么债。

今天，我望着他唯一的一张照片，不禁感慨万千。我曾替他拍过照，准备留作纪念。可惜那是我第一次拍照，根本没装好胶卷，等洗出来一看，一张也没有，整卷的空白。我傻呆了，一句话也说不出，对他只得说谎，说是让照相馆曝光了，准备有机会时，再给他拍一张。没想到我竟永远地失去了给他老人家再拍一张照的机会,他于次年夏天撒手西去,此事成了我终生的憾事。

这是一张放大到十寸的黑白照片。太公慈祥地笑着,露出了仅剩的两三颗残齿。他的目光是那样祥和,又是那样深邃,犹如深不见底的一潭清水。他的脸是那样瘦,用瘦骨嶙峋来形容也一点儿都不夸张。脸上的皱纹是那样多,那样深,犹如布着的一张渔网,又似水乡里纵横的渠道。这是岁月之刀深深地刻在脸上的印记。

太公经历过清王朝的覆灭,经历过军阀割据的混乱,经历过十四年抗战的硝烟,经历过解放战争的风雨。龙旗,太阳旗,五星红旗,次第从眼前飘扬过。他的一生,历尽了 20 世纪的风风雨雨。他的这张已经开始有点褪色的照片,不正是时代的风雨图吗?

三

又是一年一度的中秋佳节。

与往年不同的是,今年中秋节的后半夜将发生月全食天象。据天文台计算,月全食将于后半夜 1 时 8 分开始,一直持续到凌晨 4 点多。我看到过日全食,但从来没有看到过月全食,更没看到过中秋之夜的月全食。

夜幕降临,圆圆的中秋月较往日格外明亮,把大地照得一片银白。原来隆隆的绸机声消失了,四周异常寂静。与未婚妻站在阳台上,临着风,望着浩瀚无垠的太空,不觉有"前不见古人,后不见来者"之慨。"月到中秋分外明""每逢佳节倍思亲",月亮给人们以几多思念,几多辛酸,几多回首!远在石头城求学的哥哥,你此时此刻,是否也在望月,遥念家乡的父母兄弟呢?

我不习惯熬夜,喜欢早睡。于是决定先睡,之后再观月全食。

醒来已是半夜 1 点 50 分,原来亮晃晃的窗外变得灰蒙蒙的,伸手只可模糊地看清手的轮廓。我知道月全食已经发生了。来不及细想，衣服也没披就冲出屋门，来到阳台上。只见满天星斗，闪闪烁烁，一钩窄窄的弯月，悬挂于西南的天空。

一阵寒风袭来，砭人肌肤。我顾不得寒冷，仰头细观。月只剩下了一点点弯眉，光线暗淡得若有若无。望四周，田野里的一切模模糊糊，朦朦胧胧，仿佛笼罩着一层薄薄的纱衣，有一种轻轻的不真实感。我仿佛来到了一个世外桃源，那里的一切都闪着奇异诡谲的色彩。

渐渐地，弯眉消失了，大约凌晨 2 点 45 分的时候，月亮被完全吞没了。在屋里，伸手不见五指。很快地，月亮又露出了一丝亮光，仿佛婴儿努力挣扎后发出的第一声啼哭。令人激动、欣喜、兴奋……

读月，犹如读一本书，读一枚古钱币，读一幅水墨画。我于一夜之间，看遍了月的阴晴圆缺。

中秋月，年年在赏。而今年的中秋月，给我以更多的思索，更多的启迪。

四

那年，哥哥以三分之差，没有考上中专，父母让儿子"跳农门"的愿望破灭了。而一些原本比我哥哥成绩差得多的同学，都过了中专分数线，全家脸上都洋溢着甜酒酿般的微笑，风风火火地摆酒宴庆贺，风风光光地迁户口和粮油关系，从此成为村人羡慕的"居民"。哥哥所受的心理打击，无疑是巨大的。哥哥什么也不说，只是睁着红肿的双眼，整日郁郁寡欢。

我知道，在无人注意的黑夜，在寂静的晚上，哥哥偷偷地独自哭泣着。要强的哥哥，不让别人看到他的软弱。其实，这一刻，哥哥最需要的是安慰。然而，我太小，还不知家里发生了什么事，更别说能说一句安慰的话了。

三年后的 7 月，哥哥高三毕业去另一个大镇的中学参加高考。临出门的最后一个星期天早上，母亲早早地用米粉做了一碗比莲子还小的圆子，让哥哥吃后再去学校。母亲说，这是"顺风圆子"，意思是祝哥哥考试一路顺风。

哥哥考试回来那天清晨，父亲特地起了个大早，摸黑上街去买了肉、榨菜、皮子等原料。下午，哥哥还没回来，家里就忙开了。父亲在砧板上剁肉馅，两把刀左右开弓，刀与砧板发出的"咚咚咚"的响声富有节奏感，悦耳动听。肉虽少，但想着能吃上可口的馄饨，我便馋得直流口水。那时，改革开放不久，农村还很穷。一年三百六十五天，只有大年初一这天的中午才能吃上一顿馄饨。吃馄饨，成了过年的象征，小小的馄饨，洋溢着小孩过年的快乐、幸福和希望。父亲在剁肉馅时，我一直在旁边睁着好奇的眼睛，奇怪着父母突然之间的大方和慷慨。印象中，父母总是省吃俭用，舍不得多吃一口饭，舍不得多花一分钱。今天，竟要吃馄饨，这是什么大节日呀？问父亲，父亲回答说：今天是你哥哥考大学回来，这是为他准备的。考大学和吃馄饨有什么关系呀？我依然迷惑不解。父亲告诉我：包馄饨，就是"包好"，就是包哥哥考好的意思。

对儿子的爱，父母从来不放在嘴上；对儿子的管教，也从不采取打骂的方式，而是通过自己的行动来默默地引导。一碗"顺风圆子"和"馄饨"，寄托着父母全部的爱、关心和希望。这种无声的爱的教育，是哥哥和我取之不尽用之不竭的力量源泉，就像普照大地的阳光一样，令人感到无比的温暖和温馨。

那一天，因吃上了丰盛的佳肴——一碗馄饨——而使全家充盈着过年一样的欢乐。十多年后的今天，馄饨成了普通饭菜，失去了过年赋予它的尊贵地位，想什么时候吃都行。馄饨，再也勾不起人们多大的食欲。可我对那年父母给哥哥准备的那一碗馄饨，始终记忆犹新，不能忘怀。不知已经博士毕业在比利时工作的哥哥，此时此刻是否像我一样还记得那一碗平常的馄饨？是否还记得当年考大学的日日夜夜？小小的馄饨，折射出时代的烙印，折射出父母深深的爱……

父亲的照片

沈出云

在我的相册里，珍藏着父亲唯一的一张照片，那是他 41 岁时办身份证拍的一寸黑白证件照。

照片上的父亲正慈祥地微笑着，露出一口洁白的牙齿。一头短而乌黑的头发，梳得很整齐。淡得几乎没有的眉毛下是一双小小的单眼皮眼睛，它们也是微笑着的。身上穿着的是现在早已不流行的中山装。

每次打开相册，看到父亲的这张照片，我都心潮起伏，无法让自己的心平静下来，有好多次我都在不知不觉中湿润了双眼……

父亲一向忠厚老实，从不故意捉弄人。他总以诚待人，总以为别人也会像他对待别人一样对待他。可人心叵测，生活无常，虽然他一次次地受骗，遭人戏弄，但他仍对人生有着美好的看法。他相信人本善，他宁愿叫天下人负他，也不愿他负天下人，与那个三国时被称为"奸雄"的曹操正好相反。有时我也曾无情地嘲笑过他的老实，因为时下不是盛行"老实就是无能"吗？可话一出口，我就后悔了。我有什么理由打碎他那个向往真善美的愿望呢？

父亲一向态度温和，可亲可敬。像他的性格一样，他干活也是慢吞吞的。不管是种田还是割稻，他总是最慢的一个，但他对工作认真仔细、高度负责的态度，又不得不令人钦佩。母亲常抱怨父亲干得慢，与他争吵，但他每次只说一两句话就沉默不语，没有了对手，架也自然吵不成。父亲的忍耐让人嫉妒，母亲的唠叨，他总是轻而易举地承受。父亲的忍耐又叫人愤怒，有时明明是别人的不是，他也不据理力争。

父亲不善交际，在外面几乎没有什么朋友，虽然有九个拜把子兄弟，但他不喜欢求人，也不喜欢帮助人。他向往的是自给自足的自然经济。每当干活时少点儿什么，如铁耙、镰刀等，他总不愿开口向别人借。当有人向他借工具时，他也不情愿借给别人。

父亲很会知足，不管时代怎样前进，发生怎样日新月异的变化，他总是和以前比。看到我要买赛车、买彩电时，他就说："这些有什么用？我就是这观点，能吃饱就蛮不错了。"

我家很是贫穷，上有90岁的太公，下有念书的我和哥哥。全家的重担全落在父母身上。

父亲任劳任怨，一天到晚像老黄牛似的在田间干活。事实是自从改革开放，谁更早去经商，谁就先富裕，所以父亲落伍了。现在，我们农村有这样一句话："谁家田里稗草多，谁家的钱就多。"说的是，那些田里不长稻，让田荒芜着、长着稗草的人家，都是外出做生意经商去了，所以会钱多。唉，可惜父亲还没有醒悟过来！

父亲对我和哥哥格外爱护，十分体贴。他常把我们和他小时候比，想到他自己那时的艰苦，他对我们的爱就更加无微不至。他对我们说："我从不打你们，但你们可要有自知之明。不要学流氓，要做一个有骨气的人，替父母争气！"不管是什么活儿，只要他一个人能干的，他就从不打扰我们。他宁愿自己一个人多干几小时，也不愿我们受苦受累。每次看到他一个人在田间默默地干农活，我就不忍心细看。为了不辜负父亲的一片苦心，我和哥哥更加努力地读书。那时，我们唯一的想法就是考出好成绩，回报父母。

也许是老天有眼，1986年，我和哥哥一个考上了中专，一个考上了大学。收到入学通知书的那天，父亲特地买了酒菜，在家

徽州古村落 宽和堂

庆贺。

虽然我读完中专后，又回到了自己的家乡工作，能和父亲天天见面，但我还是嫌见他的时间太短。白天我上班，无法见到他，只有下班吃晚饭时见见面。父亲睡得早，晚上见面的时间也不多，再加上现在父亲出去做小生意，以此来填补家中瘪瘪的钱袋，因此见到他的时间越来越少了。

前天晚饭时间，我一个人正在吃饭，天下起了雷阵雨，狂风和骤雨横扫着沉闷了许久的大地。父亲做小生意还没回来，我担心得饭都吃不下了。直到父亲回家后，我才如释重负地安下心来。

虽然父亲有许多不足之处，但我还是要向世界大声宣布：他是世上最好的父亲，是最伟大的人！我为有这样一个知我、爱我、疼我的父亲而自豪！

我之所以觉得父亲是最伟大的人，主要是在于他教育下一代的方法。他教育我们从不采取压服的方法，而是耐心地说服我们。我常常看到这样的情景：一个小孩犯了点儿小错误，父母一个执鞭，一个执棒。那小孩屈服地哭泣着，有时连哭的权利都被剥夺。虽然这是为小孩着想，但我仍不能因此原谅那对父母的野蛮和无知。他们只知道要好结果，而不知好的果实是怎样结出来的。他们往往不是揠苗助长，就是刻舟求剑。

今天，我又一次打开尘封的相册，又见到父亲那熟悉的穿着中山装的照片，我心里充满了深深的内疚。我为自己无力让父亲过上舒适的日子而内疚，为他一把年纪了还要起早贪黑地奔波而内疚！

言传身教

yán　　chuán　　shēn　　jiào

概说

言传身教,意思是用言语讲解、传授,以行动作示范,指用言行影响、教导别人。出自范晔的《后汉书·第五伦传》:「以身教者从,以言教者讼。」

● 历史

言传身教是中国传统教育的重要方式，原始社会生产、生活经验的传授也是言传身教的一种，不过没有系统的理论，也没有相关记载。文字的出现促进了教育的发展。随着社会生产力的发展，剩余产品的出现，使得一部分人可以专门从事教和学。

春秋战国时期，私学的出现打破了政教合一和官学教育体制，教育成了一种独立的活动，教学方式和教育内容也发生了变化。孔子作为著名的教育家，提出了身教重于言教的观点。《论语·子路》："其身正，不令而行；其身不正，虽令不从。"就是说如果能以身作则，不用发号施令，也会实行，否则即使下令，也无人执行。孔子接着还说了"不能正其身，如正人何？"也是强调如要正人，先要正己。言传和身教作为教育的两种方式，孔子自然知道言传的重要性。但孔子是有大智慧的人，从他与子贡的对话可知，他更想用"无言"来启发教育学生。《论语·阳货》："子曰：'予欲无言。'子贡曰：'子如不言，则小子何述焉？'子曰：'天何言哉？四时行焉，百物生焉，天何言哉？'"孔子用天不言，而四季交替、百物生长，来形容不言之教的道理。这正是老子"不言之教，无为之益，天下希及之"的体现，即通过自身行为潜移默化地影响他人，来达到教育的目的。

言教可以通过引导、叮嘱、训斥、遗言等方式进行。《论语·子罕》记载了颜回称赞孔子循循善诱的教导对他的帮助："夫子循循善诱人，博我以文，约我以礼，欲罢不能。既竭吾才，如有所立卓尔。"孟子作为儒家思想的发展者，在教育上倡导教师对学生的启发引导作用，也就是重视言传的作用。孟子说："君子之所以教者五：有如时雨化之者，有成德者，有达财（材）者，有答问者，有私淑艾者。此五者，君子之所以教也。"《礼记·学记》云："君子之教，喻也；道而弗牵，强而弗抑，开而弗达。道而弗牵则和，强而弗抑则易，开而弗达则思。和、易、以思，可谓善喻矣。"教学要注重引导，但不是牵制他们的思想；启发思路，而不是告诉结果。

西汉董仲舒在《春秋繁露·玉杯》中说："善为师者，既美其道，有慎其行。"强调身教与言传同样重要。《白虎通》云："父子者何谓也？父者，矩也，以法度教子。"父亲以法度教子，自己自然要先遵守法度，才能成为孩子的表率。

西汉大臣石奋家教严明，四个儿子均官至两千石，因此被称为万石君。石奋对子孙的教育主要通过身教：子孙即使只是小吏之类的小官，每次回家，石奋也会穿上朝服才见，而且不会直呼其名，以表示对朝廷官员的尊敬。子孙犯有过失的，石奋从不直接指责，而是以绝食的方式表示自己对子孙行为的不满。直到子孙承认了错误，表示悔改后，石奋才会进食。司马迁对石奋的教子之法非常赞赏，称赞他"其教不肃而成，不严而治，斯可谓笃行君子矣"。

司马迁在《史记》中对大将军李广的评价是"桃李不言，下自成蹊"，李广以实际行动赢得士兵和百姓的爱戴，这是身教重于言教的体现。

东汉大将军梁商为人谦逊，临终前在遗言中训诫儿子："我以微薄的德行，已经享受了太多的福气。活着的时候对朝廷并没有多大的辅益，死后还要耗费朝廷诸多的钱财。这是我所不愿意的……如果你是孝子的话，一定要听从我的教诲，继承我的意志，不可以违背啊。"可惜，梁冀后来并没有遵守父亲的谆谆告诫。

三国两晋南北朝时的一些家书、家训中保留了较多的教子言论，如诸葛亮的《诫子书》《诫外生书》，嵇康的《家诫》，陶渊明的《与子俨等疏》，羊祜的《诫子书》，颜延之的《庭诰》，颜之推的《颜氏家训》等。这些家训和家书中保留了多种多样的言教方式。颜之推在家训的首篇中就讲述了如何教子的问题。颜之推还在家训中提到父母的行为对子女的影响是潜移默化的："夫风化者，自上而行于下者也，自先而施于后者也。是以父不慈则子不孝，兄不友则弟不恭，夫不义则妇不顺矣。"

东晋顾恺之通过实际行动对儿子进行爱民教育。当时南方经济发展，不少官僚子弟参与经商或者放高利贷。顾恺之虽然严禁儿子们参与，但三儿子顾绰不听父亲教诲，私自放贷。顾恺之多次教育没有成效。后来，顾恺之出任吴郡太守。一天，他对顾绰说："我常常不许你借贷给别人，可也确实想到，太清贫也不能生活。你借出的债务，还有多少没有收回？都拿出来，我去帮你讨债。以后我不做太守了，就没这个机会了。你的债券在哪里？"顾绰听后十分高兴，他以为父亲真的要帮助他，就把债券都交给了父亲。没想到顾恺之拿到这些债券后，一把火全烧了，并派人告诉欠债的人："所有的债券都烧毁了。无论谁欠顾绰的债务，都不需要偿还了。"开始，顾绰懊悔叹息了好久，后来终于感悟到了父亲的良苦用心。

唐宋时，家训增多，在教子方面言传身教的例子不可胜数。唐末政局混乱，世风日下，御史大夫柳玭担心子孙凭借权势胡作非为，专门写下《诫子弟书》，告诫子孙："夫门地高者，可畏不可恃。可畏者，立身行己，一事有坠先训，则罪大于他人。"

南宋袁采在《袁氏世范》中说："为父者曰：'吾今日为人之父，盖前日尝为人之子矣。凡吾前日事亲之道，每事尽善，则为子者得于见闻，不待教诏而知效。倘吾前日事亲之道有所未善，将以责其子，得不有愧于心？'"自己做好了，不用去教，孩子会主动效法，这就是耳濡目染的教化。

陆游也是教子方面言传身教的典范。陆游一生写了很多教子读书、做人的诗，如《示儿》《示子聿》《冬夜读书示子聿》《病中示儿辈》等，还留下了作为规范陆氏后人行为准则的《放翁家训》。陆游除了对子孙进行言教，也要求自己"善言铭座要躬行"，更是告诫子孙"学贵身行道""字字微言要力行"。陆游早晨即使没有吃饭，也要与儿子子聿一起读书，通过实际的行动教育儿子。

明朝郑晓为官清正，教子有方。儿子郑履淳考中了进士，被授官刑部主事，郑晓非但不高兴还担忧儿子能否成为一位好官，专门写下一段训词教导儿子："胆欲大，心欲小；志欲圆，行欲方。大志非才不就，大才非学不成。学非记诵云尔，当究事所以然，融于心目，如身亲履之。南阳一出即相，淮阴一出即将，果盖世雄才，皆是平时所学。志士读书当知此。不然，世之能读书、能文章、不善做官做人者最多也。"郑晓从为官、为学、做人等方面告诉儿子为人处世的道理。在父亲的言传身教下，郑履淳为官清廉，官至光禄少卿。

明末清初理学家张履祥在《备忘》中说："子弟教不率从，必是教之不尽其道，为父兄师长者，但当反求诸己，未可全责子弟也。"子弟做得不好，父兄师长应该反思自己哪里做得不好，而不是一味地责备子弟。

清朝大臣陈廷敬曾获康熙帝写诗盛赞，其中"礼仪传家训，清新授紫毫"说明了陈家世代相传的好家风。陈家的家训始于三世祖陈秀编纂的《陈氏家训》。陈廷敬进入仕途后，父母更是经常对他耳提面命，告诫他不能有贪心。康熙四年（1665），陈廷敬回京赴任，临行前，母亲为他收拾行李，还不忘叮嘱："慎毋爱官家一钱。"陈廷敬为官期间，始终保持清廉本色。他的门人私下里称他为"半饱居士"，可见其知足、不贪婪。陈廷敬自己洁身自好，也注重教育子孙后代保持清廉之风。他要求儿子清心寡欲，克己自守，告诫儿子："更得一言牢记取，养心寡欲是良规。"在他的言传身教下，二儿子陈豫朋在地方做官多年，颇有政绩，而且清廉之名远扬。儿子回京时，陈廷敬高兴地写诗勉励："敝裘羸马霜天路，赖汝清名到处传。"陈廷敬的儿孙辈均能廉洁从政，这既与陈氏家规家训的教导有关，也离不开陈廷敬的以身垂范。明清两朝，陈氏家族人才辈出，享有"积德一门九进士，恩荣三世六翰林"的美誉。

曾国藩重视教子的方式方法，虽然兼具慈父、严父的形象，但实际是"爱之以其道"，而且倾向于"身教重于言教"。虽身居高位，家里条件优越，但曾国藩通过身体力行，戒奢、戒傲，为子孙做表率。《曾国藩家书》："世家子弟，最易犯一奢字、傲字。不必锦衣玉食而后谓之奢也，但使皮袍呢褂俯拾即是，舆马仆从习惯为常，此即日趋于奢矣。见乡人则嗤其朴陋，见雇工则颐指气使，此即日习于傲矣。"《曾国藩家书》不仅是修身齐家的典范之作，也是一部教子的传世之作。

文化意义

言传身教是中国传统的教育之道，孙奇逢在《孝友堂家训》中指出："士大夫教诫子弟，是第一要紧事。"言传身教在现代教育中依然具有重要价值和意义。

习近平总书记曾指出："人生的扣子从一开始就要扣好。"父母是孩子人生中的第一任老师，也是终身之师，会影响孩子的一生，在教育中具有举足轻重的作用。父母的言行对孩子的影响是潜移默化的，父母要以身作则，在生活、学习、为人处世等方面为孩子树立良好的榜样。

言传身教作为教子之道，也有利于父母的成长。父母的一言一行都会被孩子看到、学习和模仿。为人父母后，说话、做事须谨慎，时刻关注、反思自己，才能成为合格的父母。

祖母的童话

邱保华

"天上也是一个世界，人间也是一个世界，天上的神仙看我们这个世界，人就像芝麻那么小，米粒就像石磙那么大……"小时候，祖母经常给我讲这样的故事，教育我们爱惜粮食，不要糟蹋饭菜，所以至今我都保持餐桌上的"光盘"习惯。那个年代没有电视，家里也买不起收音机，村里安装有线广播也是我长大以后的事。所以家庭的教育，主要是靠祖母用代代相传的神话故事来完成的。

祖母姓陈，是一位从封建社会走过来的老太太，用裹脚布裹出来一双三寸金莲，常年穿的是斜襟的半身长的外衫，大都是深色的，偶尔在夏天里看到她穿一两回浅色的布料。祖母头发梳得光光的，外人一看就知道这是一位精明的老太太。祖母其实并不是我父亲的亲生母亲，她是我父亲的伯母娘，30多岁开始守寡，拉扯着两个女儿过日子，由于过度操劳，患上严重眼疾，后来不得不把一个女儿抱给别人家养。我的父亲也是在十几岁的时候没了父亲，他的母亲因生活所迫，不得已带着小女改嫁他乡，剩下年幼的他独自带着两个更小的弟弟过日子。后来实在难支门户，便像小鸡找温暖的翅膀一般，投靠在伯母娘身边。父亲投靠我的这位祖母时，还不到15岁。

我们兄妹四人都是祖母带大的，所以祖母也格外疼爱我们。祖母的眼睛是什么时候瞎的，我不知道，只知打记事时起，祖母就瞎了，塆里有人打死了一条蛇，就送给祖母，祖母用剪刀割出蛇胆，生吞吞地喝下去，治疗眼疾。祖母虽然眼瞎，可做起家务来一点儿也不别扭，洗衣做饭、养猪喂鸡、纺线织布，看顾我们这些孙子，把家庭料理得细致周到。她补衣服、纳鞋底，只是叫别人帮着穿个针眼儿，然后把针在头发上擦擦，再在布料上缝，行是行，路是路，均匀极了。

那些年，我们家人多口阔，父亲在外工作，常年不在家，母亲要参加集体出工，也是长时间在田畈里劳作。家里除了我们兄妹，还有一位小叔，一大家子的家务事主要靠祖母操持，其辛勤可想而知。

祖母虽然不识字，却是全塆公认最识理断事的人。哪家有婆媳不和、妯娌吵架的事，总会来找我的祖母公断。我记得塆里有一对小夫妻，人称"半吊子"（意即糊涂），吵起嘴来谁都劝不住，只有请我祖母，拄着拐棍到他们家斥骂一通，那两口子立马不吱声，事后还要来向祖母道歉。

祖母对我们这些孙子很是疼爱，近乎溺爱，但从不放纵我们做坏事。祖母总是用讲故事的方式教导我们如何做人。我们放学回家以后，就爱跟在祖母身后，听她讲故事。祖母很有耐心，每次都会让我们满意，讲一些童话故事。"从前呀……"祖母的故事总是这样起头，以至于我们一听到这句话，便立即安静下来，依偎在祖母身边，心里充满了欢快与憧憬。至今我还记得一些千古传诵的经典故事，像《二十四孝》《嫦娥奔月》《三个和尚》等，我们从祖母的童话故事里，懂得了做人要和气，特别是家和万事兴的道理，学会了做人要善良、帮别人就是帮自己的道理。

"从前呀，有一个小孩，家里穷得买不起油点灯，他就把墙壁凿开一个洞，借邻居家的灯光来看书，后来考中状元，成为国家栋梁……"祖母一边讲着这个故事，一边抚摸着我们的头，她说："你们读书也要这样勤奋，将来才有出息。"祖母不仅讲故事，

南宋 刘松年 《听琴图》

  有时也会给我们立规矩,比如告诫我们"吃不言,睡不语""坐有坐相,站有站相""见了比父亲年纪大的叫伯伯,比父亲年纪轻的叫叔叔",这些话我一直牢记在心中,成为我做人的基本遵循。

  祖母已经过世30多年了,至今,我还常常想到祖母,想到祖母给我讲的那些童话故事。有时,我将祖母的故事讲给我的儿子听。这些故事浸润着我的童年,更影响着我的成长,那闪耀光辉的中华传统,那不朽的伦理道德,在祖母的传说中得到了发扬,祖母的故事纯净了我们的信仰,指引着我们在人生的道路上前行。

清 华嵒 《写晋人诗意画册·其一》

教子以读书

jiào zǐ yǐ dú shū

概说。

读书是人类为了获取知识、提高素养等而进行的活动。《礼记·文王世子》：「秋学礼，执礼者诏之；冬读书，典书者诏之。」

历史

《说文解字》:"书,箸也。"《说文解字·序》云:"著于竹帛谓之书。"按《说文解字》的定义,先秦时期的甲骨文、青铜铭文、刻石文字等还算不上书。简牍的出现使记录文字的载体向书过渡。编连在一起的简称为"册",开始具备书的特征。《史记·孔子世家》记载,孔子晚年喜欢读《周易》,以至于"韦编三绝"。孔子读的书就是竹简书,韦是熟牛皮,用来把竹编穿连在一起。

孔子教育儿子孔鲤读书之事被记载在《论语·季氏》。孔子曾站在院子里,看见孔鲤快步走过,就问他:"你学《诗》了吗?"孔鲤回答:"还没有。"孔子教训他说:"不学《诗》,无以言。"孔鲤退下后就用心学《诗》。过了一段时间,孔子又在庭院里,孔鲤快步走过,孔子又叫住他说:"学《礼》了吗?"孔鲤回答:"还没有。"孔子教训他说:"不学《礼》,无以立。"于是孔鲤退下后用心学《礼》。孔子曾说:"兴于《诗》,立于《礼》,成于《乐》。"还说:"小子何莫学夫《诗》?《诗》,可以兴,可以观,可以群,可以怨。迩之事父,远之事君;多识于鸟兽草木之名。"孔子对儿子的教训与对其他弟子一样,希望儿子能够学好《诗》《礼》,以此立身处世。

至于怎样才能把书读好,古人多以勤为不二法门。我们所熟悉的古人勤奋的故事,有苏秦刺股、孙敬悬梁、孙康囊萤映雪、匡衡凿壁偷光、倪宽带经而锄、李密牛角挂书等。刘邦曾作《手敕太子文》叮嘱太子刘盈练字。刘邦在家训中说自己以前不学写字,每次读书都是询问别人才知道意思,后来经过学习,自己在写字读书方面已经大有进步。有一次,刘邦看到太子的字不如自己写得好,就叮嘱他勤加练习,

叁 教子以义方

233

上疏的奏折要亲自写，不可以假手他人。

三国时期，刘备为了教育刘禅读书，把要读哪些书、先读什么后读什么都给罗列出来："勉之，勉之，勿以恶小而为之，勿以善小而不为……可读《汉书》《礼记》，间暇历观诸子及《六韬》《商君书》，益人意智。闻丞相为写《申》《韩》《管子》《六韬》一通已毕，未送，道亡，可自更求闻达。"刘备要刘禅发愤图强，认真读《汉书》《礼记》，有空可读诸子百家、《六韬》《商君书》，这些书可以增长你的智慧，坚定你的意志。丞相正在为你写《申》《韩》《管子》《六韬》等书的读书心得，不过在路上丢失了，你自己想办法找到这些书来学习，不能半途而废。

诸葛亮为了教子，专门撰写了《诫子书》，书中告诫儿子"夫学须静也，才须学也，非学无以广才，非志无以成学"。读书要静下心来，只有内心纯净、欲望不杂多，才能明确自己的高远志向，而放纵自己、过分安逸享乐，则志向泯灭，难以振奋精神成就学问和事业。

西晋文学家左思虽然聪明，但年少时不爱读书，学习过书法和鼓琴，但无一精通。父亲为了激励左思好好读书，就故意在朋友面前说左思的知识远不如自己小时候。在父亲的刺激下，左思暗下决心，发愤读书。后来，他花费十年的时间构思完成的《三都赋》，深受时人的喜爱，一时间，人们争相传写《三都赋》，导致洛阳纸张供不应求，价格上涨，这就是"洛阳纸贵"典故的由来。

南朝宋齐时期大臣王僧虔曾写信教导儿子，读书求学应当深究精通，不可以三心二意、浅尝辄止。读书治学之道，就如同东方朔所说的那样，"谈何容易"！有的人专读一部书，把和这部书相关的数十家注解都拿来通读，从少年一直读至老年，手不释卷，尚且不敢轻易谈论。而儿子刚开始读《老子》的前几章，尚且不知道王弼关于《老子》曾说过些什么，何晏有何注解，马融、郑玄的观点有什么差异，书的主旨和体例为何，便手执麈尾，自诩为清谈之士。王僧虔认为这是最为危险的事情。

颜之推在《颜氏家训·勉学》篇中系统论述了学习的益处、学习的目的、学习的内容、学习的年龄、学习的方法以及假学的弊端等。学习可以使人增益德行，进而敦厉风俗；可以使人见识广博、多知明达等。在论述学习的目的时，颜之推认为古人学习是为弥补自身不足，今人学习是为了向别人展示自己博学多才。关于读书方法，颜之推引用了《尚书》的"好问则裕"和《礼记》的"独学而无友，则孤陋而寡闻"，认为读书学习应当经常与他人切磋讨论，以相互启发进步。

韩愈在《示儿》一诗中，以自己经过30年的努力奋斗取得的成就和拥有的安闲美好的生活来鼓励、劝诫儿子读书，取得功名。在《符读书城南》中，首先说明人为什么要读书，"人之能为人，由腹有诗书"。然后通过对比，说明读书与不读书的差别：人小的时候并没有多大差别，但长大后，有的位至公卿贤相，有的沦为马前卒；差异如龙和猪一样。因此劝诫后人要勤于读书，博古通今，通晓礼义，才能成为"龙"。韩愈虽是劝诫后辈读书，但用"读书只为稻粱谋"来劝诫却被后人诟病。

唐朝大臣、著名诗人、文学家元稹以自己的读书经历教诫侄子们要抓紧时光用功读书。他说："今汝等父母天地，兄弟成行，不于此时佩服诗书，以求荣达，其为人耶？其曰人耶？"

李恕在《戒子拾遗》中告诫子孙，在官职闲暇之时，应当读书学习以滋润自身；假如家中的经史收藏不足，要舍得花费钱财购买书籍。但李恕反对子孙阅读阴阳卜筮之类的书籍。李恕教子读书的观点与汉朝丞相韦贤相似，认为书才是传家宝，汉时流传着"遗子黄金满籝，不如教子一经"的说法。宋朝的黄庭坚进一步发展了这种观点，黄庭坚曾在诗中写道："藏书万卷可教子，遗金满籝常作灾。"

南宋文学家、诗人陆游在《冬夜读书示子聿八首·其三》中讲述了自己的读书心得，并告诫儿子要下功夫读书。因为"古人学问无遗力,少壮工夫老始成",古人少时便下功夫读书做学问,可能要到老年才能有所成就。陆游认为读书要与实践相结合,"纸上得来终觉浅,绝知此事要躬行",只有亲身经历、体验才能理解透彻书中的道理。

苏轼家族家风优良,"唐宋八大家"中,苏轼与父亲苏洵、弟弟苏辙占据三个。苏轼的诗文、书信中有很多教导子孙要多读书的。苏轼在《与侄孙元老四首之三》中写道:"侄孙近来为学如何?想不免趋时。然亦须多读书史,务令文字华实相副,期于适用乃佳。勿令得一第后,所学便为弃物也。海外亦粗有书籍,六郎亦不废学,虽不解对义,然作文极峻壮,有家法。二郎、五郎见说亦长进,曾见他文字否?侄孙宜熟看前后汉史及韩柳文。有便寄近文一两首来,慰海外老人意也。"苏轼在信中劝侄孙多读史书,尤其要熟读《汉书》《后汉书》和韩愈、柳宗元的文章。信中还提到六郎苏过"虽不解对义",但作文有家传的法度。可见,苏轼家族有教子读书的好家风。

朱熹一生从事教育50多年,是南宋著名的哲学家、思想家、教育家等,对经史子集无所不通,他的《四书章句集注》成为元明清三朝钦定的教材和科举考试的标准。朱熹作为一代理学大师,将以儒学为核心的传统文化和自己多年的从教经验融到朱氏家族的家训中,具有重要的价值。在讲读书时,强调要勤,《朱子家训》:"诗书不可不读,礼义不可不知。子孙不可不教,童仆不可不恤。"在学习方法上,要做到"三到",《童蒙须知》:"余尝谓读书有三到,谓心到、眼到、口到。心不在此,则眼不看仔细,心眼既不专一,却只漫浪诵读,决不能记,记亦不能久也。三到之中,心到最急。心既到矣,眼口岂不到乎?"读书要用心,"三到"之中以心到最为重要,心到了,眼、口岂能不到。在学校学习也要勤奋,讲究方法,在《训子从学帖》中说:"早晚受业请益,随众例不得怠慢。日间思索有疑,用册子随手札记,候见质问,不得放过。所闻诲语,归安下处,思省切要之言,逐日札记,归日要看。

见好文字，录取归来。"就是说每天上课不得怠慢，有不懂的要随手记录下来向老师请教。放学回到住处，要反复思考重要的内容。遇到好的文字要抄录下来。即使在现代社会，《朱子家训》中所包含的读书学习、治家教子等观点也能为人们提供有益的参考，具有重要的意义。

明末文学家、书画家陈继儒一生著述等身，其中有不少关于家训的作品。陈继儒在《安得长者言》中说："读书不独变人气质，且能养人精神，盖理义收摄故也。"读书能改变人的气质，涵养人的情操。陈继儒在此家训著作中还讲到"闭门即是深山，读书随处净土""读史要耐讹字，如登山耐仄路"等富有哲理的读书格言。

清朝纪晓岚一生博览群书，为官清廉，死后嘉庆帝亲笔为其题写墓志铭："敏而好学可为文，授之以政无不达。"纪晓岚不但自己好读书，还教育子女要勤奋读书。他在诗文、家训中多次告诫子女要勤勉，如"读书如游山，触目皆可悦。千岩与万壑，焉得穷曲折，烟霞涤荡久，亦觉心胸阔。所以闭柴荆，微言终日阅"。纪晓岚在临终遗训中说："贫莫断书香，贵莫贪贿赃。"告诫后代即使贫困也不能放弃读书。纪晓岚为教育子女留下的家训寄寓了对子孙后代的期望。

曾国藩生活在耕读世家，家风笃厚，其父曾书对联挂于堂中："有子孙有田园，家风半读半耕，但以箕裘承祖泽；无官守无言责，世事不闻不问，且将艰巨付儿曹。"在家风的熏陶和影响下，曾国藩将祖父的"治家八诀"扩展为内容丰富的"八本三致祥"，其中第一条讲的就是读书，"读古书以训诂为本"。曾国藩在写给兄弟的信中强调读书要有志向，有见识，有恒心。有志向者绝不甘居人后，有见识才能明白学无止境，不会有一点收获就自满，有恒心就没有做不成的事。读书，三者缺一不可。《曾国藩家书》内容丰富，在教子读书方面的经验值得后人学习。

文化意义

古人很早就认识到读书学习的重要性，教子读书之事历来受到世人的重视。孔子说："我非生而知之者，好古，敏以求之者也。"人不是生下来就什么都知道，要通过后天的学习才能懂得道理。《礼记·学记》也说："君子如欲化民成俗，其必由学乎！"可见，学习对于人的成长，对良好社会风俗的形成具有重要作用。

读书可以使人明理、明智等，古人勤奋读书、励志学习的例子不胜枚举。现代社会发展日新月异，人更要不断学习，才能掌握新的知识，适应社会的发展，为社会做贡献，为国家的发展贡献一份力量。

书痴百味

邱保华

古人说："人生百病有已时，独有书痴不可医。"我就算是这样的一个书痴。我这个书痴，尝到了读书、购书、藏书甚至于写书的各种滋味，有苦涩，有甘甜。这书痴百味，自小开始，长大依然，将来也不会改变。

最早迷上书，是受父亲的影响。父亲年轻时在乡政府工作，空闲时常买些书来看，看完后便随手丢到一只没有盖儿的小木箱里，那时候我大约七八岁，先是翻出里面的画册来看，却惊奇地发现，书中的世界奇妙无比。慢慢就去读一些"大书"。小学还未毕业，我就已"啃"了《烈火金刚》《卓娅和舒拉的故事》《钢铁是怎样炼成的》《红岩》等书。父亲对我看书的爱好很鼓励，他说"书才是真正的财富"，这句话让我刻骨铭心。可惜那时我不懂得保存这份"财富"，那没有盖儿的小木箱里的书，随意地让别人拿走，慢慢地也就所剩无几了。已染上书瘾的我，没有很多书可看，急得不行，就设法去买书。那时家里十分贫困，哪里有钱给我买书？于是有一次，我就趁着家中卖了大肥猪，向父亲提出买书的要求；有时谎称是学校统一要求买的。手中有了十几册书，不仅可以反复阅读，还可与同学们交换着看。有的同学对书不大在乎，将我的书还给我，他的书也不要了，我就把这些破损的书用米饭粒粘好，珍藏在我自己的小书箱里。

成年以后,我的生活虽然颠沛流离,但看书、买书的爱好始终保持着。我曾在一所农场当民办教师,那时民办教师的工资由场部统一发放,但公社文教组每月给民办老师补贴几块钱,作书报资料费。开始是3元,又5元,继而8元。别的教师用它买烟抽、买生活品,我却把这笔钱全用来买书,还自己贴了很多钱。那时我特意订了一份《书讯报》,看到有喜欢的图书出版,就想尽办法把它购回。这样一来,我的屋子里就有了一排排一摞摞的书,渐渐地,显得有些壮观了。

书的存放是一大累。我家曾搬迁到一个湖区农场,这里年年闹水灾。每次大水到来之前,我最怕的,不是大水损坏了贵重的家产,而是浸坏了我的书,凡是屋里的"制高点",几乎都要被书占领了。我被正式招工后,工作岗位变换得频繁起来。每次搬家,我的首要任务是清书、装书、搬书;到了新住处,首要任务是拆捆、清书、摆书。哪怕忙到凌晨,腰身酸胀难忍,书不摆好也不罢休。我调到县城工作的那几年,住个10平方米左右的宿舍,家具都没处摆,更谈不上造书柜了,只好把图书分别存放在几个地方,丢损颇多,十分可惜。在一个天气晴好的假日里,我将受潮的书搬到屋顶去晒,一下子被风刮走不少,让我着实伤心了好一阵子。

20世纪90年代初期,我调到一座中等城市工作,分了一套略为宽敞的住房,这才有了一间完全属于我的书房,于是赶紧做了三层大书柜,宽占一整面墙壁,高接屋顶。我把所有的书摆了上去,编号造册,数一数,竟有近3000册,一股兴奋立即涌上心头,就像一个守财奴看到自己慢慢积累的一笔较可观的财富。

如今去买书,远没有过去的那份潇洒。书价连年翻番,同一版本的《红楼梦》,10年前才3元多钱,现在是40多元了。我的收入不多,工资是要养家糊口的,仅靠一些稿酬购书,自然十分有限。每次走进书店,看到装帧漂亮的书,非常想买,但摸摸羞涩的口袋，这心里的滋味，无法形容啊。想起过去的一些同事、朋友，他们顺应潮流，下海淘金，倒手赚钱，不少已成为"大款"。他们有的一掷千金，眼都不眨，高档用品，一应俱全，妻子儿女，披金戴银。而我呢？仍是一介寒儒，满身酸腐，常常为凑不出百来元的书款而遭营业员的白眼。但是，我痴心难改，魂迷心窍，对于太心爱的书，节衣缩食还是要去买回来。一次去书店，看到有几本岳麓书社出版的古典名著，我正好在配置这种版本的"文库"，就迫不及待地让营业员打包，可在付款时，搜尽了身上的现钱，仍差十几元。情急之下，我央求营业员给我留着书，自己马上拿钱来取。我一口气赶回家，从妻子口袋里"抠"出这个月的生活费来，终于把书全买回了。

"书卷多情似故人，晨昏忧乐每相亲"。当我烦闷时，到书房独坐，心境豁然开朗；当我困倦时，凝视满满的书柜，顿感神清气爽。一旦新书到手，总要放在枕边亲昵一些时日，这已成为我生活中无与伦比的享受。我常想，我虽然没有几位数的存款，但这书架上几位数的藏书，足能抵得上许许多多的存款。"书才是真正的财富"，父亲对我说的话，我要一代一代地传给子孙们。

可是，在一个静夜里，我反复回味着白天和同事们议论的一件事：单位有个下属公司，进了一批小霸王游戏机，十分畅销。现在的小孩子，一放学就迷恋游戏机，连我那6岁的儿子也曾向我讨要："爸爸，给我买个游戏机。"想到这里，我的心底生出一股悲凉和忧虑：我的孩子长大后会不会对读书不感兴趣呢？我父亲的那一句"书才是真正的财富"的教诲，已融进了我的人生，而我的孩子能理解我留下的这笔"真正的财富"吗？他会不会当成废纸，论斤卖掉？那么，我毕生苦心营造，并引以为荣、为乐的一点儿"业绩"，岂不付诸东流了？

这样一想，我不禁感到茫然。

父亲教会我读书

● 叶良骏

父亲一生爱书。祖父仙逝，留下的产业因无人打理而衰落。7岁的父亲却不懂心痛，依旧埋头读祖父留下的书。祖母见他整天念念有词，怕落下什么病，决定全家迁回祖籍去。出门所带行李有限，满屋书画只能任人哄抢去当柴烧。父亲号啕大哭，眼睁睁看着一座书山顷刻化为乌有。他只留下了一本《石头记》，上面题满祖父的眉批，还有父亲第一次为书流下的泪水。

父亲从此视书如命。来上海后，他白天上班，下班后当《商报》夜班编辑，为的是读更多的"书"；又另兼一份职，为的是多赚钱，可自由支配购书。从我记事起，家里已是满地满架的书，走路都得侧着身子。

父亲在家的时间很少，也不大管我。他若在家，只顾看书或写文章。童年的我十分寂寞，便拿书当玩伴。先是找书上的画，后来便学着读。不识的字问父亲，他常装作听不见，或答非所问。问多了，他会很不耐烦地说："查字典去！"吓得我再不敢问，只好跟他学查字典——那时我大约只有六七岁。

上小学后，每逢寒暑假，父亲天天带我去福州路，他上班，把我"扔"在书店里。那时，福州路的书店真多，一个个书店看过去，真像闯进了大宝库。从《俄罗斯童话》到《简·爱》，从《镜花缘》到《红楼梦》……我还小，不懂书是否适宜，只知好看不好看。

有时看到精彩处，父亲下班了，他并不催我，会和我一起待在书店里，直至打烊。回家的路上，最爱听父亲说书中的典故。他说得最多的话是，此生若与好书错过，人便会缺胳膊少腿！牵着父亲的手，带着一身书香回家，成了我童年时代最美好的回忆。

上中学后，我在校住读。因为爱看书，常很久不回家。父亲有时来看我，先要翻我床头的书。他见我偏爱西方小说，并不阻止，只是来信说，一定要把中国古典文学的底子打好，要熟背唐诗宋词，精读四大名著……有一次，我正在看《十日谈》，见父亲来，我问了一个一直不明白的问题："手握夜莺是什么意思？"父亲大笑，却不回答。他只是说，读书并无禁区，但心里要设防，有了眼力，不明白的将来总会懂。

十五六岁时，像别的女孩一样，我也喜欢照镜子，偶尔看见一个小疙瘩，便急得大叫。父亲总嘲笑我："镜子能变出美女来？"这时，他就会塞过一本书："书中自有颜如玉，还是多读书吧！"

出嫁时，父亲在远方不知踪影，我的嫁妆中也就没有他答应送我的书。只有父亲的诗响在耳畔："寒斋剩有诗三百，传与女儿作嫁妆。"尽管家里已无一本书，我心里却暖暖的，我底气足足地出了门。

我不知道父亲是否曾望女成凤，也不知道父亲对我是否有遗憾。因为我后来去研究陶行知，没能接他的班。我编著的书虽不少，却没有他希望的巨著。但我相信父亲一定颇感安慰，因为他教会了我爱书、读书，不论我在什么岗位，我是一个像他那样的读书人。

因此，父亲爱我，犹如我爱他一样。

一轮明月寄乡愁

● 吕桂景

初秋时分,酷暑渐远,有了些许凉意。傍晚,当天边只剩下最后一抹余晖时,我趁着暮色,独自向村外的田野走去。放眼望去,远处的树林和茂密的青纱帐黑黢黢的一片,像蒙上了一层神秘的面纱,在暮霭的光影下,显得深沉而悠远。

我边走边抬头仰望星空,只见一轮明月在莲花般的云朵里自由地穿行,忽明忽暗,像在捉迷藏。一阵风吹过,耳边响起了秋虫的唧唧声,接着,蛐蛐也欢快地唱起歌来。我望着月光下的青纱帐,恍惚间,眼前又浮现出了童年时的秋收景象。

在儿时的记忆里,每年中秋节的时候,总是遇上农忙。每天清晨,天刚蒙蒙亮,父亲就早早地下地干活了,掰玉米、扦蜀黍(高粱)、刨红薯、割豆子、杀芝麻,从早忙到晚,总有干不完的活儿。大约半个月后,院子里堆满了金黄的玉米、红红的高粱、滚圆的豆粒、新鲜的红薯、星星点点的芝麻粒,看着这些丰收的果实,父亲脸上笑开了花!

秋收时节的夜晚,父亲总是借着月光继续忙农活,扒玉米、磕芝麻、打豆粒,用铁锨头刮高粱穗或是用专用的工具擦地瓜干。每当这时,我就站在父亲身边,适时地帮父亲拿玉米棒子、递高粱穗或是帮父亲把擦好的红薯片端到一旁,省得积成一大堆后难晾晒。父亲看我乖巧的样子,就边干活边给我讲卯话（故事），如《嫦娥奔月》《牛郎织女》《田螺姑娘》《王小砍柴》《老猴精的故事》等一些民间传说。父亲讲的卯话，内容新奇、情节曲折动人，让我听得如痴如醉！

在我心中，父亲就是本"百科全书"，上知天文，下知地理，见多识广，无所不知。也许那时，父亲早已在我幼小的心灵里悄悄种下了文学的种子。只可惜幼年时的我不懂文学的概念，只知道喜欢听父亲讲故事。现在想来，也许父亲就是我早期的文学启蒙老师吧。

农历八月十五的夜晚，皓月当空，凉风习习。忙碌了一天的父亲拖着疲惫的身子回到家时，二哥已做好了晚饭。见父亲从地里回来，三哥快速地在院子里摆上方桌，端上馍、红薯、玉米棒，然后，又盛上几碗稀饭。父亲见状，赶紧从屋里拿出两块儿不知从哪里淘换来的月饼。一切准备停当后，只见父亲把月饼从中间横切一刀，竖切一刀，瞬间，两块儿大月饼变成了八块儿小月饼。

我们围坐在桌子旁，边吃边聊。两个哥哥分别向父亲讲述了他们俩在学校的见闻及各自的学习情况。父亲听后，感到很欣慰！这时，父亲抬头望了望月亮，又想起了远在千里之外在部队当兵的大哥，沉默了一会儿，对我们说："今天是八月十五团圆的日子，也不知道你们大哥在部队里想不想家，能不能吃上月饼。你们兄妹几个要以大哥为榜样，好好学习，将来才会有出息。"听完父亲的话，我们郑重地点了点头。

月亮升起的夜晚，是我们最快乐的时刻。晚饭后，左邻右舍的小伙伴们聚在一起玩捉迷藏、丢沙包、跳房子、老鹰捉小鸡等游戏。人多的时候，我们就一起玩丢沙包或者老鹰捉小鸡；人少的时候，就玩跳房子或捉迷藏。捉迷藏的游戏规则是：所有参与者围在一起，各自把右手从背后伸到身前，当多数人手心朝上，一个人手背朝上时，那个人就是"王"了，王的任务是到处寻找躲起来的人，找到谁，谁就是下一个王。

清 王翚 《松乔堂图》（局部）

　　游戏开始的时候，王要自觉地捂好自己的眼睛，不能偷看，此时，大家就可以四处"逃散"，各自寻找藏身之处了。我们一般都藏在柴火堆里、玉米秸里、高粱秆里，只要能藏身的地方，只管往里钻。只要不被王找到，就算你藏得严实。一个看似简单的游戏，我们有时能玩一个晚上。等到夜深人静散伙时，大家开心地唱着"大米开花，各回各家"的儿歌，欢快地向家中跑去。

　　"你在他乡还好吗？可有泪水打湿双眼……你在他乡还好吗？是否还会想起从前？"突然，一阵忧伤的旋律拽回了我的思绪。不觉间，我已从田野里走到了村头的公路旁。

　　我抬头望了望月亮，不由得又想起了那首"想家的时候望月亮，那月亮可否是故乡的月亮？想家的时候望月亮，那月亮可否是天堂里父亲的目光？"那一刻，思念如潮水般涌上心头。

清 华嵒 《写晋人诗意画册·其一》

叁 教子以义方

读书就是回家

● 赵锋

儿时，我们兄弟姐妹在父亲的引导下都比较喜欢读书。父亲在当地政府上班，时常会将一些过期的杂志和报纸带回来，即便是政府类的报刊，在那个文化生活比较匮乏的年代，依然是不可多得的精神食粮。就是这一点点精神食粮，帮我们打开了另一个精神世界，也让我们从小养成了喜欢读书的习惯。

除了政府的这些报刊外，父亲还会在微薄的工资里挤一小部分给我们订阅报刊，那时候订了《中篇小说选刊》《大众电影》等。实际上，在20世纪80年代的乡村能订这种杂志的人家并不多见。这些杂志让我们看到了不一样的世界，知道了那些遥远但却深深吸引我们的东西，我想，那东西大概就是梦想！

我家大门对面就是乡供销社，供销社是一排砖木结构的大瓦房，卖货的柜台在房屋中间呈U字形排开，大约有30多米，柜子是黄颜色，正面和上面镶着透明玻璃，各种货物就摆放在柜子里，琳琅满目，时时吸引着全乡人的眼睛。

柜台的东头一排约三四米长的柜台是专门卖书和学习用品的，这里最吸引孩子和学生们的眼球。柜台里的书只能隔着玻璃看，不能直接拿出来看。有时一群孩子蹲在柜台玻璃外，三五成群地头对着头，一边欣赏书的封面和装帧，一边欣喜若狂地赞叹和评论，仿佛那书就在自己的手里一般。

柜台里面有四大名著，有小说《林海雪原》《红岩》《钢铁是怎样炼成的》，还有《小兵张嘎》《孙悟空大闹天宫》《血战台儿庄》等。那些书成了孩子们的牵挂，孩子们放学后第一时间跑到柜台一起看。

读中学时，已经上大学的大姐每年寒暑假都会在学校图书馆借很多书带回家。我们利用寒暑假的时间快速读完，等开学时她再背回学校。那些年，用这种方法我们读了不少好书。除此以外，就是向其他有藏书的家庭借书，说是藏书，其实也没几本书。在小镇上，我们家就算是书比较多的了，到我们家里借书的人也很多。

那时书很稀缺，借书往往有规定的期限，比如三五天，最多也就是一周。每家爱读书的孩子也会将有限的书跟其他人交换，以此来读更多的书。从别人家借来的书不能拖，必须在规定的时间内读完，否则读到一半就会被人要走。大家都这样约定，不然下次再向别人家借书就很难了。《三国演义》《水浒传》《射雕英雄传》《笑傲江湖》等，我都是那个时候以交换的形式读完的。有些书已经破烂了，要么没有开头部分，要么没有结尾，这些书给我们的童年留下了许多悬念和想象。

念初中时，班上也会私底下传阅各种书籍，有些大胆的女生不知从哪里借了琼瑶的小说，悄悄地传看，男生并不知道。一天班里的一名女生在课堂上忘情地看了起来，也许是太入迷，竟然没发现走近她身边的老师。老师抓起了她藏在课本底下的小说，径直把书扔出窗外，女生神情错愕地看着老师，不知所措。班里胆大的男生一下课就开始起哄，说女生喜欢某某。

在我家门前的街边有一个河南姓相的摆摊人，镇上的人都叫他老相，我叫他相爷。相爷在镇上摆摊，一摆就是20年。村里年龄相仿的男人有好几个都成了他要好的朋友。空闲时，村里人会到他的摊位边跟他聊天、拉家常。有时候，要好的几个爷们儿还会请他到家里喝几盅,老相似乎成了村里的一户人家。相爷没别的爱好,唯一的爱好就是看书。平日里守着摊位,没人的时候他就是读书,文学名著、武侠小说,各类书他都看。他摊位对面的房子是镇上的供销社,供销社里有一个专柜是用来卖书的,隔一段时间就会来一些新书,老相总是会从生活费里节约一部分用来购书。《七剑下天山》《白发魔女传》《浣花洗剑录》《萍踪侠影录》《倚天屠龙记》《天龙八部》等,我都是从相爷那里借来读的。小时候,常常看到他在门前的摊位边读书的身影,就感觉他是一个不一样的货郎。

我读三四年级以后慢慢地能读懂整本书了,除了父亲、哥哥、姐姐们买的书以外,很多书都是从他那里借来的。《射雕英雄传》《笑傲江湖》《玉娇龙》《杨家将》《伊索寓言》等都是从他那里借来的。这些书不仅让我养成了读书的习惯,还给了我一个不一样的世界和童年。要知道,乡村文化生活相对贫乏和落后,一本书和一场电影会给一个孩子带来很多意想不到的欣喜和快乐。他的读书习惯影响了我,也影响了村里很多年轻人。

有一次我想借乡政府一名干部的一套《大唐游侠传》,怕被人拒绝,就求助哥哥去帮着借。那是一个黄昏,当哥哥从那名干部家里把书拿回来的时候,借着黄昏的微光,我激动地看着书的封面,飞奔进屋,捧起书本就开始阅读,内心的欣喜无与伦比。

儿时,我藏在老家的阁楼里偷偷地翻看父亲放在那里的各类报刊和书籍。阳光从小木窗射进来,我就坐在那束光里读那些似懂非懂的文字,至今难以忘怀。就是那些文字在我的内心里撒下了种子,让我爱上了文字,并与文字为伴。不管今后的人生路怎么变化,我想自己都不会忘记这份初心,沿着这条路走下去。

虽然我从小就养成了读书的习惯,但直到我读中文系时,才意识到阅读对一个人来说有多么重要。大学几年,除了上课,我几乎都是在学校图书馆里度过的,读了大量的文学、历史、哲学、

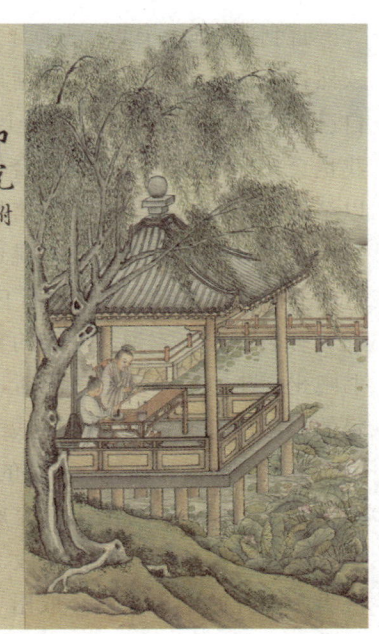

清 徐扬 《墨法集要图》（局部）

美学等方面的书。这为我后来从事宣传思想文化工作，以及个人的创作打下了坚实的基础。每一个黄昏，当我坐在宽敞的图书室里伏案读书时，内心是无比幸福的。累了，站在窗户边眺望远方，憧憬着自己将来也能写出华彩篇章。

　　大学毕业参加工作后，我依然保持着读书的习惯。在有限的工资里"挤"出一点儿来，去书店买书，或者在邮局里订杂志。《读书》《书屋》《天涯》《散文》等杂志我一直在订阅，一直持续到现在。除此之外，我还阅读了大量的中外名著，以及哲学、历史著作。其间，我还完整地读了《毛泽东选集》《周恩来选集》《邓小平文选》，以及任继愈先生的《中国哲学史》（四卷）、《鲁迅全集》等。在阅读期间，我也开始了自己的写作历程，开始了散文、诗歌、文艺评论的写作。

直到现在,电子阅读占据了主流,但我仍然对纸质书情有独钟,依然保持读纸质书的习惯。精挑细选之后,我一定会在网上买回自己喜欢的书籍。同时,正在上小学的儿子正处于阅读的好时光,我也会在网上挑选一大批适合他阅读的书。家里的书越来越多,以至于妻子常常抱怨家里的客厅、阳台、卧室等都堆满了书。后来搬家,妻子再三要求我再挑选一遍,把书淘汰一部分。将挑选过的书搬到新家后,仍然放不下,妻子仍然为此而苦恼。

著名作家麦家说,今天的我们,真正需要的也许就是去某个书吧坐一坐,看一看,听一听,想一想。在那里,"有比飞翔还轻的东西,有比钞票还要值钱的纸张,有比爱情更真切的爱,比生命更宝贵的情和理"。有书的地方就是天堂。

据说,每一个犹太人的家庭里,孩子出生不久后,母亲就会读《圣经》给他听,每读一段,就让孩子舔一下蜂蜜。当小孩稍微大一点儿时,母亲就会取出《圣经》,滴一点儿蜂蜜在上面,然后叫小孩去舔《圣经》上的蜂蜜,这些举动的用意是不言而喻的:书甜如蜜。我曾经将这个故事讲给我的孩子听,孩子听后点点头。让我欣慰的是,孩子从小还是比较爱阅读的,对学习也充满兴趣。

前不久,我和老父亲在电话中聊天时,他不断提到他每天晚上睡前都要看书,看《领导文萃》《半月谈》《毛泽东选集》等。他反复强调:读书好!要多读书。父亲年龄越来越大,思维也不如原先敏捷,但始终不忘读书,他过去在基层政府工作,跟人民群众打交道多,他深知群众性和人民性的重要性。他也多次跟我谈论我写的书,多次跟我讲一定要用老百姓听得懂的语言,写老百姓看得懂的书。我想这也是作为一名写作者应该追求和坚守的。

我想说,只有真真切切体验过饥饿的人,才会理解食物的珍贵,也只有经历了书籍的温暖和指引的人,才能体会到读书的重要。读书就是回家,家是温暖、是归宿、是精神家园。

明 仇英 《清明上河图》（局部）

叁 教子以义方

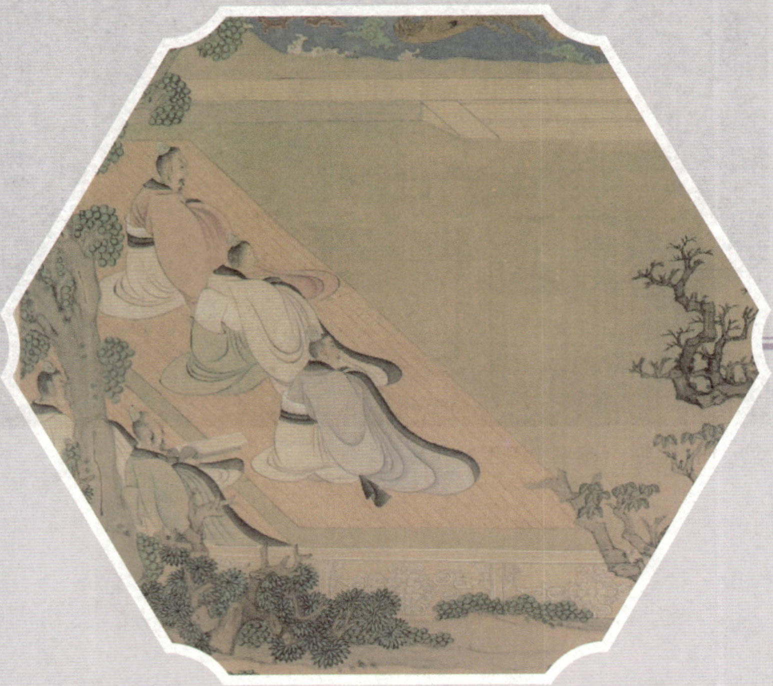

肆

家风正　国家兴

奉献

fèng xiàn

概说

奉献，指恭敬地交付、呈献。《说文解字·廾》：「奉，承也。从手、从廾，丰声。」双手恭敬地捧着，有呈献、祭献之意。《韩非子·和氏》：「楚人和氏得玉璞楚山中，奉而献之厉王。」《说文解字·犬部》：「献，宗庙犬名羹献。犬肥者以献之。从犬鬳声。」本义为献祭，泛指恭敬地送给。

● 历史

奉献，有不同的层次和类型，如为家人，为社会，为国家，为人类；为职业，为理想；奉献精力，奉献财物，奉献才智等。夸父逐日、神农尝百草、大禹治水"三过家门而不入"，都是一种无私的奉献。

周公为了辅佐年幼的成王，呕心沥血，鞠躬尽瘁，先后平定"三监"叛乱，营建东都，分封诸侯，制礼作乐，为巩固和发展周朝统治作做出了杰出的贡献。

孔子打破教育垄断，开创私学，一生弟子多达三千，为教育奉献了毕生精力，对后世影响深远。

西汉初年，北方经常遭受匈奴骚扰，武帝时期国力增强，开始反击匈奴。著名将领霍去病，在与匈奴的战斗中英勇无畏，曾率八百骑兵斩获匈奴两千余人，被汉武帝封为冠军侯。后来在对抗匈奴的战争中屡获胜利，汉武帝为了奖励他，下令给他建造府第。霍去病却拒绝了，并说："匈奴未灭，何以家为？"这充满爱国激情之语，成为激励后人为国奉献的名言。

东汉开国功臣马援，曾任陇西太守，被封伏波将军、新息侯。马援一生战功赫赫，曾帮助光武帝平定隗嚣势力，又曾率军平定西羌边寇，击破维汜弟子李广徒党，平定交趾女子征侧、征贰的谋反。其生平之愿便是"男儿要当死于边野，以马革裹尸还葬耳，何能卧床上在儿女子手中邪"。后来在攻打武陵五溪蛮夷时，因决策失误，中疫疠而死，实现了其"马革裹尸"的愿望。

三国时期蜀汉丞相诸葛亮，为辅佐刘禅"鞠躬尽瘁，死而后已"。诸葛亮在《后出师表》中分析了敌强我弱的严峻现实，向刘禅阐明北伐既是为了实现先帝的遗愿，也是为了挽救蜀汉于生死。诸葛亮在文中记载了自受命以来"寝不安席，食不甘味"的状态，以及为了不负先帝之托，"五月渡泸，深入不毛，并日而食"的艰辛。为了兴复汉室，"冒危难"而不惧的忠勇精神。最后以"鞠躬尽瘁，死而后已"表达自己竭尽全力的无憾。诗人杜甫在《蜀相》中称颂诸葛亮"出师未捷身先死，长使英雄泪满襟"。

颜之推在《颜氏家训·涉务》篇中主张为人臣者，不能每日"高谈虚论，左琴右书"，浪费君主的职位和俸禄。从事某种职业，就要具备相应的能力，并能恪尽职守，贡献自己的力量。

长孙皇后是历史上有名的贤德皇后，唐太宗李世民之妻，一生言行循礼则，对贞观之治的出现起到了重要的辅助作用。长孙皇后以古代妇女得失为事例撰写《女则》，抑退外戚，顾全大局；劝谏唐太宗重用忠臣良将等。张居正在《帝鉴图说》中赞颂长孙皇后："尝考自古创业守成之令主，虽圣明天挺，然亦有内助焉。观长孙皇后之于唐太宗，虽夏之涂山，周之太姒，无以过之矣。太宗外有忠臣，内有贤后，天下安得不太平。"可见长孙皇后地位之高，也可以看出她对大唐王朝的贡献。

唐朝诗人、文学家韩愈在《左迁至蓝关示侄孙湘》中说："欲为圣明除弊事，肯将衰朽惜残年！"想要为皇上"除弊事"，怎会在乎衰老的残躯！表达了韩愈"九死而不悔"的态度。

杜牧在《冬至日寄小侄阿宜诗》中寄托了对侄子的殷切期望，希望侄子能够读书做官，为朝廷贡献自己的力量。如"朝廷用文治，大开官职场。愿尔出门去，取官如驱羊"。

李商隐《无题》中的"春蚕到死丝方尽，蜡炬成灰泪始干"，虽然最初是爱情诗，写的是思念之情，但后来多用来形容老师为了学生辛劳付出。

范仲淹，北宋时期杰出的政治家、文学家，在写给子侄的书信中，多次告诫子侄为官处世的道理。范仲淹一生以"先天下之忧而忧，后天下之乐而乐"为座右铭，一生以奉献国家社稷作为为官的原则。

岳飞生活在北宋末年，家中贫困。但岳飞的母亲姚氏是一个勤劳、贤惠之人，通过帮人家做一些零活来赚钱送岳飞上学。岳飞天资聪颖，加上勤奋好学，读了不少的经史书籍。在岳母的督促下，岳飞还拜乡人周侗为师，学习武艺。岳母时刻鼓励岳飞将来要报效国家。金军大举攻打中原时，岳飞已20岁。岳母鼓励岳飞"从戎杀敌"，保家卫国。岳飞在外奋勇杀敌，三年后回到家乡，再次向母亲辞别。奔赴战场之前，年逾花甲的姚氏在岳飞的背上用针刺上了"精忠报国"四个大字。在以后的岁月里，精忠报国成了岳飞甚至是岳家军的信条。岳飞一生将这四个字铭记于心，并用实际行动践行对母亲的承诺，对国家的忠诚。

南宋末年政治家、文学家文天祥被元军俘获，押至大都，囚禁三年，不管元军如何威逼利诱，始终誓死不屈。文天祥在《过零丁洋》一诗中以"人生自古谁无死，留取丹心照汗青"展现了其视死如归的气节和为国家献身的英勇气概。

明朝文学家、书画家陈继儒倡导经世致用之实学，在《安得长者言》中说："任事者，当置身利害之外；建言者，当设身利害之中。"陈继儒倡导士大夫要用实际行动为国家分忧："士大夫当有忧国之心，不当有忧国之语。"也就是说士大夫不能只是空喊口号，要实实在在地为国家做贡献。陈继儒虽然自己放弃为官，但提倡为官者帮助别人，奉献社会："士大夫不贪官，不受钱，一无所利济以及人，毕竟非天生圣贤之意。盖洁己好修，德也；济人利物，功也。有德而无功，可乎？"士大夫不贪恋为官，不收受金钱，是好品德。如果不帮助别人，也不是圣贤所希望的。修身养性是德，帮助别人，有益于社会是功。只有德，不立功，行吗？陈继儒以反问的语气来说明他不赞同对社会无益的人。

肆　家风正　国家兴

林则徐主张严禁鸦片，以虎门销烟抗击英军而为人们所熟知。林则徐为官清廉，勤政爱民，深受百姓爱戴，一生都以国家和民族利益为重，为国家和人民做出了重要贡献。林则徐虽然生活在国家日趋衰落、民不聊生的时代，但他严格要求自己，也严格教育子孙后代，提出"十无益"的家训。林则徐在风雨飘摇的时代以"十无益"为人生准则，以实际行动诠释了"苟利国家生死以，岂因祸福避趋之"的爱国精神。

晚清名臣丁宝桢一生清正廉洁，勤政爱民。他的先祖丁福汉虽是商人，但十分重视子女的教育，其子丁公俊曾写过一首家训诗：

人非圣贤无高下，世代忠良不可差。

读书耕田不误时，精忠报国品自嘉。

廉洁奉公身高洁，尊老爱幼在天涯。

一旦蒙恩受命时，不负朝廷不负家！

这首传世家训，深刻影响了丁氏后人，"不负朝廷不负家"具有浓厚的家国情怀和奉献精神。丁宝桢秉承着祖辈优良的家风，廉洁奉公，一生为国为民，留下了丰功伟绩。丁宝桢在《丁文诚公家信》中写道："至于做官，一切补署，自有天定，不可强为。我们只尽其在己。何谓尽己？不怠惰，不推诿，不轻忽，不暴躁，而又谦以处己，和以待人，忠厚居心，谨慎办事，如是而已。"丁宝桢强调，为官要在其位，谋其政，不管处于什么岗位都要尽职尽责，这种观念不就是现在爱岗敬业的体现吗？

家信中还提到作为一名官员，要把爱民、养民作为第一要务。"至做官，只是以爱民养民为第一要事，即所谓报国者亦不外此。盖民为国本，培养民气即是培养国脉……凡有害民者，必尽力除之；有利于民者，必实心谋之。"爱民、养民就是报效祖国的体现，对民众有利的事，必须用心做好，也就是一心为民，做好人民的好公仆。

文化意义

古人的奉献多表现在对国家的贡献，对君王的忠诚，对人民的爱护，对事业的热爱等。奉献在现代社会依然重要，奉献是社会责任感的体现，是对事业的追求，对梦想的执着，是一种信念，也是一种行动和态度，更是一种精神和力量。正如伟大的教育家陶行知先生所说："捧着一颗心来，不带半棵草去。"

倡导奉献，在全社会弘扬奉献精神，将会使我们的社会更加美好，国家更为强盛。奉献精神是中华民族的优良传统，千百年来不断被人们传承着。古有"鞠躬尽瘁，死而后已"的诸葛亮，今有"把有限的生命，投入无限的为人民服务之中去"的雷锋；古有"精忠报国"的岳飞，今有为国争光的体坛健儿。

国家的发展，人类的进步，离不开每一位默默付出的奉献者。实现中华民族的伟大复兴，我们需要继续发扬无私奉献的精神。人类的生存和发展还面临诸多问题，同样需要人们下定拼搏奉献的决心。

鲸落

● 李彩华

按照惯例，到了周末我们兄妹几个总要到父母的住处一起吃个饭。我去时，妹妹早就在了，喊了声"姐"就接着刷微信。

我换完拖鞋，踢踏着走向沙发，屁股刚着座，母亲就笑着慢走过来说要送给我们一份"大礼"："人都来齐了，你们看看这是什么？"拐杖指向之处是一份文件：遗体捐献自愿书。白纸黑字在那儿摆着，如三五只蝙蝠，在暗夜里发出神秘的声音，蠕蠕地在房间里爬行。

我感觉有点儿蒙，吓煞人这是，就好像我有一次拿钥匙逗一只喜鹊，喜鹊竟然真的把钥匙叼走了一样不可思议。

母亲端坐在画案前，说我和你爸爸坐着公交车，去市红十字会，把所有手续都办好了，只剩下儿女签字。

屋里忽然一下子没有了声音。

窗外一种小蝉，不停地"温悠儿温悠儿"地叫。

我来到窗前，窗台上有一盆海棠花，开着彩色玻璃似的花朵，还有一个罐头瓶，缠着些细麻绳，我曾在母亲的朋友圈里看到过这个瓶子，母亲拍了照片，写了一句：大女儿学的瓶艺术品。此刻，这艺术瓶上晃动着明亮的光，刺痛着我的眼睛。

妹妹把眼镜推到额头上，拿起捐献书，从头到尾翻了个遍，两手拿着，按在画板上："开玩笑，简直是开国际玩笑，任太阳从哪边升起，都想不到你们会做这事。"

弟弟坐在沙发上，站起来，搓着两手，走来走去，把手一甩，说这是个什么事，不签，把个好好的人弄得乱七八糟。弟弟的喉咙里像塞着团麻。

看见弟弟眼里的泪花，我悄悄开门走出去，到小区的院里转圈。

父母真的老了。我们常抱怨他们的不服老。

我与父母分住在不同的城市，隔三岔五通个电话。有一天，打家里的座机没人接，打两人的手机，母亲的关机，父亲的无人接听。我开始胡思乱想，这到底是出了啥事？别是走丢了，还是摔着了？给妹妹打电话，妹妹与他们住在一个小区，就是俗话说的一碗汤的距离。

中午 12 点多，妹妹来电话说，老头儿和老太太一上午跑了三个地方，给人送字画去了。这次送的是母亲写的一个大"寿"字，让人裱好的。父母常常把"寿"字当礼物送亲朋好友，母亲写字，父亲负责讲解，春生万物孝为先，九十九岁腰不弯，人活百岁多一点，健康长寿全家欢。他们先去找的一个女老板，不舍得打出租车，坐公交车去的。这个女老板是有一次他们俩去一个景点游玩认识的。他们当时累得一步也迈不动，母亲做过膝关节置换手术，想坐在路缘石上休息一下都不行，只能拄着拐杖站在那里。这时候，忽然过来一辆车，这车从他们身边过去，又倒回来，是女老板自愿送他们回家的。母亲与她互留电话，加了微信。之后对我们兄妹提起这事，不说女老板，说女企业家，说人家打电话让她去玩，说人家生意都做到越南去了，有机会带着他们到越南玩，还要从越南给他们寄特产，说谁对他们好，他们一辈子忘不了。说一次，孩子们很感动，说两次，很感激，说三次，好像没听到，再说，心烦。再再说，我忍不住，说一个孩子和父母吵架后离家出走，他肚子很饿，看到卖面的又没钱买，后来面摊老板请他吃，他非常感激，面摊老板却说，我只给你吃了一碗面，你就这样感激我，那你的父母给你煮了十多年的饭，你怎么不去感激他们呢？孩子们帮着做了多少事，从没听你说句感激话。母亲说那不一样，说走到哪里也有好心人。

妹妹说他们还去了小区卫生室，卫生室的人很热情，他们没事就去那里坐坐，人家给量量血压，都是免费的。最后去了一个卖菜的摊点，说人家有新鲜菜都给他们留着。有时没带钱，卖菜的人就先赊给他们。

回家后，我和妹妹劝说他俩，这个年纪，就别到处跑了，在家好好待着不行？母亲说，我们的事，你们别管，你们的事，我们不管，趁着现在我们还能走动，用不着你们，我们愿咋地咋地。

妹妹后来对我说，因为一句话她惹恼了母亲，恼大了。

我说，你不是脾气好吗？

妹妹说，她对母亲说，小时候我们听你的话，现在你年纪大了，要听我们的话。

母亲一听，火大了，听你们的话？甭想。从小到大没人管过我，凡事都是我说了算，凭什么听你们的？你们能耐了？老了竟然被你们孩子们管着，我和你们说，别说门，窗子也没有。张着嘴，又哭又喊，数落着她的理由，像受了委屈的孩子。你们嫌我老了不中用了，我偏偏做个事给你们瞧瞧。

妹妹说，她当时都蒙了，一句玩笑话，竟然惹得母亲生这么大的气。

母亲常说，人怎么会老了呢？也就打个哈欠的时间就老了，可我还有那么多的事想做。母亲原来是数学老师，退休后上老年大学，学习诗词、书法、剪纸、绘画，还以自己为原型写了两部长篇小说。

我说，你以后就在家待着，哪儿也别去了，没事的时候画画、健身，你的画在当地已小有名气了。

母亲把头一抬说，我可不，我还得上老年大学，人多热闹，我还想写诗，直抒情怀。

看到母亲站在穿衣镜前，梳着她的灰白色的头发。她把脱落在木梳齿间的头发，一根根取下来，缠成一团，然后说，你看这头发掉的，快成秃子了，这就是老了？

母亲说了几次，家里乱得下不去脚，自个干不了，孩子们也懒，不帮着干干家务。确实，家里的东西太多，这个舍不得扔，那个舍不得扔，只是吃饭的桌子上，摆着净化水，一个罐头瓶里盛着蒜咸菜，一个装豆腐乳的瓶子盛着醋泡圆葱，一个外卖小塑料盒盛着韭花咸菜，说是父亲自己做的。还有干煎饼，半条子饼干，两根干葱，一小碟子豆酱，两包牛奶，降压的、养肝的、降血糖的药，一人一大包。老天，还有些别的东西，几乎把整个桌子占满了。本来客厅就不大，母亲说喜欢大画案，妹妹找人做了，放在客厅，就更是拥挤。找个钟点工吧，一星期来帮着收拾一次，母亲不同意，说家里一个碎纸片都有用，人家来打扫，不知道的给弄没了，弄乱了，找都找不到。妹妹还是给他们找了个钟点工，先试试，可母亲说看不惯人家干活，说坐在一边看着比自己干活还累。钟点工已换了五六个，每个都干不长。

过了不长时间，母亲在微信群里发信息说，我们又去上老年大学了。

有一天，母亲说她和父亲要出本书，留作纪念。这是好事，我们支持。

这书出版出来，刚歇歇，母亲在微信群里忽然发了一条信息：我们回来了，我们办了件任你们想也想不到的事，还发了个笑脸。

家人在一起聊天，母亲对外甥说，别人说话，别打岔，听人家说完。外甥接着说，姥姥你别说笑了，你还不是这样的，人家说话不理你，你就插话岔开话题，吸引别人的目光，我是遗传了你。我看到母亲笑，笑到流出眼泪。

母亲没事的时候喜欢在家庭群里发语音：儿女们，我告诉大家，各小家过好节日生活，我这里很好，不用为我考虑，我哪里也不去了，在家里休息、玩啊。不论在家的在外的，我俩都祝你们玩得高兴快乐。声音像用醋泡过，让我们兄妹觉得不陪父母玩，如

清 樊沂 《兰亭修禊图》（局部）

同龇着龋齿般难受。

  好几次清明节，开车拉着她回老家上坟，母亲这样安排，去你们姥姥家，订三桌子菜，一桌子女人吃，一桌子孩子吃，一桌子我和你舅舅们吃。男的在你三舅家，老婆孩子在你四舅家，你四妗子没事，让她给你们烧水喝。去了后，给舅舅们分红包，并且说，谁也不许不要。还真有不要的，大舅说，我这快 80 的人了，咋还能要姐姐的钱？真真不像话。母亲说，我直接下命令，要也得要，不要也得要，就像以前买房子我来这借钱一样，不管你们愿意不愿意，不管怎么样淘换，哪怕是抢银行，两天之内给我准备 5000 块钱，那个时候的钱，值钱。

  我转到一棵大杨树下，上面有个巨大的鸟巢，离地半米高，树下有长椅，我曾远远地看见过母亲一个人坐在椅子上，戴着帽

子，宽边，原白色，穿着短袖，胳膊上戴着套袖——是把不穿的秋衣袖子剪下来自己做的，双手拄在拐杖上，一根竹子拐杖竖在两腿之间，头一点一点的，这是要睡着了。我走过去问，在干什么？晒太阳，母亲回答，又说起和那些老太太一块儿唱歌，唱洪湖水浪打浪，唱一条大河波浪宽，唱大海航行靠舵手。她是老师，平时瞧不上这些人，说人家素质低，好拾垃圾，翻垃圾箱，晚上，有几次碰上，不好意思说话，装着没看见。又说她留着纸箱子和旧报纸给小区打扫卫生的，他们生活困难些。

遗体捐献这事，母亲提过几次，大家都当了耳旁风，因为家里的老宅修缮好了，父亲曾说过，老家有老房子，不用担心百年后没地方出殡。母亲说，她的眼角膜还很好，她的肝还很好。我说，你这个年纪了，器官有什么好的，能用上的不多。那让学医的学生拿来学本事也很好。她说她和父亲都问清楚了，十年，死后还能在世上待十年。十年后火化，然后在一个大碑上，刻上名字，多好，多荣光，以后你们上坟就去那儿。

这事父亲开始时也反对，人还是入土为安。母亲说，什么入土为安，村里一次次迁坟你不知道？

夜色朦胧中，我转回家，没人再提这事。

这里割一下，那里割一下，这里旋下一块，那里挖下一块。说这些的人是我的一个朋友，他说，他看过解剖。

你亲眼看过吗？我听到这些，自动在心里想象着一个吓人的场景。

我说，我父母签了遗体捐献书，你信吗？

真的吗？多大年纪了？了不起，一般人真不敢做这事。

我是不敢。我说。从手机上搜出报道《八旬老人签下遗体捐献自愿书——延续生命的价值》给朋友看，这是记者采访我父母写的报道。

不知父母为什么做这事。自从知道父母签了遗体捐献书后，我一直想问问，为什么？妹妹不让问，别问了，一提这事就伤心。她到底是问了。母亲说，别问了，有得问没得问了，就这么个事。

我想起有个老师讲的鲸落现象。

鲸落指的是当鲸鱼死去，尸体缓慢沉入海底的过程中形成的一个独特的生态系统。

鲸落可以供养一套以分解者为主的循环系统长达百年，这是鲸鱼留给大海最后的温柔。

有一天，有同学打电话来问，报纸上刊登了一篇文章，说是一对老人遗体捐献的事，那是你父母吧，很了不起，向老人致敬。我在手机上发朋友圈说，父母，有我们想不到的超前，签下那样一份协议，无以言表。然后是一个泪目的表情，加母亲节时写的一首小诗：

就像从前……

从记忆开始
一日复一日 一年复一年
母亲总是那个模样
小眼睛，淡眉毛
说话大声，笑得张扬

忽然有一天母亲跌了一个跟头
一跟头跌进了她的童年——
说话时呛口水
贪吃甜食
在我们意料不到的时候
哭泣

那个给我们撑腰的人
那个给了我们前程的人
那个从不言输的人
——老了

老得她自己不相信
老得她自己不乐意
母亲，让我们扶着你
就像从前你扶着我们
就像新生的枝叶扶着
苍老的树干
就像你把我们
从第一道门槛
引向人世

我们家的军人情结

赵锋

从我记事起,每年腊月,当地政府和村委会就会组织村里的乐班敲锣打鼓地到我们家里进行慰问。缘由是我的叔叔在部队当兵,这是对军人家属的慰问。慰问的仪式很隆重,除了敲锣打鼓,还要放鞭炮。每当乐队朝着我们家走来时,周围的大人小孩也总是跟在乐队后面欢呼,大人们一致地夸赞叔叔在部队有出息。

每到此时,母亲都会提前准备好用来接待慰问队伍的茶叶、烟、米酒、鸡蛋等。慰问队伍一进门,父亲忙着发烟,我们兄妹分头给大家倒茶,母亲则在厨房里煮米酒荷包蛋。乐队进入院子后,会按节奏继续敲打一阵才会停,喇叭爷总是鼓着腮帮子,把喇叭吹出最高音才停。喇叭一停,周围的乡亲就跟喇叭爷开玩笑:"这给您侄儿家慰问,您吹得格外响!"喇叭爷笑着答:"这么有出息的侄儿,不好好吹咋行?你侄儿明儿去部队了,我也去给你吹。"一阵说笑过后,乡里和村里的干部落座,边喝茶边询问:"今年在部队咋样?最近有没有给家里来信?家里有什么困难?"奶奶和父亲一一作答,不一会儿,米酒荷包蛋做好了,我们兄妹几人就负责从厨房往外端,往往要跑很多趟,一人一碗。来看热闹的,愿意喝的都会喝上一碗。大家边喝边聊,喇叭爷嗓门大,对站在厢房门口的母亲说:"存荣(母亲的小名)啊!

徽州古村落 朱熹家训

打这么多鸡蛋！把过年的鸡蛋都端出来了吧！"母亲连忙解释说："没有，没有，大家吃好喝好我就高兴！"喇叭爷又接着说："我看村里就数存荣待客最舍得！"

喝完米酒，喇叭爷嘹亮的喇叭声再次响起，乐队声也随之响起，刚刚喝过米酒，锣声、鼓声更响了，喇叭爷往往在这个时候吹一曲大伙在别处听不到的曲目。结束后，奶奶、父亲、母亲站在门口送慰问的队伍，我们兄妹站在院门后不舍地望着乐队离开。很多次，我在队伍里看到班里的同学，内心有一种莫名的喜悦和骄傲。

送走慰问队伍，奶奶总会回到她的小屋，戴起老花镜，翻看叔叔从部队寄回来的军装照，一个人坐在小屋里很长时间不出来。奶奶每年腊月都常常坐在小屋里看叔叔的照片。

叔叔是1975年参军去了部队。部队在塞外大漠，北方的气候、饮食，军营的训练、纪律都是挑战。但他克服了诸多身心上的困难，从最初的一名新兵，慢慢成长为一名真正的合格的战士。他先后担任班长、警卫员,在部队的"大熔炉"里,他得到全面的锻炼,由一名士兵提拔成一名军官。叔叔在部队勤学苦练,踏实肯干,很快在同期士兵中脱颖而出。

儿时,最盼望叔叔的家信,他在信中除了汇报在部队的情况外,总会在信末交代我们兄妹四个好好读书学习,只有这样长大才有出息。有一年,叔叔回老家探亲,一身整齐的戎装、挺拔的身姿、自律的言行,引来左邻右舍的交口称赞。有一次我悄悄动了他的军帽,他连忙说:"这可不能乱动。军帽代表着军队。"后来,他留了一颗五角星在家里,每次放学后我就悄悄跑到奶奶房间里拿起来细细端详,内心涌动着自己的军人梦。

叔叔探亲时也会给我们讲部队的训练、学习和生活。有时也会带几套旧军装和解放鞋回来,我那时个子还小,穿不了这些旧军装,看着哥哥穿军装,心里羡慕极了。

不过,时隔多年,首先穿上军装、成就军人梦的是我的哥哥。受到叔叔的熏陶和影响,我和哥哥从小都有从军的梦想。1991年冬天,哥哥实现了自己的梦想,走进了军营。他在部队时,刻苦训练,不怕苦,不怕累,年年被评为"优秀士兵"。无论是体格还是心智,他都得到了严格而全面的训练。两年后,他参加部队考试,顺利地被石家庄陆军学院录取。在军校,他在实战训练、军事理论等方面进行了更为专业而深入的学习,这使他成为一名合格的陆军军官。

我清楚地记得,他当兵的那些年,母亲每年春节时都坐在厨房的火炉旁看他的照片,边看边流眼泪,母亲总说:"老二天天训练,多辛苦啊!过年了,不知道部队能不能吃上饺子。"儿行千里母担忧。哥哥最初去部队的几年,母亲每年都是在这种思念的煎熬中度过的。

从陆军学院毕业后,哥哥在基层连队待了两年,再次考军校,如愿被西安政治学院录取。哥哥严格要求自己,从未放松训练和学习,在毕业那年又考上了本校的研究生。研究生毕业后进入原总参谋部工作。

哥哥从军后,他成了我们家的又一个榜样。继他之后,我的表弟也走进军营,最终成为士官。之后我的堂弟也走进军营。一直有着军营梦的我,早在高中毕业时就想去参军,但那时哥哥已在部队多年,早已提干,估计转业的可能性不大。父亲母亲有些舍不得我再去当兵。我曾执意要去,母亲却道出她内心的苦衷,总要有一个儿子陪在他们身边,就这样我只得作罢。

又一个走进军营的是我的表弟。表弟生性顽皮,从小就喜欢舞枪弄棒,一直都有当兵的愿望。姑姑就一个儿子,也舍不得他走进军营。但表弟个性强,主意多,姑姑也拦不住。走进军营后的表弟,经过严格的训练,不仅强健了体魄,性格也不像原先那么顽皮。他在部队的汽车连学会了驾驶技术,最终成为一名驾驶兵。那年,是表弟走进军营后的第三年,他回家探亲,当他站在姑姑面前敬上一个标准的军礼时,姑姑喜极而泣。军营改变了表弟的言行举止,令他提升了能力,增强了本领。

在我们的大家庭里,我的二爷曾参加过抗美援朝战争,目前仍在部队的是我的叔叔和哥哥。叔叔18岁离开老家,驻守塞外近半个世纪,从英俊少年到"两鬓青青变星星"。在千里之外的北国,他面对风雨,保家卫国。他是我们家的榜样和表率,是我们家的精神引领。

前几年,我带着9岁的儿子去北方军营看望叔叔。孩子看到叔叔驻守了近半个世纪的军营所在地,兴奋地问我:"二爷就是在这里当兵?"他一脸的自豪。

他们身上的风范和精神慢慢变成了我们全家自觉遵守的家风家规,它必将成为一个家族的精神基因传承下去,必将影响着我们家里一代又一代的儿女。

正家风 世代传

zhèng jiā fēng shì dài chuán

概说

家风,又称门风,是一个家庭或家族世代相传下来的风气、风貌。家风体现了一个家庭或家族的精神风貌、行为准则、价值观等。好的家风具有润物无声的作用,能够让家庭兴旺,社会和谐,国家进步。

老家风

历史

家风是一个家庭在延续过程中形成的具有独特风貌的一种风气。家风一词出现较晚，最早见于西晋文学家潘岳的《家风诗》。北周庾信在《哀江南赋》序中说："潘岳之文采，始述家风；陆机之辞赋，先陈世德。"潘岳为了与友人唱和，将夏侯湛补缀的《诗经》中有目无文的六篇"笙诗"写成《家风诗》，自述家族风尚："绾发绾发，发亦鬓止。曰祗曰祗，敬亦慎止。靡专靡有，受之父母。鸣鹤匪和，析薪弗荷。隐忧孔疚，我堂靡构。义方既训，家道颖颖。岂敢荒宁，一日三省。"潘岳在诗中，通过歌颂祖上的美好品德来称赞家族的优良传统，并说遵守祖辈正道之家训，家族就能兴旺发达，强调好家风的重要性。

有文字可考的家训可以追溯到殷商时期。《尚书·盘庚》中记载了殷王盘庚发布的训诰，其对象既有广大臣民，也有王室贵族，因此，该训诰初步具有家训的意味。目前有文献可考的、成体系的家训出自《尚书》。《尚书》中所记载的修身治国原则，对后世的帝王家训有着深远的影响。周公对儿子伯禽的训诫可以看作家风的起源。

春秋战国时期，对子弟的训诫增多，如孔子对儿子的训诫：不学诗，无以言；不学礼，无以立等。此外，《左传》《礼记》《大学》中也有不少告诫子孙的记载。

汉朝时，刘邦曾训诫刘盈多读书练字、勤俭节约等，西汉初年的统治者提倡节俭，社会上形成了尚俭的风气。西汉大臣石奋为人恭敬谨慎，家教严明，在他的教导下，子孙养成了恭敬谨慎的习惯。因此，家风便是在家训、家规的长期规范下形成的。

自潘岳提出"家风"一词之后，家风逐渐流行，并被广为接受。魏晋时期，门阀士族兴起，世家大族以宗族为根基，累世显贵，并通过各种方式来维护门阀制度。为了区别于寒门，士族往往通过标榜家风来维护其门户的高贵与特权。《魏书》卷五十八记载："门生故吏，遍于天下，而言色恂恂，出于诚至，恭德慎行，为世师范，汉之万石家风、陈纪门法所不过也，诸子秀立，青紫盈庭，其积善之庆欤。"

魏晋南北朝时期，家训增多，家风一词也频频出现。《北齐书》："少而清虚寡欲，好学有家风。"《周书》："昶年十数岁，为《明堂赋》。虽优洽未足，而才制可观，见者咸曰有家风矣。"《南史》："齐有人焉，于斯为盛。其余文雅儒素，各禀家风。箕裘不坠，亦云美矣。"这时，人们已认识到家风传承的重要性。

唐朝也是一个士族社会，士族为了维护政治上的特权和利益，保持门第长盛不衰，普遍重视教育子孙后代。不少士家大族甚至编纂家训，制定家法，以传承家风。唐朝宰相崔祐甫曾说："能广吾君之德，靖人于教化，教化之兴，始于庭，延于邦国，事之体大。"崔祐甫将家训上升至关乎家庭兴衰、社会教化、国家治理的层面，说明了其重要性。

唐朝时，国家广设官学，推崇教育。科举制度的推行，为普通百姓通过考试进入仕途提供了条件，因此，无论士族门阀还是普通百姓，都很注重孩子的学习。士族为了保持家族门第，注重从小培养子孙的学习习惯。这样，整个社会形成了重视教育的风气。

中晚唐时期，随着士族的衰落，家训也出现了新的形式，即家训的对象不再局限于一个家庭、一个家族，而是面向天下。如《太公家教》《武王家教》等，汇集名言警句劝诫天下子弟。

唐朝家训还伴随着严明的家法，在家法的保障下，才能形成良好的家风。如柳子温家族，便以家法严明著称。为了敦促子弟读书，甚至将苦参、黄连、熊胆等苦药和为药丸，让柳公绰、柳公权等人在夜间读书时含在嘴里，以提神醒脑。在这种严厉家风的影响下，柳氏家族人才辈出。

宋朝时，门阀士族衰落，科举成为选官的主要方式，土地买卖自由，官僚政治兴起。世家大族面临巨大挑战，为了保住家族地位，积极编纂家训，教育子孙，从而促进了宋朝家训的繁荣。

宋朝家训除了用作家庭教育，还具有社会教化功能。宋朝家训强调社会责任，士大夫以"治国、平天下"为己任。张载在《近思录拾遗》中说："为天地立心，为生民立道，为去圣继绝学，为万世开太平。"宋朝家训的意义上升到国家、社会的高度。因此，宋朝出现了较多将国家利益放在家族利益之前的文人士大夫。如范仲淹"先天下之忧而忧，后天下之乐而乐"的心怀天下，胡安国"不以家事辞王事"的大公无私。

宋朝家训重视对子女的文化教育，还鼓励女子读书，女性得到了较多的读书机会，出现了苏小妹、李清照等才女。在这种好学家风的影响下，整个社会读书风气十分盛行，促使了文化的发展和繁荣。

明清时期，封建制度发展达到顶峰，这一时期文化成果丰富，著述较多，家训文献大量出现，促进了家风建设。

明初朱元璋为重建社会秩序，一切以强化皇权为目的，因此，明初的思想文化氛围相对保守、沉闷。直到明英宗时期，经过"大议礼"的讨论，明初保守的礼法观念受到冲击，世风才有所改变。这一时期的家训也受社会大环境的影响，内容相对保守。如主要依托于儒家伦理的《郑氏家范》，受到朝廷的表彰，在当时影响较大。明初理学大家曹端就十分推崇《郑氏家范》，认为其："妙合圣贤之心法，扶世道、正人心、敦教化、厚风俗，上以光其先，下以裕其后。"

明朝中期以后，经济上，资本主义萌芽，商业繁荣；文化上，市民文学、通俗文化发展，这些都促使沉闷的社会风气发生改变。但同时，也强化了对女性的束缚，强调贞节观念等，出现了大量的女训作品。家训中关于社会风俗教化的内容也增多，清朝的顺治、康熙和雍正都十分重视正风俗的社会教化。

文化意义

家风正，自然可以营造良好的家庭环境，家庭和睦，社会和谐，因此，好的家风需要世代传承下去。中国家风文化历史悠久，提倡读书、孝顺、修身、爱国、尊师重教等优良家风值得学习、发扬光大，但传统家风中的糟粕如愚孝、三纲五常、女子守节等则要丢弃。

良好的家风有规范言行、教育子女的功能。现代网络发达，各种资源良莠不齐，孩子价值观还未定型，需要家长的正确引导和家庭氛围的熏陶。

良好的家风是形成优良社会风气的基础。《大学》中"一家仁，一国兴仁；一家让，一国兴让"便很好地说明了家风与国风的关系。今天，人们早已不再为温饱问题发愁，但勤俭节约的优良传统依然具有重要价值。《朱子治家格言》告诫子孙的"一粥一饭，当思来处不易；半丝半缕，恒念物力维艰"在当下依然值得学习并传承下去。

发扬优良家风是践行社会主义核心价值观的要求，有利于弘扬社会正气，形成健康的社会环境，也有利于祛除不良社会风气。

只要心儿不长草

叶良骏

每年四月,我都要去浏河"看"娘。娘叫陈阿成,我为她立的墓碑上刻着"先母陈阿成之墓"。但她不是我亲娘,她是伺候母亲月子的保姆,宁波人叫"出窠娘"。我未出生,她就来到我家,我出生时,第一眼看见的是她,第一个抱我的也是她。从此,她留在我们家,带大了两代人。她无儿女,妈让我认她为母,于是,我有了另一个娘。驶过岁月的航道,22年前彻骨的痛已化作淡淡的思念,扫墓便像一次探亲。祭拜毕,我喜欢坐在"娘"身边看风景,探寻她"左邻右舍"墓碑下藏着的故事,常会感叹:墓亦如人生。新坟落葬,大队人马浩浩荡荡;以后,来的便只有至亲;再以后,只剩下荒草、残树、断碑相伴;最后,归于寂寥……正如人生轨迹,自繁到简,到衰,再化作乌有。

"娘"前面的那座坟立于1989年,碑上是"爱妻××之墓,夫率子泣立"。当年这位28岁的少妇撒手人寰,定给亲人以惨重的打击,悲痛自是出于真心。"爱妻"是身份,"泣立"是情分。20年过去了,"夫"该有了另一半,"子"也许已远走他乡,所以,一年年地,不见有祭扫的痕迹,照片也模糊不清了。墓地里这样的坟不止一两座,我常因此想起"富不过三代"这句话,其实,"墓"何尝能过三代!

先祖父在南汇杜行镇去世时,父亲才7岁。祖母扶柩南归,临行一把火烧尽了

元 倪瓒 《修竹图》

祖父的遗物，希望他下世做人还可享用。可以想到，葬礼一定极尽哀荣。祖父的墓在老家祖田中央，小时候在墓区与同伴藏猫猫，半天找不到人是常事，可见其大。1958年我回乡时，墓还在，祖母带我去祭拜。跪在墓前，听着沙沙的风声，看碑上陌生的"叶公梦飞"，心里生起一种敬畏感。

祖母在动乱中受惊吓而逝，只有母亲和小弟两人回乡奔丧。虽是动荡的年月，乡人淳朴之风却未改。他们敬重祖母一生行善，按乡规"七七敲，八八念"，送这位公认的好人入土为安。

先祖父母膝下儿孙满堂，但我们全家却从未有回乡祭祖的福分。祖母去世没几年，公墓里的坟悉数被挖，待我们得知此事，遗骨已无处可寻。祖父的坟虽在，父母却视回乡为畏途。不知何年，乡下平坟造田，祖父遗骨从此没了踪影。风过天晴，我们都已长大成人，但不到三代，家乡已无墓可扫，祭拜祖先成了奢望。

在老家，骂人最毒的话是"你家坟头长青草"。娘是孤老，在我家辛勤劳作一生，她对我、对我家从未有过任何要求，她一生视我们为亲人，日夜操劳，呕心沥血，直至把所有的积蓄赠我们渡过难关，救全家于急难。但她从无所求，唯一要我做的是，在她身后，依俗为她做羹饭，送红缎被，做坟立碑，每年去看她，在坟头，以女儿身份哭、烧纸。她认为，这样她在地下便不是孤魂野鬼，不会受欺侮。我答应过她，所以年年去。我的儿子由她带大，相信在我身后他仍会去。但我的孙辈，对从未谋面、只存在于碑上的老人，将来会去、肯去吗？答案基本是否定的，坟上长草只怕是早晚的事。

坟上会长草，但子孙的心不可长草，做人切不能忘本。我家先祖无一座墓，但祖父的"静观书屋"，祖母的"积德行善"，娘的"默默奉献"，通过父母亲的身教言传，已深深流在叶家子孙的血脉中。我家四世同堂40余人，读书人多，教师多，参加慈善活动的多，被邻里、单位称作"好人"的多，这正是叶家家风的传承，

肆　家风正　国家兴

281

南宋 王穀祥 《四时花卉》（局部）

肆 家风正 国家兴

也是对先祖最好的纪念。

只要心儿不长草，祖上的好家风就会代代相传。从这个意义上讲，面对无墓可扫或墓不过三代，就可泰然处之了。